그 날,

고양이가

내게로

왔 다

김중미 장편소설

그날,
고양이가
내게로
왔다

낮은산

차
례

1
모리
이야기

아기들이 자라

내 곁을 떠날 때까지

안전하게 지키고

싶었다.

1

"아가야, 얘들아, 어디 있는 거니? 얘들아."

아무리 불러도 대답을 하지 않는다. 골목이란 골목은 다 뒤지고 다녔으나 어디에도 흔적이 없다. 실눈을 뜬 채 네 발을 허우적거리며 엄마 젖을 찾는, 태어난 지 이제 겨우 열흘 지난 갓난아기들이다.

시장 안 슈퍼와 반찬 가게 건물 사이에 있는 틈은 잡동사니를 쌓아두는 창고로 쓰였다. 그곳이 나와 아기들의 보금자리였다. 아기들만 둔 채 나가는 것이 내키지 않았지만 어쩔 수가 없었다. 서둘러 보금자리를 옮겨야 할 형편이었다. 자리를 비운 것은 건물 사이로 새어 들어온 햇빛이 내 수염만큼만 늘어난 정도였다. 결코 긴 시간이 아니었다. 그런데 그사이에 아기들과 보금자리 앞에 쌓여 있던 잡동사니들이 한꺼번에 사라졌다. 다른 고양이나 낯선 동물 냄새는 없었다. 누군가 아기들이 있던 상자를 통째로 들어낸 게 틀림없다. 그럴 수 있는 건 사람뿐이다.

슈퍼 옆 창고가 안전하지 않다는 걸 안 건 며칠 전이었다. 시장 리모
델링이 어쩌고저쩌고 하는 이야기를 듣긴 했지만 나는 리모델링이 뭔
지 알지 못했다. 그래서 우리에게 닥쳐오는 위협을 알아채지 못했다.

어제, 이 시장 골목에서 가장 오래 산 얼룩이 아줌마가 느긋하게 젖
을 먹이고 있는 나를 보고는 놀라서 말했다.

"아직 그러고 있으면 어떡해? 어서 새 보금자리를 찾아야지!"

"왜요?"

"공사가 시작됐어. 뚝딱거리는 소리랑 윙윙거리는 소리 못 들었어?
시장을 싹 고친대. 며칠 전부터 시장 사람들이 짐을 옮기고 있어. 여기
도 그냥 두지 않을 거야."

"그럼, 어디로 옮기죠?"

"지금 시장 전체가 난리야. 고양이들이 모두 새 보금자리를 찾고 있
어. 아기 데리고 옮길 만한 데가 없을 텐데……. 여기 내 옆에라도 잠시
와 있을래? 좁긴 하지만 너희 식구 정도는 있을 수 있어."

얼룩이 아줌마가 있는 곳은 내 보금자리 바로 위, 반찬 가게의 낡은
지붕 밑이다. 얼룩이 아줌마는 내가 엄마한테서 막 독립해 떠돌다 한
암고양이에게 공격을 받았을 때 나를 구해 주었다. 그리고 내가 새끼
를 뱄을 때도 이 보금자리를 알려 주었다.

처음 아줌마를 만났던 그때, 아줌마는 자기 아기들을 잃고 슬픔에
젖어 있었다. 고양이들은 암컷끼리 가까이 지내지 않는 편이지만, 아줌
마는 자기가 지키지 못한 아기들을 대신해 나를 돌봐 주었다. 내게는

엄마보다 더 엄마 같은 얼룩이 아줌마도 이제 늙었다. 내가 아기들을 데리고 얼룩이 아줌마 곁에 있으면 아줌마가 위험해질지도 모른다. 더는 신세를 질 수 없다. 내가 머뭇거리자 얼룩이 아줌마가 말했다.

"괜히 고생하지 말고 올라와. 괜찮아."

"일단 한번 돌아보고 올게요."

골목으로 나서긴 했으나 이미 온 시장 골목이 아수라장이었다. 낡은 지붕과 간판이 다 뜯어져 길가에 널브러져 있고, 잡동사니로 막혀 있던 건물 틈새도 훤히 드러나 있었다. 문이 닫힌 채 오래 방치되어 고양이들 집이 되었던 낡은 중국집도 다 치워지고, 건물 옥상에 쌓여 있던 물건들도 죄다 길가에 나와 있었다. 몸을 숨길 곳이 사라진 최악의 상황이었다.

살 곳을 찾는 것은 포기하고, 공동 수도로 가서 물만 잔뜩 마셨다. 배가 고팠지만 아기들끼리 놔둔 채 먹이까지 찾아다닐 수는 없었다. 그렇게 서둘러 돌아왔는데 아기들이 사라진 것이다.

아기들이 젖을 먹지 않고 버틸 수 있는 시간은 길지 않았다. 나는 아기들을 부르며 시장 골목을 샅샅이 뒤졌다. 그러나 아기들은 대답하지 않았다. 입속이 바싹바싹 타들어 갔다. 눈물이 앞을 가려 길이 보이지 않았다. 해가 지고 어둠이 왔다가 다시 물러갈 때까지 찾지 못했다. 첫 아기들을 이렇게 어이없이 잃을 줄은 몰랐다.

나는 좋은 엄마가 되고 싶었다. 아기들이 자라 내 곁을 떠날 때까지 안전하게 지키고 싶었다. 아기들만큼은 나와 달리 당당하게 독립시키고 싶었다. 나를 놀리고 무시하던 다른 고양이가 부러워할 만큼 멋진 고양이로 키울 작정이었다.

　나는 태어날 때부터 다른 형제들보다 덩치가 작고 다리가 짧았다. 엄마는 늘 내게 말했다.

　"에고, 그 짧은 다리로 사냥을 할 수 있을까 모르겠다. 사냥을 못하면 이 험한 길에서 살기 힘들 텐데……. 새끼는 낳아서 키우겠니?"

　엄마 걱정대로 나는 사냥을 제대로 하지 못했다. 독립할 때가 다가오는 게 두려웠다. 어떻게든 엄마 옆에 오래오래 있고 싶었다. 그러나 엄마는 인정사정없이 말했다.

　"살아남으려면 너만의 영역을 개척하고 지켜야 해. 그걸 내가 만들어 줄 수는 없어. 이 시장 골목에는 고양이가 너무 많아. 너나 나나 각자 살아남으려면 스스로 자신을 지켜야 해. 앞으로 어떻게 살아갈지 스스로 길을 찾아."

　그리고 덧붙였다.

　"너는 차라리 사람 눈에 띄는 게 나을지도 모르겠다. 그러면 자유는 잃어도 목숨은 이어 갈 수 있을지 몰라. 넌 아무래도 사냥보다 사람 말을 배우는 게 빠를 것 같으니……."

　엄마에게서 독립한 뒤 늘 배가 고팠고 늘 쫓겼다. 사냥에 서툰 내가 먹이를 구하는 방법은 사람들이 시장에 흘린 음식을 주워 먹거나 할머니의 좌판에서 말린 생선을 슬쩍하는 게 전부였다. 그러다 가끔 시장 관리인 아저씨한테 걸려 발에 차이고, 구정물을 뒤집어쓰기도 했다. 수시로 다른 고양이들한테 쫓겼고, 어렵게 얻은 먹이를 빼앗겼다. 이갈이를 하고도 쥐 한 마리조차 잡지 못하는 나는 다른 고양이들의 놀림감이 되었다. 힘센 녀석들한테 잡혀 물리고 뜯기고 땅바닥에 내동 댕이쳐질 때마다 자존심도 땅바닥에 떨어져 이리저리 짓밟혔다. 장마 철에는 생선 가게 아래에 고인 물을 먹었다가 설사병이 나 죽다 살아 났다.

그래도 여름과 가을에는 거미나 귀뚜라미 같은 벌레도 잡아먹었고, 시장에 손님이 많을 때는 음식 찌꺼기라도 구할 수 있었다. 태어나 처음 맞은 지난겨울은 혹독했다. 모든 것이 꽁꽁 언 겨울에는 먹이를 구하는 게 거의 불가능했다. 물조차 마시기 쉽지 않았다. 시장통에서 깨끗한 물을 얻어먹을 수 있는 곳은 횟집 골목 공동 수도가 유일했다. 그런데 수도가 얼어서 터질까 봐 물을 잠가 놓은 바람에 어떤 날은 물 한 방울 얻어먹지 못했다. 혀가 바싹바싹 마르고, 털을 고르지 못해 몰골이 말이 아니었다.

어느 날부터인가 이상하게 내 주변으로 수컷들이 어슬렁거리기 시작했다. 그제야 내 몸에 변화가 왔다는 게 느껴졌다. 암고양이가 되고 있었다. 몸집이 작고 다리가 짧은 내게도 관심을 보이는 수컷이 있다는 게 신기했다. 윤기 나는 검은 털을 가진 수컷 하나가 나를 쫓아다니기 시작했다. 그 검은 고양이는 내가 잠시라도 다른 데 정신을 팔면 얼른 내 엉덩이 쪽으로 코를 들이대려 했다. 그러면 나는 등을 구부려 올리고 꼬리와 털을 있는 힘껏 세웠다.

"널 해치려는 거 아니야."

검은 고양이가 말했다.

"알아."

"나는 사냥을 잘해. 너도 알지? 내가 곧 이 영역의 우두머리가 될 거라는 걸?"

"관심 없어."

검은 고양이 말고도 내 보금자리 주변을 어슬렁거리는 수컷이 더 있었다. 나와 같은 고등어 무늬를 한 고양이는 검은 고양이처럼 덩치가 크지는 않지만 몸이 날래고 단단해 보였다. 그러나 내 마음을 움직인 수컷은 윤기가 흐르는 검은 털을 가진 힘센 고양이도, 날랜 몸과 뛰어난 사냥 실력을 가진 고등어 무늬 고양이도 아니었다.

시장 사람들이 노랑이라고 부르는 그 아이는 몸집이 나보다 조금 더 컸다. 그 아이도 내 몸에서 암내가 나고부터 내 주위를 맴돌았다. 그러나 다른 고양이들처럼 가까이 와서 찝쩍거리는 법은 없었다. 슈퍼와 반찬 가게 사이를 오가며 나를 살피더니 어느 날 종이 상자 더미 위에 기절한 작은 쥐를 놓고 갔다. 다음 날은 어디서 햄 한 조각을 물어다 놓고 종이 상자에다 뺨을 비벼 자기 냄새를 잔뜩 남기고 갔다. 상자 더미를 넘어와 치근덕거리는 수컷들보다 부끄러움이 많고 조심스러운 그 아이에게 마음이 끌렸다.

내가 마음을 열자 그 아이는 내 주변을 어슬렁거리는 수컷들과 싸움을 벌였다. 하루에도 몇 차례씩 싸움을 벌여 수컷들을 내 영역에서 밀어내던 날, 그 아이는 귀 한쪽이 찢어지고 목덜미 털이 뭉텅이로 빠졌다. 그 아이가 좋아졌다.

　배가 불러 오는 걸 눈치챈 얼룩이 아줌마는 너무 일찍 엄마가 될 나를 걱정했다.

　"나도 새끼를 일찍 낳은 편인데 그래도 봄 여름 가을 겨울을 한 번씩 다 겪은 다음이었어. 그래도 힘들었는데……."

　아줌마는 자신의 보금자리 아래를 내주었다. 그리고 바닥에서 찬기가 올라오지 못하도록 종이 상자를 두둑이 깔게 도와주었다. 다행히 내 보금자리는 삼면이 벽으로 막혀 있고 한쪽은 잡동사니들이 잔뜩 쌓여 있어 바람도, 다른 고양이들의 해코지도 막아 줄 수 있었다. 다른 고양이들은 제 앞가림도 못 하는 주제에 덜컥 새끼를 뱄다고 나를 비웃었다.

　"저 몸으로 새끼들을 끝까지 지키기나 하려나?"

　"애가 애를 가졌어. 쯧쯧."

　그나마 내 짝이 곁을 떠나지 않고 먹을 것을 얻어다 주는 게 다행이었다. 내 짝은 사람들과 사이가 좋은 편이었다. 시장 골목에 있는 가게에서 정해진 시간에 밥을 얻어먹었다. 아침을 주는 건어물 가게 아줌마는 내 짝을 노가리라고 불렀고, 점심을 주는 어묵 가게 아저씨는 노랑이, 저녁을 주는 치킨집 아저씨는 순둥이라고 불렀다.

사람들과 자주 부딪쳤던 짝은 사람 말을 많이 알고 있었다. 덕분에 나도 사람 말을 좀 더 이해하게 되었다. 내가 경험한 사람들은 대체로 나를 싫어했고 위협했다. 그래서 내가 배운 건 주로 위험에 대처할 수 있는 말뿐이었다. 그런데 짝은 달랐다. 사람의 표정과 말을 읽고 이해할 수 있었다. 짝 덕분에 추운 겨울을 배를 곯지 않고 날 수 있었다.

꽃샘추위가 찾아온 날, 진통이 시작되었다. 진통이 심해지자 짝은 내 허리에 올라타 옆구리를 꾹꾹 눌러 주었다. 첫 출산의 두려움과 고통을 짝 덕분에 잘 이겨 냈다. 얼룩이 아줌마는 내가 어미 복은 없어도 짝꿍 복은 있다며 놀렸다.

태어난 아기는 넷이었다. 아기들은 희한하게도 모두 짝과 같은 색깔의 줄무늬였다. 아기들이 아빠를 닮아서 다행이라고 생각했다. 출산을 다 끝내자 짝은 소리 없이 사라졌다가 제법 큰 쥐를 물어다 주었다. 짝은 하루에 한 번씩은 기절한 쥐나 어묵, 빵 같은 걸 물어다 주었다. 보통 고양이들은 가족이라는 걸 이루고 살지 않는다. 짝처럼 출산까지 도와주는 수고양이는 흔치 않았다.

아기들이 태어난 지 일주일쯤 지났을 때, 짝이 오지 않았다. 해가 뜨고, 그 해가 다시 지고 어둠이 내렸는데도 오지 않았다. 나는 짝이 떠날 때가 된 거라 생각했다. 그래서 아기들이 곤히 잠들 때까지 기다렸다가 먹이를 구하러 나왔다. 그때 얼룩이 아줌마가 뛰어오며 말했다.

"네 짝, 죽었다."

아줌마가 데려간 곳은 치킨집 바로 앞이었다. 내 짝은 그곳에 쓰러져 있었다. 머리 주변에 피가 흥건했다. 치킨집 아저씨가 쓰레기봉투를 들고 나와 짝을 봉투에 담았다.

"안쓰러워라. 어쩌다 이랬대?"

그릇 가게 아줌마가 혀를 찼다.

"애가 아주 순하고 영리했는데, 이렇게 오토바이에 치일 애가 아닌데."

건어물 가게 아줌마도 눈물을 훔쳤다. 치킨집 아저씨가 속상해하며 말했다.

"배달하는 청년 말이 얘를 보고 자기도 브레이크를 잡긴 잡았대요. 알아서 비킬 줄 알았는데, 글쎄 이 녀석이 입에 물고 있던 닭다리를 떨어뜨렸다 다시 무는 바람에……. 이 녀석이 요즘 손님이 남기고 간 치킨을 주면 여기서 먹지 않고 어딜 가져가더라구요. 아무래도 같이 붙어 다니던 그 작은 고등어 무늬 암컷한테 가져다주는 것 같더니만……."

나는 하얀 비닐 봉투에 쓰레기처럼 담긴 짝을 그냥 볼 수 없었다. 짝에게 다가가려는데 얼룩이 아줌마가 막아섰다.

"아니야, 가면 안 돼."

아줌마는 내 귀와 눈가를 핥아 주며 말했다.

"안타깝지만 우리한테는 흔한 일이잖아. 너나 나나 언제 저렇게 될지 몰라. 마음 독하게 먹고 아기들 키워야지."

아줌마 말대로 흔한 일이었다. 차나 오토바이에 치이는 것도, 굶주리고 병에 걸려 죽는 것도 흔한 일이었다. 그러나 독립해 처음 만난 친구이자 짝이었다. 내게 먹을 것을 가져다주려다 사고를 당한 게 틀림없었다. 그런데 저렇게 쓰레기봉투에 담겨 버려지는 것을 그냥 지켜볼 수밖에 없었다.

눈물이 차올랐지만 오래 슬퍼하고 있을 수도 없었다. 아기들을 지켜야 했다. 짝이 죽고 제대로 먹지 못한 며칠 사이 젖이 확 줄었다. 막내는 다른 아기들보다 작고 말라 걱정이었다. 어떻게든 아기들을 다 살리려고 이를 악물었다. 그런데 짝을 잃은 슬픔이 가시기도 전에 아기마저 잃고 만 것이다. 우리에게는 거리에서 죽는 일만큼이나 아기를 잃거나 어미를 잃는 일도 흔한 일이었다. 그렇다고 슬프지 않은 것은 아니었다.

아기들을 잃은 지 사흘 만에 젖이 말랐다. 아기들은 늘 젖이 부족했다. 내가 제대로 먹지 못한 탓이었다. 누군가가 아기들을 데려가지 않았다 해도 나는 내 아기들을 끝까지 지킬 수 없었을지 모른다.

"나는 왜 이렇게 바보 같을까요? 엄마는 내가 혼자 살아남지도 못할 거라고 했는데, 아기까지 낳아서……."

얼룩이 아줌마가 말했다.

"첫배는 많이 실패하는 법이야. 나도 잘 키워서 독립시킨 아기들보다 잃은 아기들이 더 많아. 그게 우리 고양이들 삶이야. 이렇게 자기 탓하면 길에서 살 수가 없어. 앞으로 더 강해져야지."

그러나 나는 더 강해지고 싶은 마음이 별로 없다. 그냥 이 골목 어디선가 목숨을 붙이고 살다가 빨리 무지개다리를 건너면 좋겠다는 생각마저 들었다. 내 속마음을 읽은 얼룩이 아줌마는 하루 종일 내 곁을 맴돌았다.

"허튼 생각은 하지 말고 이 악물어. 더 큰일이 닥칠 거야. 공사가 끝나면 우리뿐 아니라 가게 앞에서 노점을 하던 사람들도 쫓겨날 거래. 힘센 놈들만 살아남는 건 사람이나 우리나 똑같아. 그러니 똑바로 정신 차려야 해."

시장 골목은 엉망이 되었다. 얼룩이 아줌마와 내가 머물던 건물도 공사를 시작해 보금자리가 사라졌다. 날마다 일어나는 영역 전쟁으로 고양이들이 다치거나 죽었다. 얼룩이 아줌마와 나는 골목에서 밀려나 잠깐이라도 몸을 숨길 곳을 찾아다녔다. 그러다 문 닫은 카페 옥상을 겨우 찾아냈다. 옥상 빈 화분 사이가 우리 보금자리가 되었다. 며칠 사이 얼룩이 아줌마 몸이 눈에 띄게 쇠약해졌다. 우리가 며칠 동안 먹은 거라고는 빗물 몇 모금이 전부였다. 몸이 안 좋은 건 얼룩이 아줌마만이 아니었다. 나도 며칠 전부터 눈곱이 끼고 가렵더니 이제는 앞이 잘 안 보일 정도였다.

"비가 그치지를 않네."

나는 얼룩이 아줌마가 걱정되었다.

"아줌마, 바닥이 다 젖었어요. 그러다 감기가 더 심해질 거 같아요. 다른 보금자리를 찾아볼까요?"

"나는 괜찮아. 너나 다른 곳을 찾아봐."

"아니에요. 난 그냥 아줌마 옆에 있을 거예요."

아줌마가 쉰 목소리로 말했다.

"또 고집이다. 여긴 안전하지가 않아. 머지않아 여기도 공사가 시작될 거야. 넌 아직 살날이 많지만 나는 아니야. 너라도 살길을 찾아."

"그런 말 말아요. 뭐 먹을 것 좀 구해 올게요."

아줌마가 말했다.

"비가 와서 쉽지 않을 거야."

"그래도 한번 찾아볼게요. 믿어 봐요."

카페 아래 지붕을 타고 시장 바로 옆 상가 쪽으로 가 보기로 했다. 시장을 벗어난 곳에는 식당도 문을 열었고, 밤이 되면 포장마차도 문을 열었다. 비가 와서 인적이 드물었다. 이런 날은 먹을 것을 구하기가 더 힘들다. 그런데 엄마 등에 업힌 아기가 들고 있던 빵이 길바닥으로 떨어졌다. 횡재도 이런 횡재가 없었다.

"에고, 아까워라. 다 젖었네."

아기 엄마는 아쉽다는 듯 빵을 내려다보다가 종종걸음으로 가 버렸다. 그 빵을 집어 물었다. 허기진 배를 채우기에는 턱없이 작았지만 배고픔을 조금이라도 면할 수 있을 것 같았다. 빵을 물고 카페 쪽으로 가려는데 낯선 수고양이 두 마리가 내 주위를 서성이며 노려보았다. 며칠 만에 구한 음식이었다. 다른 고양이들한테 빼앗길 수는 없었다. 빵을 문 채 힘껏 달렸다. 빗줄기가 굵어졌다. 길이 미끄러웠다. 나는 길을 가는 사람들 사이로 뛰어들어 앞으로 내달렸다. 그러다 뭔가에 부딪쳤다. 나는 정신을 잃었다.

2

"연우야, 오랜만에 시장 좀 들르려고 하는데."

아빠가 차에 시동을 걸며 내 눈치를 살폈다.

"가."

"괜찮겠어?"

"뭐가?"

나는 시치미를 뗐다. 아빠가 말하는 시장은 내가 싫어하는 그 재래 시장이다. 그 시장 골목에는 엄마와 얽힌 추억이 많이 남아 있다. 그곳에는 외할머니와 외할아버지가 혼인 잔치를 할 때 신발을 맞춰 신었다던 구둣방이 있었다. 엄마가 고등학교에 입학할 때도 외할머니는 그곳에서 가죽 구두를 맞춰 주었단다. 리본 장식이 달린 촌스러운 그 구두 때문에 입학한 뒤 한참 놀림감이 되었다지만 엄마는 유치원 졸업식 때 신을 내 구두를 거기서 맞춰 주었다. 3대째 구둣방을 운영하던 화교 출신 주인 할아버지가 암 투병으로 더는 구두를 만들 수 없을 것 같다며 가보로라도 남겨 두고 싶다고 했다. 신발장에는 아직도 그 구두가 굽도 닳지 않은 채 놓여 있다.

우리 외할아버지는 그 시장 어귀에 있는 두 평 남짓한 작은 가게에
서 열쇠와 가죽 제품을 수리하는 일을 하셨다고 했다. 엄마와 자주 가
던 중국식 만두 가게는 외할아버지가 하루 장사를 마치고 꼭 만두와
공갈빵을 사 오던 곳이라고 했다. 엄마도 일찍 퇴근하는 날이면 일부
러 거기까지 가서 달콤한 공갈빵을 사 왔다.

그곳에는 엄마와 자주 가던 반찬 가게, 지글지글 끓는 기름 솥에 닭
을 통째로 넣어 튀겨 주는 치킨집, 텔레비전에 나와 유명해졌다는 김
구이집이 있었다. 지난 3년 동안 아빠 혼자 반찬거리를 사 온 적은 있
어도 나는 그 시장에 발을 디디지 않았다. 마지못해 시장에 가겠다고
한 것은 아빠 표정이 너무 간절했기 때문이다.

주차장에 차를 세우고 들어갔더니 시장 어귀에 리모델링 중이라는
안내문이 붙어 있었다.

"가는 날이 장날이라더니, 문을 닫았네."

아빠가 아쉬운 듯 머리를 긁적였다.

"오랜만에 돈가스랑 김이랑 밑반찬 좀 두루두루 사려고 했는데……."

아빠는 내 눈치를 흘끗흘끗 보다가 말했다.

"온 김에 우리 점심이나 먹을까?"

"그러지 뭐."

"뭐 먹을래?"

아빠는 또다시 내 눈치를 보았다.

"아무거나."

"우동 괜찮아?"

"상관없어."

"진짜?"

"그렇다고."

아빠가 말한 곳은 엄마와 자주 가던 우동집이다. 벌써 40년째 한자리에서 우동과 만두, 메밀국수를 판다. 엄마 아빠가 고등학생일 때부터 단골집이라고 했다. 나는 엄마 흔적이 있는 곳은 가고 싶지 않은데 아빠는 이상하게 엄마 흔적이 있는 곳만 골라 가고 싶어 한다.

우동집 문을 열고 들어갔다. 주말에 오면 꽤 길게 줄을 서는데 점심시간보다 좀 늦어서 그런지 한산했다. 아빠는 늘 엄마와 앉던 그 자리로 가 앉는다. 3년 만에 왔는데도 4년 전, 어느 신문에 난 맛집 기행 기사를 넣은 액자가 벽에 걸린 그대로다.

"어머, 오랜만이네요."

주인아줌마가 아빠를 보더니 반갑게 인사를 한다. 아줌마는 엄마와 고등학교 동창이다. 엄마가 공무원 시험에 합격해 첫 발령을 받을 즈음, 아줌마는 어머니가 하던 우동집을 물려받았다고 했다. 아줌마가 아빠와 나를 살피며 뭔가 물으려다 꿀꺽 삼켰다. 아빠가 내 눈치를 보며 얼른 주문을 했다.

"튀김우동 둘, 통만두 하나 주세요."

아줌마가 우동을 가져다주며 그예 물었다.

"이사 가셨다면서요?"

"네."

"저는 몰랐어요. 지난번에 동창회 갔다가 소식 들었어요. 왜 이렇게 안 오시나 궁금해하기만 했어요."

"네, 그렇게 됐습니다."

아줌마가 슬쩍 내 눈치를 보며 물었다.

"오늘인가요?"

"아니요. 어젭니다. 그래서 장모님 모시고 추모원에 다녀왔습니다."

"벌써 햇수로 3년이네요."

주인아줌마가 슬픈 목소리로 말을 해 놓고는 얼른 내 눈치를 살폈다. 나는 모르는 척했다.

"저희 당분간 문 닫아요."

아줌마가 분위기를 바꾸려는 듯 말을 던졌다.

"아니, 왜요?"

"여기 건물 리모델링한대요. 구청에서 여기를 역사 관광 지역으로 만든다고 해서 상가들이 대부분 리모델링을 할 거예요. 관광객들이 많이 오면 나쁠 게 없지만 공사하는 동안은 장사도 못 할 거고, 리모델링하고 나면 월세도 오를 거 같고, 걱정이 많아요. 사는 사람들은 우린데 왜 개발 계획은 겨우 4년 임기의 청장이나 시장이 다 하는지. 없는 사람들만 죽어나는 건 변하지 않네요."

아빠가 말없이 고개를 끄덕였다.

"그러게요. 세상이 변하질 않네요."

"에고, 모처럼 오셔서 식사하시는데……, 맛있게 드세요."

주인아줌마가 간 뒤 아빠가 우동 국물을 마시며 혼잣말을 했다.

"우동 맛은 변함없는데……."

아빠와 나는 우동을 먹는 둥 마는 둥 하고 나왔다.

우동집을 나와 주차장으로 가려고 길을 건널 때였다. 갑자기 뭔가가 내 발목에 부딪혔다. 깜짝 놀라 내려다보니 고양이였다. 고등어 무늬 고양이였는데 얼마나 말랐는지 갈비뼈가 그대로 보였다.

"아니, 이런 황당한 일이 있나?"

아빠가 어리둥절해서 나랑 고양이를 번갈아 보다가 허리를 숙여 쓰러져 있는 고양이를 살폈다. 언뜻 봐서는 살아 있는 것 같지 않았다.

"죽었지?"

"아니, 숨은 쉬어. 얼마나 기운이 없으면 사람 발목에 부딪혔다고 기절을 하지?"

"눈곱이 잔뜩 끼어서 앞도 안 보였겠다. 부딪혀서 쓰러졌다기보다 탈진한 거 같은데?"

아빠가 고양이 상태를 좀 더 자세히 살피더니 말했다.

"일단 병원에 데려가 보자."

나는 정색을 하며 아빠를 말렸다.

"안 돼. 그냥 가. 어차피 죽을 거 같은데 뭐."

"그렇다고 그냥 가자고?"

아빠는 주머니에서 손수건을 꺼내 고양이를 감싸 안았다.

"우리 가는 동물 병원까지 여기서 10분밖에 안 걸려."

"그럼 그냥 병원에만 가는 거다. 입양하자고 그러면 안 돼!"

"왜?"

"괜히 길에서 살던 애 데려갔다가 또롱이한테 병이라도 옮기면 안 되잖아."

"그런 걱정은 나중에 하고 일단 가 보자."

고양이를 진찰한 수의사가 말했다.

"영양실조에다 탈수가 심각해요. 이를 보면 태어난 지 1년도 안 된 것 같은데, 얼마 전 출산을 한 것 같아요. 그런데 젖이 다 말랐어요. 아기들이 다 죽었거나, 잃었거나."

"세상에 가엾기도 해라."

아빠 눈에 눈물이 글썽인다. 정말 못 말린다.

"한 일주일은 입원해서 상태를 봐야 할 것 같아요. 혹시 입양할 생각이 있으세요?"

아빠가 나를 보았다. 내가 눈길을 외면하자 수의사가 쓸쓸하게 웃으며 말했다.

"몸이 좀 좋아지면 중성화 수술을 해서 방사를 하거나 다른 데 입양을 알아볼 수도 있고요."

"아니요. 살릴 수만 있으면 제가 데려가겠습니다. 저희 고양이도 외로워하는 것 같고."

아빠는 또 사고를 쳤다.

"아빠!"

"너도 중학생 되고부터 또롱이 혼자 있는 시간이 더 많잖아. 또롱이한테도 친구가 필요해."

"그렇다고 개 두 마리에다 고양이까지 두 마리나 키우자고? 게다가 아빠가 길고양이들한테 주는 사료값도 장난 아닌데."

내 말에 수의사가 웃으며 말했다.

"어째 아드님이 더 어른스러워요?"

"아주 잔소리꾼입니다."

아빠는 수의사한테 멋쩍게 대답을 하고 나를 보며 말했다.

"돈 걱정은 네가 안 해도 돼."

수의사가 말했다.

"너무 부담되면 연락 주세요. 얘가 좀 행색이 나아지면 제가 블로그에 올릴게요."

"아니요. 제가 입양해 가겠습니다."

마을 회관에서 갈라진 샛길로 접어들자마자 복동이와 진국이가 짖기 시작한다. 참 신기하다. 멀리서도 아빠 트럭 소리를 알아챈다는 것이. 복동이와 진국이는 아빠가 차에서 내리자 경중경중 뛰어오르다 발라당 누워 배를 드러내고 어리광을 피운다.

나는 복동이와 진국이에게는 대충 인사를 하고 서둘러 안으로 들어 갔다. 인기척이 나자 내 방에서 자다 나왔을 또롱이가 게슴츠레한 눈으로 비틀거리며 나타났다. 그러나 나한테 곧장 달려오는 대신 제 스크래처로 가 한참을 긁었다.

"또롱아, 형 왔잖아. 와서 반겨 줘야지."

그제야 또롱이는 내게 다가와 바지 자락에 코와 뺨을 시작으로 온몸을 비벼 댔다. 덕분에 바지에 노란 또롱이 털이 잔뜩 묻었다.

"잘 있었어?"

또롱이가 입을 뻥긋거리며 소리가 들릴락 말락 하게 야옹거린다. 마치 어디 갔다 왔느냐고 투정을 부리는 것 같다.

"엄마한테 갔다 오는 거야."

또롱이가 알아듣기라도 한 듯 가릉거리며 또 바지 자락에 코를 비볐다. 또롱이를 안아 올리며 물었다.

"또롱아, 너 친구 있으면 좋겠어?"

또롱이가 내 눈을 바라보다 눈을 살짝 감았다 떴다. 내 말을 알아듣기나 하는 건지 모르지만 아빠 말대로 요즘 들어 또롱이가 좀 우울해하는 것 같았다. 호기심 많고 활발하기 짝이 없는 녀석이 캣타워에 올라가 멍하니 창밖만 바라보고 있을 때가 많다. 사춘기도 지났는데 그러는 모습을 보면 안쓰럽기도 했다.

특히 요즘은 틈만 나면 밖에 나가고 싶다고 칭얼거린다. 또롱이가 어렸을 때만 해도 종종 마당에 나가 진국이나 복동이와 어울려 놀았다.

진국이는 또롱이를 처음 봤을 때부터 꼬리를 흔들며 반겨 주었다. 또롱이가 오고 한 달 뒤 식구가 된 복동이도 마찬가지였다. 또롱이는 자기보다 열 배쯤 큰 복동이한테 털을 곤두세우며 쉭쉭거렸지만 복동이는 그런 또롱이가 귀엽다는 듯 고개를 갸우뚱거리더니 꼬리를 흔들었다. 며칠 지나자 복동이는 또롱이를 핥아 주기까지 했다.

그 뒤로 또롱이는 현관문만 열리면 잽싸게 빠져나가 복동이와 진국이에게 달려가 놀았다. 가끔은 언제 나갔는지도 모르게 나가 복동이 품에서 자고 있기도 했다.

그런데 작년 봄부터 집 뒤 산언저리에 펜션 단지 확장 공사가 시작되면서 덤프트럭과 레미콘이 드나들어 벌써 길고양이와 족제비, 청솔모까지 동물 여러 마리가 죽었다. 그래서 우리는 또롱이의 외출을 막고 있었다.

밖을 그리워하는 또롱이를 안아 어깨에 올리고 베란다로 나가 문을 열었다. 그러자 또롱이는 자기가 원한 것은 이게 아니라는 듯 어깨에서 뛰어내려 캣타워로 올라가 버렸다.

"또롱아, 삐쳤어?"

"야아아아옹."

또롱이는 캣타워에 앉아서는 꼬리를 탁탁 치면서 삐쳤다는 것을 온몸으로 드러내고 있었다.

"밖에 나가면 위험해서 그래. 공사 끝나면 형이랑 놀러 나가자."

"야아옹."

또롱이는 끝내 뒤도 돌아보지 않았다.

또롱이가 우리 집에 온 것은 2년 전, 시골로 이사 온 지 며칠 되지 않았을 때였다. 집으로 오는 삼거리 길목에서 울고 있는 아기 고양이를 발견했다. 그 옆에는 어미 고양이가 코와 귀에서 피를 흘린 채 죽어 있었다. 교통사고를 당한 게 틀림없었다. 그대로 두면 아기 고양이마저 위험할 것 같았다. 아빠는 어미 고양이를 풀숲으로 옮긴 뒤, 점퍼로 아기 고양이를 감싸 안았다. 또롱이는 집에 온 첫날 밤부터 사흘 동안 계속 울었다. 나흘째 되던 날에야 내 품에 안긴 또롱이는 제 엄마를 찾는 듯 코를 킁킁거리고 겨드랑이 사이에다 고개를 파묻고 울었다. 또롱이 눈빛과 목소리가 엄마를 부르고 있었다. 나는 또롱이의 두려움, 그리움, 슬픔을 다 이해할 수 있었다. 나 역시 그렇게 엄마를 잃었기 때문이다.

엄마가 하늘나라로 간 건, 내가 초등학교 4학년이 된 이른 봄이었다. 동사무소의 사회복지 공무원이던 엄마는 퇴근 뒤에도 근처 임대 아파트나 달동네로 가정방문을 갔다 오는 날이 많았다. 그날도 학원에서 돌아왔는데 엄마한테 전화가 왔다.

"연우야, 아침에 해 놓은 반찬이랑 해서 먼저 저녁 먹어. 엄마는 자활 근로 신청한 아저씨 집에 잠깐 들렀다 갈게. 미안해, 아들."

늘 있는 일이었다. 나는 혼자 집에 들어와 거실과 주방에 전등을 켰다. 아무도 없는 집에 혼자 들어가는 것만큼 싫은 일은 없다. 혼자 밥을 먹는 것도 절대로 익숙해지지 않았다. 그날 나는 엄마가 해 났다는 밑반찬 대신 달걀을 부쳐서 밥에 비벼 먹었다. 그런데 곧 온다던 엄마가 밤 9시가 되도록 오지 않았다. 전화도 받지 않았다. 할 수 없이 학원에 있는 아빠에게 전화를 걸었다. 아빠도 걱정을 하고 있는 중이라고 했다. 그리고 정확히 9시 반에 집 전화가 울렸다. 이상하게 서늘한 느낌이 들었다. 수화기 너머로 목소리가 들렸다.

"여기 119 구조대인데요. 혹시 오은진 씨라고 아세요?"

"네. 저희 엄만데요."

수화기 너머가 짧은 순간 조용해졌다.

"어른 없어요?"

"네. 저 무슨 일이에요?"

"혹시 아빠는요?"

"아빠 전화번호 알려 드려요?"

"네."

전화를 끊고 얼마 지나지 않아 아빠에게서 전화가 왔다.

"연우야, 엄마가 좀 아파서 병원에 있대. 아빠가 경비 아저씨께 택시 불러 달라고 부탁 드렸으니까 지금 내려가서 병원으로 와. 올 수 있지?"

아빠 목소리는 차분했지만 어딘가 모르게 떨리고 있었다. 병원에 도착했을 때 엄마는 이미 의식이 없었다. 경찰 말로는 엄마가 길가에 쓰러진 채 30분 넘게 방치되어 있었던 것 같다고 했다.

엄마가 가정방문을 간 곳은 임대 아파트 단지 뒤에 있는 산동네였다. 그곳에서 우리 집까지는 걸어서 고작 20분이다. 그 시간에 지나다니는 사람들이 없는 것도 아니었다. 경찰 말로는 지나가는 사람들이 술 취한 여자가 쓰러져 있다고 생각했단다. 봄이라 해도 밤이면 기온이 내려가 아직도 두꺼운 점퍼를 입어야 했다. 나는 엄마가 길에서 쓰러진 채 30분 동안이나 누구의 도움도 받지 못했다는 사실이 무섭고화가 났다. 뒤늦게나마 신고한 것은 지나가던 여고생 누나들이었다.

엄마가 중환자실에 있는 동안 엄마 직장 동료들이 왔다. 아빠는 과장 아저씨와 한참 이야기를 하다 주먹으로 벽을 치며 소리를 질렀다. 아빠가 그러는 걸 처음 봐서 무서웠다. 아빠한테 가려고 하자 다른 분들이 말렸다. 아빠가 한참 만에 돌아와 의자에 앉더니 바지를 움켜쥐며 신음 소리를 냈다. 아빠 얼굴은 벌겋게 달아올랐고 이마와 눈가에서 땀과 눈물이 뒤엉켜 쏟아져 내렸다. 우리는 그날 중환자실 앞에서 밤을 샜다.

다음 날 아침, 이웃집 할머니와 함께 병원에 와서 엄마를 본 외할머니는 그대로 쓰러져 응급실로 실려 갔다. 엄마는 인공호흡기를 낀 채말없이 누워 있었다. 나는 혹시라도 엄마가 눈을 떴다가 마스크를 쓴나를 못 알아볼까 봐 간호사 눈치를 보며 마스크를 내렸다. 그러고는엄마 귀에다 대고 말했다.

"엄마 나 왔어. 엄마 꼭 일어나야 해, 꼭. 나 엄마한테 할 말 많아. 어제도, 그저께도 엄마가 늦게 와서 하지 못한 말 엄청 많단 말이야."

엄마는 대답은커녕 눈도 깜짝하지 않았다. 아빠는 엄마 손을 잡고 말했다.

"은진아, 미안해. 내가 너 이렇게 만든 책임 끝까지 물을 거야. 꼭."

아빠 목소리가 떨렸다. 그러나 흘끗 올려다본 아빠 눈에서 더는 눈물이 흐르지 않았다. 엄마는 그날 저녁 하늘나라로 떠났다. 의사는 심장마비라고 했다. 심장마비의 원인이 과로와 스트레스냐고 묻는 아빠 말에 의사는 곤란해하며 대답했다.

"과로사 진단이 쉽지 않습니다. 뇌혈관이나 심장에 질병을 유발시킬 만큼 업무가 과도했고 노동시간이 길었다는 것을 증명할 수 있어야 할 뿐 아니라, 평소 생활 습관은 어땠는지 질환은 없었는지도 봐야 하고……"

아빠는 엄마가 중환자실에 있는 동안 엄마의 직장 상사들을 기다렸으나 오지 않았다. 그들이 온 것은 아빠가 의사에게 부검 요청을 한 뒤였다.

부검 때문에 엄마 장례식은 숨을 거둔 지 하루가 지나서 시작했다. 아빠는 장례식장에서도 화장터에서도 울지 않았다. 고모부가 말했다.

"독한 놈."

고모가 말했다.

"슬픔보다 분노가 더 커서 그래."

나는 장례식장에서 엄마 사진을 볼 때나 문상객을 맞을 때나 계속 눈물이 났다. 장례식장에 찾아오는 사람은 별로 없었다. 아빠한테는 고모와 고모부가 가족의 전부고, 외갓집 식구는 외할머니가 전부였다. 문상객들은 주로 아빠와 엄마의 직장 동료와 동창, 친구들이었다. 외할머니는 장례식 내내 자주 정신을 잃었다. 외할머니는 착하게 살아도 다 소용없다며, 우리도 우리 생각만 하고 영악하게 살았어야 했다고 울부짖었다. 나는 외할머니 말이 맞는지도 모른다고 생각했다.

사흘째 되는 날 새벽, 나는 영정 사진을 들고 관 앞에 섰다. 그때부터 나는 울지 않았다. 관이 까맣고 커다란 차에 실릴 때도, 화장장으로 들어갈 때도 울지 않았다. 떠나는 엄마한테 의젓한 모습을 보여 주고 싶었다. 나는 엄마를 볼 수 없지만 하늘나라로 떠나는 엄마는 내 모습을 지켜볼 거라고 생각했다. 그래서 엄마 사진을 들고 화장장 앞에서 순서를 기다릴 때도, 화장로로 향하는 관을 바라보면서도, 화장로에 들어간 엄마를 기다리는 두 시간 동안에도 울지 않았다. 그런데 엄마가 잿빛 뼈로 나왔을 때만큼은 눈물을 참을 수 없었다. 유니폼을 입은 직원들이 그 뼈를 가루로 만드는 것을 보면서 하마터면 창 너머로 들어가 그만하라고 소리를 지를 뻔했다. 그 마음을 알아챘는지 아빠가 내 어깨를 꽉 잡았다. 아빠를 올려다보니 아빠는 입술을 꽉 깨문 채 눈시울만 붉히고 있었다.

아빠는 엄마 뼈가 담긴 도자기를 들고, 나는 사진을 들고 추모원으로 갔다. 엄마가 들어갈 추모원 이름은 '평화당'이었다. 언젠가 엄마 아빠랑 갔던 미술관처럼 가운데 커다란 홀이 있는 평화당 2층 오른쪽 구석 칸, 맨 아래에서 두 번째가 엄마 자리였다. 나는 그 자리가 마음에 들지 않았다. 엄마 자리는 바닥에서 겨우 한 칸 위였다. 엄마를 보러 갈 때마다 쭈그리고 앉아야 했다. 엄마를 외롭게 두고 가는 게 싫었다. 엄마가 죽은 땅바닥과 가까운 그 자리에 엄마를 그대로 두고 가는 게 싫었다. 결국은 울음을 터뜨리고 말았다. 엄마를 두고 갈 수 없다고. 그러나 울부짖는 것 말고는 할 수 있는 게 없었다.

아빠는 그 뒤로 1년 반 동안 엄마의 과로사를 인정받기 위해 이리저리 뛰어다녔다. 아빠는 근로복지공단과 법원을 오가며 엄마의 직장 동료들, 보험회사 직원, 변호사를 만나고 다니다 밤에는 학원에서 강의를 했다. 아빠가 그렇게 바쁜 동안 나는 외갓집에서 지냈다.

엄마가 마지막으로 가정방문을 갔던 달동네 아래에 있는 임대 아파트가 외갓집이었다. 그곳에 있던 1년 반은 지옥 같았다. 외할머니는 내가 학교에서 돌아오면 엄마 얘기를 하며 눈물을 찍어 냈다. 외할머니는 오래전에 한쪽 눈의 시력을 잃었고, 다른 쪽 눈은 사물을 분간할 수 있을 정도의 시력만 남아 있었다. 그래도 외할머니는 꼬박꼬박 내 아침과 저녁을 챙겼다. 외할머니와 있는 동안 나는 외할머니한테 짐이 되는 것 같아 불편했다. 나만 보면 불쌍하다는 외할머니 앞에서 안 슬픈 척하는 것은 쉬운 일이 아니었다. 아빠가 오면 안겨 울고 떼라도 부리겠다고 별렀지만, 막상 일주일에 한 번, 혹은 한 달에 한 번 오는 지친 아빠를 보면 입이 떨어지지 않았다.

아빠는 끝내 엄마의 과로사를 인정받지 못했다. 엄마가 죽은 지 2년째 되던 해 봄, 아빠와 나는 강화도로 이사를 왔다. 아빠는 외할머니에게 같이 가자고 했지만 외할머니는 고개를 저었다.

"걱정 말게. 연우나 잘 챙겨. 열여덟 살 이후로 내내 이렇게 안 보이는 눈으로도 잘 살았어. 복지관에서도 자주 나오고, 이웃에 친구들도 있으니 나 살던 데서 살고 싶어."

그러나 우리가 이사를 오자마자 외할머니는 요양원으로 들어갔다.

내 곁에 또롱이가 있어서 견딜 만했다. 또롱이는 밥 먹을 때도, 텔레비전을 보거나 게임을 할 때도 내 주위를 떠나는 법이 없었고, 밤새 같은 침대 위에서 잤다. 그런데 중학생이 되고 나니 또롱이가 혼자 있는 시간이 많았다. 아빠 말대로 또롱이에게 새 친구가 필요할 것도 같다.

3

"얘들아, 새 가족이 왔어. 냄새 잘 맡아 둬. 혹시라도 얘 나오면 해치지 말고."

아저씨는 차에서 내려 나를 개들이 짖어 대는 쪽으로 데려갔다. 개들이 컹컹 짖는 소리에 몸이 저절로 움츠러들었다. 가방에 갇혀 있었지만 개들이 다가와 냄새를 맡는 게 느껴졌다. 나는 가방 옆구리에 난 망사 창문으로 개들을 살폈다. 둘 다 덩치가 엄청 컸다. 가방 안에 있다 해도 안심이 되지 않아 털을 잔뜩 세우고 개를 향해 이를 드러내 보이며 위협했다. 그러나 개들은 겁을 먹기는커녕 망사 창문에 커다란 코를 들이대고 콧바람을 씩씩 내뿜었다.

시장에 살 때 자주 마주쳤던 동물이 개였다. 가끔 사람 품에 안겨, 혹은 줄에 묶여 시장에 오는 개들을 보면 괜히 거미치밀었다. 우리는 하루하루 먹고사는 것도 힘든데 사람처럼 옷을 입고는 사람 흉내를 내는 녀석들이 거슬렸다. 가끔은 엄청나게 큰 개들이 거만하게 시장을 어슬렁거릴 때가 있다. 우리를 보면 이맛살을 찌푸리던 사람들이 개를 보며 멋있다느니, 예쁘다느니 호들갑을 떠는 걸 보면 영 기분이 나빴다.

"모리야, 겁내지 마. 다 착한 애들이야."

아저씨는 내게 모리라는 이름을 지어 주었다. 연우 엄마가 좋아하던 소설에 나오는 주인공이라고 했다. 나는 아무래도 좋았다.

아저씨는 거실에 가방을 내려놓고 지퍼를 천천히 열었다. 콩닥거리는 가슴을 진정시키며 고개를 내민 순간 갑자기 고양이 얼굴이 코앞에 나타났다. 깜짝 놀라 온몸의 털을 한껏 부풀렸다. 그런데 녀석은 뒤로 물러나기는커녕 내 뒤로 와서 내 엉덩이에 제 코를 대고 냄새를 맡았다. 얼른 뒤로 돌아 녀석의 뺨을 향해 앞발을 휘둘렀다. 그러나 녀석이 어찌나 빠른지 내 앞발은 허공을 가르고 떨어지고 말았다.

"야, 그 짧은 발로 나를 친다고? 그러지 말고 우리 인사나 하자."

녀석이 다시 다가왔다. 나는 귀를 뒤로 접으며 "꺼져!" 하고 소리쳤다. 그 모습을 지켜보던 아저씨가 한마디 했다.

"모리, 또롱이는 너랑 친해지고 싶대."

녀석은 아저씨 말이 끝나기도 전에 다짜고짜 내 앞으로 다가와 제

콧등을 내 앞으로 쓱 내밀었다. 나는 다시 앞발을 휘둘렀다. 이번에는 다행히 제대로 녀석의 뺨에 맞았다. 어리둥절해하는 또롱이를 보고는 잽싸게 탁자 밑으로 숨었다. 또롱이란 녀석은 뺨을 얻어맞고도 덤빌 생각이 없어 보였다.

또롱이는 예전 짝과 같은 색에 같은 줄무늬였다. 다만 가슴부터 배까지 흰털이 나 있고, 다리도 하얬다. 좁은 콧등 때문인지 동그란 눈이 가운데로 몰려 있는 것이 뭔가에 놀란 것처럼 보였다. 나는 또롱이한테는 무심한 척하고, 방 안을 둘러보았다. 얼핏 봐도 동물 병원보다는 널찍했다. 곳곳에 가구들이 있어 몸을 숨길 데도 꽤 있어 보였다. 탁자 밑에서 고개를 살짝 들어 어디 안전하게 올라가 있을 곳은 없는지 살폈다. 그러다 눈에 띈 곳이 있었다. 아저씨 뒤로 보이는 찬장 위였다. 나는 또롱이와 아저씨가 한눈을 파는 사이 탁자를 빠져나와 의자와 탁자를 징검다리 삼아 잽싸게 싱크대 옆 냉장고로 올라갔다가, 거기서 다시 싱크대 찬장 위로 올라왔다. 찬장 위는 먼지 뭉치와 죽은 지 오래돼 말라비틀어진 벌레들이 나뒹굴었다. 그래도 낯선 집 안이 훤히 내려다보이는 찬장이 또롱이가 있는 곳보다는 안전해 보였다. 또롱이가 나를 올려다보며 말했다.

"와, 그 짧은 다리로도 높이 올라갈 수가 있네. 너 멋지다. 마음에 들어!"

아저씨도 나를 올려다보더니 덤덤하게 말했다.

"생각보다 빠른데? 거기가 편하면 거기 있어. 밥은 여기다 놓을게. 배고프면 내려와서 먹어라. 나는 일하러 가야 해."

아저씨가 나간 뒤, 나는 아래를 내려다보며 꼼짝하지 않았다. 또롱이는 탁자 위에 앉아 나를 올려다보다가는 털을 다듬고는 픽 하고 쓰러지듯 옆으로 눕더니 한잠 자고 일어났다. 그러고는 방바닥으로 내려가 제 사료를 오도독오도독 씹고 물까지 먹고는 다시 식탁 위로 올라와 물었다.

"모리, 넌 배 안 고파?"

대답을 하지 않았다.

"배 안 고파? 배고프면 내려와서 먹어. 나 너 안 건드려. 진짜야. 믿어 봐."

그러고는 무심한 척 다시 털을 다듬었다. 또롱이의 행동은 무척 느긋하고 당당했다. 녀석을 보니 누군가에게 쫓길까 늘 불안하고, 하루하루 먹을 것을 걱정하던 길 위의 삶이 아득하게 느껴졌다.

연우는 해가 산 너머로 기울 때쯤에야 집에 돌아왔다. 연우는 찬장 위에 있는 나를 한번 올려다보더니 시큰둥하게 한마디 던졌다.

"너는 왜 거기 올라가 있어?"

그러고는 또롱이를 쓰다듬으며 다정하게 물었다.

"또롱아, 어때? 친구 마음에 들어? 친구 왔다고 나 모르는 척하기 없기다. 순전히 너 때문에 쟤 입양하는 거 찬성한 거다. 잊지 마."

또롱이는 연우 손길이 닿자 금세 가릉거리는 소리를 내며 옆으로 누웠다. 연우는 또롱이를 안고 제 방으로 가 버렸다.

나는 밤새 싱크대 찬장에서 내려오지 않았다. 어둠이 내리자 집 밖에서 낮은 울음소리가 들려왔다. 바스락거리며 걷는 소리, 푸드덕거리는 소리, 누군가 달아나며 내는 다급한 발자국 소리도 들렸다. 낯선 소리는 긴장을 풀 수 없게 했다. 가끔 또롱이가 연우 방에서 나와 주방과 거실을 오가며 나를 살피고 들어갔다. 또롱이는 나와 싸울 생각이 전혀 없는 것 같았다.

동이 트자 집 주위에서 삐리리삐리리, 츄이츄이, 쓰쓰 삐이 하는 소리가 들렸다. 노랫소리 같기도 하고, 울음소리 같기도 했다. 낯선 소리였지만 시장에서 살 때 듣던 오토바이 소리, 자동차 경적 소리, 사람들의 외침처럼 위협적이지 않았다.

아저씨는 날이 완전히 밝자 방에서 나와 분주하게 움직이더니 음식을 식탁 위에 올려놓았다. 곧이어 연우가 이리저리 뻗친 머리를 빗지도 않고 나와 의자에 앉았다. 연우는 눈을 제대로 뜨지도 않고 밥을 입으로 꾸역꾸역 밀어 넣었다.

아저씨는 현관을 나서기 전, 나를 올려다보며 말했다.

"모리야, 아직도 안심이 안 돼? 괜찮아. 우리 나가면 내려와서 밥도 먹고, 물도 먹고, 볼일도 봐."

연우와 아저씨가 나간 뒤, 또롱이는 현관문을 멍하니 바라보다가 기운 없이 들어와 거실 바닥에 엎드렸다. 그러고는 나를 보며 말했다.

"연우는 이제 날이 저물 때가 되어야 돌아와. 학교에 가거든. 아저씨는 밭에 일을 하러 나가. 점심때 들어오긴 하지만 나랑 놀아 줄 수는 없지. 다시 또 돈 벌러 멀리 가거든. 솔직히 나, 연우랑 아저씨가 없으면 엄청 심심해. 밖에 나갈 수도 없고. 그런데 네가 와서 참 다행이야."

또롱이 말을 못 들은 척 몸을 웅크리고 눈을 감았다.

"귀찮아? 알았어. 너한테 신경 안 쓸게."

또롱이도 눈을 감았다. 얼핏 보면 자는 것 같지만 귀는 연신 쫑긋거렸다. 내게 신경이 쓰이면서도 일부러 모르는 척하는 것 같았다. 나는 조심스럽게 찬장에서 내려와, 모래가 수북이 쌓여 있는 변기로 갔다. 하루 동안 참았던 오줌을 누고, 밥과 물도 먹었다. 그때까지도 또롱이는 모르는 척 눈을 감고 있었다. 병원에서부터 누군가가 주는 사료와 물을 안전하게 마음 놓고 먹을 때마다 혼자 두고 온 얼룩이 아줌마가 생각났다. 아줌마에게 그 빵을 가져다주지 못한 게 걸렸다.

나른한 표정으로 누워 방바닥을 이리저리 뒹굴던 또롱이가 갑자기 몸을 일으켜 큰 창문 쪽으로 갔다. 그러고는 몸을 사리고 창밖을 응시했다.

"까치가 둥지를 짓고 있구나. 한참 나뭇가지를 주워 가더니 이번엔 진국이 꼬리털을 뽑네. 와, 박새도 짝짓기를 하는구나. 자식들 요란하네."

그러더니 뒤를 돌아보며 물었다.

"모리, 너도 중성화 수술 했지? 나도 마찬가지야. 난 아빠가 될 수 없대. 그래서 쟤네들을 보면 부러워. 우와, 또 진국이 꼬리털을 뽑았네? 암컷은 마당에서 나뭇가지를 주웠어. 재밌겠다. 그치?"

근심거리 하나 없는 단순한 고양이인 줄 알았는데 창밖을 바라보며 누군가를 부러워하는 모습이 왠지 안쓰러워 보였다. 또롱이에게 슬쩍 물었다.

"근데 까치가 누구야? 개털을 왜 뽑아?"

또롱이 얼굴이 환해졌다.

"아, 알을 낳기 위해 둥지를 지으려는 거야. 쟤네는 집을 높은 나무 위나 전봇대 위에 지어."

"어떻게 거기까지 올라가? 높이 뛰어오르나?"

"아니, 쟤네는 날개가 있어. 저 봐, 방금 날아갔잖아."

검은색 물체가 허공을 날아 금세 눈앞에서 사라져 버렸다. 파리나 모기, 나방처럼 허공을 날아다니는 동물이 있다니 놀라웠다.

"너, 새 처음 봐?"

"저걸 새라고 하는구나. 시장에 살 때는 하늘을 본 적도 없어. 그 시장 골목에는 커다란 지붕이 있었거든. 하늘을 날 수 있다니 정말 신기해."

"아저씨가 그러는데 새가 날 수 있는 건 저 날개와 텅 빈 뼈 때문이래. 그러니 나처럼 둔한 몸으로는 하늘을 날 수 없지."

"넌 아는 게 많구나."

"그럼. 봄 여름 가을 겨울을 두 번씩이나 겪은걸. 궁금한 게 있으면 물어봐. 다 알려 줄게."

나는 또롱이 눈을 바라보았다. 또롱이 눈빛은 시장 골목에서 보던 고양이들과 달리 부드러우면서도 자신감에 차 있었다.

"이제 곧 꽃이 필 거야. 그럼 널 데리고 나가서 신기한 걸 보여 줄게."

"나간다고?"

"응."

"어디로?"

"저 마당으로."

"밖에 자유롭게 나다닐 수 없다며?"

"응. 지금은 못 나가지만 날이 좀 더 따뜻해지면 기회가 오지."

"기회?"

"응. 몰래 나갈 기회. 나만의 비밀 문이 곧 열릴 거야. 며칠만 기다려 봐. 보여 줄게."

또롱이가 창밖을 보며 말했다. 또롱이 눈은 꿈을 꾸는 것 같다. 내게 밖은 불안하고 위험한 곳이었다. 그런데 또롱이에게는 밖이 뭔가 즐겁고 재미있는 것으로 가득 찬 곳인 듯 느껴졌다. 또롱이는 창밖에서 시선을 거두고 말했다.

"모리, 여기 있는 거 아무거나 다 써도 돼. 저 방석, 스크래쳐, 하루 종일 해바라기를 할 수 있는 캣타워 맨 꼭대기 자리도 너 줄게. 내 방도."

연우 방으로 가며 또롱이가 말했다.

"따라와. 여기는 내 방이야."

"이게 네 방이라고? 연우 방이잖아."

"연우 거였는데 내 영역으로 만들었어. 자 봐. 여기 침대 선반에 내 발톱 자국 보이지? 저 책상에도, 의자 가죽에도 내 발톱 자국이 있잖아. 저 문턱, 문, 이 책꽂이 다 내 거야. 그렇지만 연우를 위해 양보를 많이 하는 편이지. 연우가 게임을 하거나 공부를 할 때는 저 의자를 마음껏 쓰게 허락해. 이 침대도 연우랑 내가 같이 누워도 좁지 않으니까 연우가 올라오도록 허락하고 있어. 연우한테서 접수하지 않은 건 저 컴퓨터 모니터와 책뿐이야. 저것들은 쓸모가 없거든. 이 방에 있는 건 다 내 거니까 네 마음대로 써도 된다는 말이야. 내가 다 허락할게."

연우와 또롱이를 살펴보면 또롱이 말처럼 연우가 또롱이 것을 빌려 쓰는 것처럼 보였다. 연우는 또롱이가 의자에 누워 잠을 자고 있으면 아주 조심스럽게 말했다.

"또롱아, 형아 숙제해야 해. 침대에서 자."

어쩌다 또롱이가 침대 한가운데에서 자고 있으면 연우는 조심스럽게 옆에 누웠다. 또롱이와 연우 사이는 정말 형제 같았다. 나는 연우와 또롱이가 잠들면 조심스럽게 책상 위로 올라가 둘이 꼭 안고 자는 것을 내려다보았다.

또롱이는 잠을 자다 가끔 몸을 떨거나 잠꼬대를 할 때가 있다. 그건 연우도 마찬가지다. 연우는 가끔 소스라치게 놀라며 일어나 엉엉 소리

내어 울기도 했다. 그러면 아저씨가 안방에서 달려와 연우를 안았다. 덩치는 아저씨보다 연우가 더 큰데 아저씨는 연우를 안고 한참을 달래 주었다. 그럴 때는 연우가 아주 작은 아기처럼 보였다.

"또롱아, 연우는 왜 자다가 막 울어?"

"너도 봤어?"

"응. 자주 그러던데?"

또롱이가 잠시 뭔가 생각하더니 조심스럽게 말했다.

"연우가 열한 살 때 연우 엄마가 하늘나라로 갔대. 아저씨가 그러는 데 어린 나이에 엄마를 잃는 것은 아주 큰 충격이래. 연우는 아직 그 충격이 마음에 남아 있대. 여기 머릿속에도. 그 기억들이 꿈속에서는 솔직하게 드러난대. 그래서 우는 거래."

"근데 너도 그래."

"나도 그런다는 얘기는 아저씨랑 연우한테 들었어. 사실 잘 기억나 지 않는데 연우가 나를 처음 발견했을 때 우리 엄마는 차에 치여 죽어 있었대. 그 옆에서 나는 울고 있었고. 아저씨가 그랬어. 내 머릿속 어딘 가에도 그 기억이 남아 있는 거라고. 근데 난 엄마가 기억이 나지 않지 만 연우는 자기 엄마를 다 기억해. 나한테 자기 엄마 얘길 많이 해 주 거든. 엄마를 기억한다는 건 어떤 걸까? 궁금해. 넌 엄마 기억해?"

"응."

"엄마랑 오래 살았어?"

"독립하기 전까지."

"길에서 사는 고양이들은 독립하면 진짜 혼자 살아?"

"응."

"그럼 언제 독립하는 거야?"

"사냥을 하게 됐을 때."

"우와, 멋지다. 너도 사냥해 봤어?"

뭐라고 대답할까 망설이다 솔직히 말했다.

"아니. 아주 작은 쥐를 두어 번 쫓다가 실패했어. 나는 사냥을 잘 못해. 그래서 독립해서 힘들었어. 아주 많이."

"그랬구나. 그래도 멋지다. 나도 쥐를 잡아 보고 싶어. 새도 잡아 보고. 내가 나방은 한 방에 잡잖아. 귀뚜라미, 거미 다 나한테는 한 방이야. 그런데 그건 다 너무 만만해. 나도 한번쯤은 밖에서 살아 보고 싶어. 쥐도 잡고, 새도 잡고. 멋지잖아? 근데 내가 나가면 연우가 너무 슬퍼질까 봐 참는 거야."

또롱이 눈빛이 다시 반짝였다.

"길에서 사는 게 그렇게 멋지기만 한 건 아냐. 자유로워 보이지만 그만큼 고달파. 늘 죽음이 옆에 있지. 좁은 영역에서 여럿이 먹고살려면 날마다 싸우고 경쟁해야 해. 그런 데서 나처럼 다리가 짧고 둔한 고양이가 사는 건 아주 힘든 일이었어. 난 다시 그곳으로 돌아가고 싶지 않아."

4

봄이 다 가기도 전에 여름이 찾아왔다. 학교에서 셔츠를 벗고 있었는데도 무척 더웠다. 아빠는 점점 봄이 짧아지는 것 같다며 걱정하지만 나는 봄이 이렇게 후다닥 지나는 게 좋다. 엄마 장례식 이후로 화장장 근처에 활짝 폈던 벚꽃도, 추모원을 나오다 봤던 하얀 배꽃도 마주치기 싫다. 그런데 또롱이는 봄이 되면 밖에 나가 놀고 싶어 안달이 난다. 심심해서 못 참겠다는 듯 또롱이는 생쥐 장난감을 물어다 내 앞에 놓고 올려다본다. 태엽을 감아 달라는 거다. 몇 번 태엽을 감아 주니 장난감을 쫓아다니며 장난을 치다 만다. 이번에는 책꽂이 위에 올려놓은 낚싯대를 내놓으라고 야옹거린다. 물고기 인형이 달린 낚싯대를 꺼내 몇 번 휘둘러 주었다. 역시 낚싯대 놀이도 금방 시큰둥해진다. 또롱이는 스크래쳐에 앉아 있는 모리한테 가서 시비를 건다. 목덜미를 물고, 스크래쳐에 네 발을 넣고 모리가 귀찮아서 일어날 때까지 짓궂게 군다. 모리는 마지못해 일어나 나왔지만 놀 생각은 없는지 방바닥에 옆으로 드러누워 버린다. 그러면서 나를 흘끗흘끗 쳐다본다. 내가 또롱이랑 놀아 주라는 말을 하지는 않을까 긴장하는 것처럼 보인다. 모리는 다 커서 와서 그런지 아빠나 내 눈치를 많이 본다.

모리는 밥을 주면 제 밥은 먹지 않고 흘끗거리며 또롱이 밥그릇만 넘보고, 제 몫으로 사 준 방석은 놔두고 꼭 또롱이 방석에만 올라가 있다. 아빠는 모리가 길에서 오래 생활한데다 상처를 많이 겪어서 의심이 많고 먹을 것에 대한 집착이 크다고 했다. 어제는 자꾸 또롱이 밥을 넘보느라 제 사료는 씹지도 않고 꿀꺽꿀꺽 삼키는 모리를 지켜보다 아빠가 말했다.

"모리를 보면 꼭 어렸을 때 나 같아. 어렸을 때 어머니 아버지가 차례로 집을 나가고, 큰아버지네 얹혀살았거든. 그때 진짜 눈치 많이 보고 살았어. 눈칫밥을 먹으면 이상하게 배도 더 자주 고파. 누가 뺏어 먹는 것도 아닌데 허겁지겁 밥을 먹게 되지. 또 밥상에 앉으면 사촌 형들 밥은 고봉인데 내 밥은 반도 안 찬 것 같았어. 시장 가서 똑같이 운동화를 사는데도 형들은 더 좋은 신발을 사는 것 같았지. 형들이나 누나나 나나 모두 짝퉁 운동화였는데 그게 무슨 차이가 있다고 샘내고 섭섭해했는지. 지금 생각해 보면 우리 남매 밥 안 굶기고 학교도 보내 주시고 나름 최선을 다하신 건데. 그땐 왜 그렇게 매사가 야속했는지 몰라. 내 건 다 초라하고 사촌 형들 건 다 좋아 보였지. 모리를 보면 사촌 형들이랑 나를 비교하고, 큰엄마 눈치를 보던 내 모습이 보여."

"아빠, 어렸을 때 고모랑 둘이서만 살았다고 하지 않았어?"

"그건 네 고모가 중학교 졸업하고 봉제 공장에 취직한 뒤였지."

아빠는 어린 시절에 대해 자세히 얘기를 해 준 적이 없다. 엄마도 마찬가지였다. 엄마 아빠는 둘 다 말이 없는 편이었다. 학원 강사인 아빠는 오후부터 자정까지 내내 쉬지 않고 강의를 하고, 사회복지사인 엄마는 하루 종일 기초생활 수급자들을 만나 이야기를 듣고 상담을 해 주는 게 일이었다. 종일 말을 하다 지쳐 돌아오는 엄마 아빠는 집에 오면 아무 말도 하고 싶어 하지 않았다. 나는 엄마와 학교 얘기, 친구들 얘기를 스스럼없이 한다는 친구들이 부러웠다.

그래서 나는 외할머니 집에 자주 갔다. 외할머니는 이야기하는 걸 좋아했다. 나는 외할머니에게 학교 이야기, 친구 이야기를 해 주고, 외할머니에게서는 엄마 아빠의 어린 시절 이야기를 들었다. 외할머니 집에 가면 엄마의 어린 시절 사진과 엄마 아빠가 고등학교 다닐 때 찍은 사진이 있다. 사진 속 엄마 아빠는 잘 웃지 않았다. 외할머니는 그 사진을 보며 늘 한숨을 쉬었다.

"네 엄마가 웃을 날이 별로 없었어."

"왜?"

"고생해서 그렇지 뭐."

외할머니는 눈물을 훔치며 얼버무렸다. 외할머니가 말하는 엄마는 늘 가엾고, 기특하고, 똑똑한 딸이었다. 나한테 엄마는 늘 보고 싶고 아쉬운 존재였다. 엄마가 하늘나라로 가기 전이니까 초등학교 2, 3학년 때쯤이었다. 학교에서 가족에 대해 조사해 오라는 숙제를 내 주었다. 숙제를 핑계로 엄마랑 이야기할 생각에 부풀어 일하는 엄마한테 몇 번이나 전화를 했는지 모른다. 그날 엄마는 평소보다 일찍 집에 왔다.

"엄마, 사회복지사가 뭐 하는 거야?"

"사회복지사는 하는 일이 아주 많아. 엄마처럼 공무원이 돼서 지역에 있는 가난한 사람들을 여러 방법으로 돕는 일도 있고, 장애인들이

나 너희 같은 어린이, 청소년, 혹은 할아버지, 할머니들을 위한 복지관에서 일을 하기도 하고, 회사에 들어가서 그런 사람들을 돕는 부서에서 일을 하기도 하고. 아주 다양해."

하지만 정작 엄마가 하던 일이 무엇인지 이해한 것은 중학교에 들어와서다. 나는 공책에다 우리 엄마는 도움이 필요한 사람들을 돕는 일을 하는 사회복지사라고 썼던 것 같다.

"엄마는 왜 사회복지사가 됐어?"

"음, 엄마도 어렸을 때 누군가의 도움이 꼭 필요한 사람이었어. 너희 외할아버지는 어려서 이북에서 피란 내려오다 사고를 당해서 두 다리가 불편했어. 목발을 짚고 다니셨지. 그래도 손재주가 좋아서 못 고치는 게 없었어. 그런데 일을 마치고 집으로 돌아오다 뺑소니차에 치여 돌아가셨어. 내가 6학년 때였지. 중학교에 입학해야 하는데 등록금 낼 돈도, 교복 맞출 돈도 없었어. 외할머니가 눈이 잘 안 보이시니까 일을 다닐 수도 없고. 외할아버지는 피란 올 때 가족을 잃어서 친척도 없었지.

공부를 포기할까 할 때 동사무소 직원이 사회복지사를 연결시켜 줬어. 그제야 생활보호 대상자가 됐지. 장학금도 받고 생활 보조비도 받고, 외할머니는 집에서 하는 간단한 부업거리도 얻고. 대학생을 연결시켜 줘서 공부도 도움받고. 외할머니도 병원에 다니고. 그 사회복지사 선생님이 나에게는 진짜 가족이고, 친구고, 은인이었지. 중학교를 졸업하고 전문계 고등학교에 가려고 했어. 그런데 그 선생님이 나더러 인문

계 가라고, 공부해서 대학 가라고 용기를 주셨어. 등록금 많지 않은 교대 가라고. 그런데 나는 선생님보다 사회복지사가 되고 싶었어. 그 사회복지사 선생님처럼 절망에 빠진 사람들을 가까이에서 도울 수 있는 사람이 되고 싶었어. 그래서 선생님들이 말리는데도 사회복지학과에 진학했지."

엄마가 좀 멋있어 보였다. 늘 바빠 다른 엄마들처럼 나만 사랑해 주고 나만 돌봐 주지는 못하지만 그래도 좋은 일을 한다고 생각했다. 엄마 얘기를 듣고 한 시간이나 더 기다려 마주 앉은 아빠는 왜 학원 선생님이 되었냐는 말에 시큰둥하게 대답했다.

"먹고살려고."

내가 부루퉁한 표정을 짓자 다시 말했다.

"우리 식구를 위해서지. 이렇게 아파트에 살려면 빚도 져야 하고, 그 빚을 갚아야 하거든. 우리 연우 나중에 공부시키려고 해도 돈이 많이 들고."

나는 좀 실망스러웠다. 엄마가 옆에서 거들었다.

"아빠가 밤늦게까지 고생하는 덕분에 우리가 이 아파트로 이사도 오고, 적금도 부으면서 사는 거야. 엄마는 하고 싶은 일을 하고."

우리가 아파트로 이사 온 것은 초등학교 2학년 때였다. 엄마 아빠는 아파트로 이사 가는 게 나를 위해서라고 했지만 정작 나는 빌라 반지하에 살 때나 아파트에 살 때나 달라진 게 별로 없었다. 여전히 엄마는 야근을 하는 날이 많았고, 아빠는 자정이 넘어서야 들어왔다. 나는 새 아파트보다 외할머니네 오래된 임대 아파트에서 보내는 시간이 많았다.

엄마가 죽기 얼마 전부터 엄마 아빠는 자주 싸웠다. 엄마가 머리가 아프고 어지럽다고 하면 아빠는 늘 하던 대로 그만 좀 쉬라고 짜증을 냈다. 엄마가 일하는 동사무소는 전국에서 기초생활 수급자 비율이 가장 높은 곳이었지만 사회복지 담당은 엄마 혼자였다. 장례식에 온 사람들은 엄마가 너무 착하게 살아서 남 좋은 일만 하다 일찍 죽은 거라고 했다. 나는 엄마가 진짜로 왜 그렇게 죽어야 했는지, 누가 죽인 건지 알고 싶었다. 외할머니는 아빠가 그래서 바쁜 거라고 했다. 아빠를 기다리고 원망할 때마다 외할머니는 나더러 이해하라고 했다. 아빠한테 엄마는 세상의 전부였다고, 그런 엄마의 억울함을 풀어 주려고 그러는 거라고 했다.

지난번 추모원에 갔을 때 외할머니가 조심스럽게 말했다.

"이제, 자네도 우리 은진이 떠나보내고 다른 삶을 찾아야지. 연우에게도 엄마가 필요하고."

아빠가 큰 소리로 화를 냈다.

"어떻게 그런 말을 쉽게 하세요. 그럴 수 없다는 거 다 아시면서."

그날 집으로 돌아오는 길에 아빠에게 물었다.

"아빠한테 엄마는 어떤 사람이었어?"

아빠가 우물쭈물하다가 말했다.

"전부였지. 세상 전부."

그러나 내 눈에 비친 엄마 아빠는 늘 데면데면했다. 아니 서로 마주칠 시간도 별로 없었다. 아빠는 주말에도 강의가 빽빽했고, 아무리 빨라도 자정이 넘어야 퇴근했다. 그런 아빠와 아침 일찍 출근해야 하는 엄마는 잠드는 시간도 서로 달랐다. 그러다가 어쩌다 마주치면 말다툼을 했다.

"전부라면서 왜 그렇게 싸웠어?"

"언제 싸워?"

"엄마 죽기 전에 자주 싸웠잖아."

아빠가 멈칫했다. 한동안 운전만 하던 아빠가 말했다.

"그래서 아빠가 미안한 게 많지."

그날 아빠는 처음으로 엄마를 만났을 때 이야기를 해 주었다.

아빠와 엄마가 만난 건 둘 다 고등학교 2학년 때였다. 아빠는 생활보호 대상자에게 주는 장학금을 받으러 가서 엄마를 처음 만났다고 했다.

"그걸 뭐라고 해야 하나? 왜 드라마 보면 남녀가 만났을 때 막 빛이 나면서 환해지잖아. 엄마를 본 순간 그랬어. 천사인 줄 알았지. 근데 알고 보니 나랑 같은 임대 아파트에 살더라고. 비슷한 처지 같아서 덜컥 고백을 했지. 사귀자고. 난 한 서너 번은 차일 줄 알았거든? 그런데 너희 엄마가 고백을 받아 주는 거야. 나중에 물어보니까 좀 궁금했대. '쟤는 왜 저렇게 알바만 하고 사나?' 하고. 알고 보니까 우리 동네에 다 소문이 났대. 내가 알바를 서너 개씩 하는 게. 어린애가 돈밖에 모른다고. 그런데 엄마는 그게 좋아 보였대. 다른 남자애들은 노는 것밖에 모르는데 나는 열심히 사는 것 같았대.

난 공부나 노는 것에 관심이 없었어. 둘 다 어떻게 하는 건지도 몰랐거든. 근데 너희 엄마는 공부를 엄청 잘했어. 가고 싶은 대학에도 한 번에 딱 붙었어. 그걸 보니까 나도 대학에 가고 싶더라. 그때까지는 그냥 개미처럼 일해서 돈 벌고 서른 살 전에 가게 같은 거 하나 내는 게 꿈이었거든. 사회복지사가 되겠다는 너희 엄마를 보니 나도 뭔가 좀 그럴싸한 꿈을 갖고 싶은 거야. 그래서 선생님이 되겠다고 마음먹었지.

나는 고3 때에야 공부를 시작했어. 졸업하고도 알바는 한두 개만 하면서 공부했는데 성적이 영 안 나오더라고. 그래서 군대에 가 버렸지. 군대 말년부터 다시 공부를 했어. 제대하고 다시 1년 공부해서 사범대학에 입학했지. 그때 엄마는 대학을 졸업하고 대기업 사회공헌 팀에 들어갔어. 그런데 2년 정도 다니다가 자기는 정말 가난한 사람들을 돕는 일을 하고 싶다고 회사를 그만뒀어. 그리고 공무원 임용 시험 공부를 했지. 엄마랑 둘이 날마다 도시락 싸서 도서관으로 공부하러 다녔어. 너희 엄마는 2년 만에 딱 붙었는데, 나는 대학을 졸업하고 나서 임용 고시에 두 번이나 떨어졌어. 주위 사람들은 10년도 걸린다고 인내심을 가지라는데, 서른 넘으니까 결혼을 해야겠더라고. 엄마도 결혼을 원했고. 그래서 임용 고시 포기하고 학원 강사가 됐지. 그때 내 목표는 그냥 빨리 성공하는 거였어. 교사가 못 된 게 속상하긴 했지만 입시 학원에서 강사 하는 게 돈은 더 많이 벌 거라 생각했어.

남들만큼만 살고 싶었어. 좁지 않은 아파트에 살고, 좋은 차 타고, 우리 연우 먹고 싶은 거 다 먹이고, 갖고 싶은 거 다 갖게 하고 싶었어. 그렇지만 너희 엄마는 그런 걸 다 욕심이라고 했어. 내가 보기엔 답답했지. 까다로운 법망 때문에 가난한 사람들을 제대로 못 돕는다고 속상해하면서 늘 바쁘고. 머리가 아프고 어지럽다면서 맨날 야근까지 해가며 일을 하는 게 답답했어. 사실 문제는 나라가 사회복지에 관심도 없고 제대로 뒷받침을 안 해 줘서 그런 건데. 나는 날마다 엄마만 탓했지. 엄마가 떠나고 나서야 후회가 됐어. 남편조차 자기 일을 이해해 주지 않으니 얼마나 힘들었을까. 엄마 보내면서 약속을 했지. 예전처럼 안 살기로. 그래서 시골로 온 거고."

나는 아빠 이야기를 잠자코 들었다.

"시골에 온 게 나 때문이 아니라 엄마 때문이었구나."

아빠가 정색을 하며 말했다.

"아니야, 너 때문이야. 너라도 행복하게 살게 하고 싶었던 거야."

"아빠한테 뭐라고 하는 거 아냐. 기분 나쁜 것도 아니고. 아빠한테 엄마가 그렇게 중요한 사람이었다는 게 다행이야. 나한테도 엄마가 아빠보다 더 좋고 중요했어. 근데 이제는 아니야. 엄마는 여기에 없으니까."

아빠는 차를 갓길에 세우고 말없이 먼 산만 바라보았다.

5

"나비다, 제비나비야! 모리, 나비 중에 최고는 제비나비야. 철쭉이랑 영산홍이 필 때 오지. 검정색 제비나비는 반짝반짝 빛나. 연우 말로는 제비나비가 햇빛을 받으면 일곱 가지 색으로 빛난대. 내 소원은 일곱 가지 색을 보는 거야. 그렇지만 저렇게만 봐도 멋지지?"

창밖을 내다보던 또롱이가 흥분해 소리쳤다. 그 뒤로 또롱이는 이틀 내내 조바심을 내며 웅얼거렸다.

"아저씨가 베란다 창문을 왜 안 열지? 엄청 더운데."

봄 날씨답지 않게 더운 날이 계속되던 어느 날 오후였다.

"무슨 4월 말 날씨가 한여름 같냐."

아저씨는 점심을 먹고 난 뒤 다시 일을 나가며 베란다 창문을 열어 두었다. 아저씨 트럭 소리가 멀어지자 또롱이가 말했다.

"모리, 지금이야."

또롱이가 베란다 바깥 창 아래 방충망을 발톱으로 긁기 시작했다. 그러자 창 모서리 쪽 방충망이 툭 하고 벌어졌다.

"어떻게 한 거야?"

"원래 방충망 아래가 녹이 슬어서 약했거든. 어느 날 보니까 베란다에 청개구리들이 잔뜩 들어와 있더라고. 바로 이 틈으로 들어온 거지. 내가 아저씨 몰래 발톱으로 더 긁어서 이렇게 만들었어. 자 봐. 이렇게 발톱으로 여기를 끌어당겨서 틈으로 집어넣으면 다시 방충망이 말짱

해진 것처럼 보이지? 요렇게 눈속임을 하고 외출하는 거지."

"겁 안 나?"

"아니, 재밌잖아."

"밖에는 개들도 있는데?"

"괜찮아. 쟤네들은 다 내 친구들인걸."

"그러다 아저씨나 연우가 갑자기 오면?"

"아저씨가 언제 점심을 먹으러 오는지 알거든. 또 오후에 나가서 언제 저녁 먹으러 들어오는지도 다 알지. 연우가 학교 갔다 오는 시간도 다 알고. 그러니까 들킬 일이 없어."

"연우가 아침에 학교 가면서 오늘 일찍 올 수도 있다고 했어."

"그럼 좀 일찍 들어오면 되지. 걱정 마."

흥분한 또롱이는 설레는 표정을 감추지 못한 채 꼼꼼하게 털을 골랐다. 얼마나 꼼꼼하게 준비를 하는지 나도 귓속과 뺨, 목덜미를 싹싹 핥아 주었다.

"조심해. 요즘 펜션 단지 쪽 개들이 자꾸 내려온단 말이야."

"복동이가 암내가 나서 그래. 그래도 개들이 나보다 느릴걸? 그쪽 개들은 돼지처럼 살이 뒤룩뒤룩 쪄서 오래 달리지도 못해. 걱정 마."

무슨 말로도 또롱이의 외출을 막을 길이 없어 보였다. 화단으로 가는 또롱이 발걸음이 팔랑거리는 나비 같았다. 꼬리는 한껏 치켜져 가늘게 떨리기까지 했다.

나는 방충망 앞에 앉아 또롱이에게서 눈을 떼지 않았다. 영산홍 앞에서 제비나비와 호랑나비를 쫓느라 팔짝팔짝 뛰어오르며 노는 또롱이가 부러웠다. 또롱이는 나비를 쫓을 뿐 잡으려 하지는 않았다. 문득 나도 마당으로 나가 또롱이와 함께 나비를 쫓고 싶다는 생각이 들었다. 그 순간이었다. 갑자기 복동이와 진국이가 짖기 시작했다. 그리고 펜션 단지가 있다는 산 쪽에서 뭔가가 다다다 달려오는 소리가 들렸다. 복동이와 진국이도 소리를 들었는지 다급하게 또롱이를 향해 짖어 댔다.

제비나비와 호랑나비 춤에 넋이 나가 있던 또롱이는 뒤늦게야 소리를 들었다. 또롱이가 몸을 움츠리고 뒤를 돌아보았을 때는 이미 내 눈에도 또롱이를 향해 달려오는 낯선 흰 개가 보였다. 당황한 또롱이는 복동이 쪽으로 가려다 방향을 틀어 베란다 쪽으로 달려왔다. 흰 개는 복동이나 진국이보다 덩치가 작았지만 또롱이보다 두 배는 컸다. 또롱이가 쏜살같이 달렸지만 흰 개는 또롱이를 곧 따라잡을 것 같았다. 또롱이가 베란다로 들어오기 위해 화단에 올라온 순간, 흰 개가 또롱이를 덮쳐 옆구리를 물었다. 또롱이가 비명을 지르며 몸을 튕겨 흰 개의 아래턱을 뒷발로 찼다. 그 바람에 흰 개가 또롱이를 놓쳤다.

또롱이는 잼싸게 몸을 굴려 복동이네 집 쪽으로 다시 내달렸다. 또롱이가 복동이 뒤로만 숨으면 안전할 것 같은데 간발의 차이로 흰 개한테 잡히고 말았다. 복동이가 흰 개를 향해 이를 드러내며 짖어 대고, 진국이는 목줄을 벗어 보려고 고개를 좌우로 흔들어 댔지만 쉽지 않았다. 그래도 복동이와 진국이의 위협에 움찔했는지 흰 개는 또롱이를 놓쳤다. 또롱이는 온 힘을 다해 복동이네 집을 향해 뛰었다. 그러나 이 내 흰 개에게 뒷다리를 물렸다. 또롱이가 비명을 지르며 엎어졌다. 또 롱이는 몸을 일으키려 애썼지만 흰 개는 또롱이의 뒷다리를 놓지 않았다. 복동이와 진국이가 몸부림을 치며 마을이 떠나갈 듯 컹컹 짖었다. 그러다 어느 순간 진국이 목줄이 풀렸다. 진국이가 한달음에 달려가 흰 개 목덜미를 물었다. 흰 개는 꼼짝 못하고 또롱이를 놓았다. 또 롱이는 아직 정신이 있는지 기다시피 복동이네 집으로 들어갔다. 복동이가 또롱이를 살폈다. 진국이에게 목덜미와 허벅지를 뜯긴 흰 개는 펜션 단지 쪽으로 달아났고, 진국이는 그 개를 쫓았다.

복동이네 집에서 끙끙거리는 또롱이 신음 소리가 들렸다. 나는 방충망 사이로 몇 번 목을 들이밀고 나가 보려다 말았다. 마당은 내가 한 번도 발을 디뎌 본 적이 없는 낯선 세계였다. 두려웠다. 흰 개를 쫓아갔던 진국이가 돌아오자 복동이가 끙끙거렸다. 또롱이 상태가 심상치 않은 것 같았다. 진국이는 복동이 집 주위를 서성거리다가 갑자기 마을을 향해 내달리기 시작했다. 또롱이 신음 소리가 점점 약해지고 있었다.

나는 용기를 내 보기로 했다. 방충망으로 머리를 내밀고 빠져나왔다. 떨리는 것을 꾹 참고 화단으로 내려갔을 때 트럭 소리가 들렸다. 트럭이 마당에 들어서고 뒤이어 진국이가 따라왔다. 트럭에서 연우가 내리다가 나를 발견하고 소리쳤다.

"아빠, 모리가 나와 있어!"

그때 연우 목소리를 들은 또롱이가 연우를 불렀다.

"야옹, 야아아옹."

아저씨에게는 그저 고양이가 야옹거리는 소리로 들렸겠지만 그 순간에도 또롱이는 연우를 부르고 있었다. 아저씨가 또롱이 소리를 들었는지 복동이 집 안으로 고개를 돌렸다.

"또롱아!"

아저씨가 소스라치게 놀라며 소리를 질렀다. 연우도 깜짝 놀라 복동이 집 쪽으로 몸을 돌렸다.

"아빠, 왜 그래?"

"또롱이가 다쳤나 봐."

또롱이가 아빠를 보고 칵칵거리며 경계하는 소리가 들렸다.

"또롱아, 왜 그래? 아빠야, 아빠. 이리 와. 어디 다쳤어? 그래그래, 아빠야. 이리 와. 또롱아, 나와 봐."

아저씨가 계속 달래자 또롱이가 경계를 푸는지 칵칵거리는 소리가 멈췄다. 드디어 아저씨가 또롱이를 안아 올렸다. 그런데 아저씨 품에 안긴 또롱이 숨소리가 거칠었다. 나는 또롱이가 죽어 가고 있다는 걸 알았다. 아저씨는 자신의 뺨에 또롱이 얼굴을 비비며 말했다.

"정신 차려, 또롱아."

아저씨가 또롱이를 연우에게 안기며 말했다.

"일단 병원부터 가자."

아저씨와 연우가 다급하게 트럭에 올랐다. 그러나 시동 거는 소리가 들리지 않았다. 잠시 뒤 연우가 또롱이를 안은 채 울며 트럭에서 내렸다. 연우 팔에 안긴 또롱이 몸이 축 늘어졌다. 연우가 또롱이를 안고 집으로 들어왔다. 나도 다시 베란다로 들어왔다. 연우가 또롱이를 안은 채 거실 소파에 앉아 울고 있었다. 아저씨가 베란다로 오더니 찢어진 방충망을 살폈다.

"이 지경이 된 걸 몰랐다니."

연우가 또롱이를 탁자 위에 눕히더니 갑자기 내게로 다가와 소리쳤다.

"네가 그랬지? 네가 방충망 이렇게 만들어서 또롱이가 나간 거지?"

연우의 갑작스런 호통에 깜짝 놀라 아저씨 뒤로 숨었다. 아저씨는 방충망을 만져 보며 말했다.

"아니야, 모리가 그런 게 아니야. 이렇게 된 지가 꽤 된 것 같아."

"또롱이는 이런 짓 안 한다고. 아빠도 봤잖아. 모리 나와 있는 거. 이 여우 같은 게 우리 또롱이 꼬셔서 나갔던 거라고. 얘 처음부터 맘에 안 들었다고. 내가 이럴 줄 알았다고."

연우는 방바닥에 앉아 목을 놓아 울더니 벌떡 일어나 거실 책꽂이 위에 있던 배드민턴 채를 꺼냈다.

"복동이랑 진국이 가만 안 둘 거야."

아저씨가 연우 팔을 잡았다.

"김연우. 너 왜 그래? 왜 걔네들을 가만 안 둬?"

"복동이랑 진국이가 또롱이를 죽였잖아. 그런데 그냥 둬?"

"난데없이 왜 복동이랑 진국이가 또롱이를 죽였다고 해!"

"그럼 누가 또롱이를 저렇게 만들었냐고?"

"진국이는 나를 데리러 포도밭까지 왔어. 너도 봤잖아? 진국이랑 복동이는 또롱이를 물 리가 없어."

"그럼 또롱이가 왜 이렇게 됐냐고!"

연우가 베란다 바닥에 주저앉아 울며 소리를 질러 댔다. 나는 연우와 아저씨 눈치를 보다 조심스레 또롱이가 누워 있는 탁자 위로 올라갔다. 하루에도 몇 번씩 나를 안아 주던 부드럽고 따뜻한 또롱이 몸이 굳어 가고 있었다. 따뜻하게 나를 응시하던 눈은 감겨 떠지지 않았다. 나는 또롱이 뺨을 핥았다. 또롱이 털은 벌써 윤기를 잃었다. 눈물로 뭉쳐 있던 눈가의 털도 깨끗하게 핥아 주었다. 흙투성이가 된 또롱이의 흰 발과 부드러운 발바닥도 핥았다.

"연우야, 저것 봐. 모리도 지금 슬퍼서 어쩔 줄 모르잖아."

연우는 아저씨 말은 들은 척도 하지 않고 계속 흐느끼기만 했다. 아저씨가 다가와 말없이 내 콧등을 쓰다듬었다. 아저씨의 슬픔이 그대로 전해졌다. 나는 아저씨 손등을 핥았다. 그런데 나를 내려다보던 아저씨가 놀라며 말했다.

"연우야, 모리가 운다. 눈물을 흘려."

아저씨도 나를 내려다보며 눈물을 흘렸다. 아저씨는 또롱이를 한참 쓰다듬고는 서랍에서 천을 하나 꺼내 또롱이를 감쌌다.

"가을에 포도즙 짤 때 쓰려고 사다 놓았던 삼베를 또롱이를 위해 쓰는구나."

아저씨는 곱게 싼 또롱이를 안고 연우에게 말했다.

"또롱이 묻어 주러 가자."

연우가 일어나 아저씨를 따라 나갔다. 아저씨와 연우는 해가 건너편 산마루로 넘어간 뒤에야 내려왔다. 아저씨와 연우는 집 안에 어둠이 내린 뒤에도 전등을 켜지 않았다. 연우는 침대에 누워 꼼짝하지 않았고, 아저씨는 거실 소파에 멍하니 앉아 있었다. 나는 굳은살 박인 아저씨 발뒤꿈치를 핥았다. 아저씨가 나를 소파 위로 안아 올렸다.

"모리가 날 위로하는 거니?"

아저씨한테 나도 슬프다고, 아저씨 탓이 아니니까 너무 속상해하지 말라고 말해 주고 싶었다. 사람이 고양이 말을 알아들을 수 없다는 게 오늘처럼 답답한 적이 없었다. 그런데 오히려 아저씨가 나를 위로했다.

"모리야, 연우 말에 너무 속상해하지 마. 연우한테 또롱이는 아주 특별한 친구였거든. 엄마가 죽고 그 빈자리를 채워 준 게 또롱인데…….마음이 많이 아플 거야. 네가 조금만 이해해 줘."

아저씨 눈에서 다시 눈물이 떨어졌다. 나는 무릎 위로 올라가 아저씨 뺨을 핥아 주었다. 아저씨가 소파에 누웠다. 나는 아저씨 등 뒤로 가 누웠다. 내 등으로 아저씨의 슬픔이 전해졌다.

6

집에 가려고 엘리베이터 버튼을 누른다. 문이 열리고 고양이 서너 마리가 나온다. 덩치가 개만큼 큰 사바나 고양이다. 그런데 그중 하나가 내 옆에 있던 노란 고양이한테 달려들어 한 번에 삼켜 버린다. 그게 또롱이일지도 모른다는 생각이 들어 무섭다. 집에 들어가 또롱이를 부른다. 또롱이는 보이지 않고 아까 엘리베이터 안에 있던 사바나 고양이 같은 애들이 온 집 안 곳곳에서 나온다. 무서운 마음에 안방 문을 열고 엄마를 부른다. 안방에는 그 사바나 고양이를 잡아먹는 커다란 사자가 누워 있다. 그 사자가 엄마라고 느껴져서 다가가는데 사자가 갑자기 나를 덮친다. 안방 문을 열고 도망쳐 나온다. 엘리베이터 버튼이 눌러지지 않는다. 스마트폰을 꺼내 아빠에게 전화를 건다. 그런데 자꾸만 버튼이 잘못 눌러진다. 나는 울음을 터뜨린다.

또 꿈이었다. 꿈이라는 걸 깨닫는 순간 저절로 몸이 풀어지고 한숨이 나왔다. 일어나 앉아서 항상 또롱이가 누워 있던 내 옆자리를 내려다보았다. 텅 비어 있다. 가슴이 시리다. 학교 갔다가 돌아와 현관문을 열면 또롱이가 들어가 있던 텅 빈 걸레 바구니가 보인다. 냉장고에서 물을 꺼내다가 무심코 고개를 들어 위를 쳐다보면 냉장고 위에서 내 머리카락을 건드리며 장난을 치던 또롱이 모습이 어른거린다. 잠잘 때마다 내 가슴에 등을 대고 가릉거리던 소리가 그리워 잠도 오지 않는다. 또롱이가 자주 앉던 책상 위 스피커에는 아직도 노란 또롱이 털이 묻어 있다. 내 교복 바지에도, 집에서 입는 추리닝 바지에도, 스웨터에도 노란 또롱이 털이 남아 있다. 곳곳에 또롱이 흔적이 그대로 남아 있는데 또롱이만 없다.

엄마가 떠난 뒤에도 똑같았다. 학교 갔다 돌아와 현관문을 열면 엄마가 앉아서 쉬던 소파가 눈에 들어왔다. 안방의 텅 빈 침대, 베란다에 있던 대나무 의자, 엄마가 음식을 하던 싱크대. 모든 게 그대론데 엄마만 없었다. 떠난 존재의 빈자리를 깨닫는 것은 가슴이 찢어지는 고통이다.

나는 엄마와 있는 시간이 많지 않았다. 늘 피곤했던 엄마는 소파에 앉아 텔레비전을 보다가 졸기 일쑤였고, 침대에 누워서는 나보다 먼저 잠이 들었다. 토요일에는 일주일 치 반찬을 하고, 빨래와 청소 같은 집 안일을 하느라 나와 놀아 줄 시간이 없었다. 그나마 짬이 나는 날은 일주일에 딱 하루, 일요일이었다. 엄마는 일요일이면 느지감치 일어나 나랑 시장에 갔다. 엄마는 시장 골목을 지나면서 가게마다 깃든 어린 시절의 추억을 이야기해 주었다. 엄마가 처음 소프트아이스크림을 맛보았던 아이스크림 수레, 외할머니가 겨울이면 늘 말린 양미리를 사던 생선 가게, 고등학교 때 시험 끝나면 갔다던 쫄면집, 엄마에게는 골목마다 이야깃거리들이 넘쳐 났지만 솔직히 나는 편리하고 사시사철 쾌적한 마트가 좋았다. 그래도 엄마 손을 잡고 걸으며 얻어먹는 만두, 공갈빵, 아이스크림은 특별한 맛이었다.

엄마가 떠났던 그 주말에도 시장에 함께 가기로 약속을 했었다. 막 신학기가 시작된 터라 나는 엄마에게 할 말이 많았다. 새로 만난 담임 선생님, 새 친구들, 그리고 무엇보다 3학년 때부터 나를 괴롭히던 아이와 같은 반이 되었다는 이야기도 미처 하지 못했다. 엄마는 끝내 내 이야기를 듣지 못했다.

엄마는 듣지 못한 이야기를 들어 준 게 또롱이였다. 그런데 또롱이마저 내 곁을 떠났다. 나는 모리가 미웠다. 모리가 아니었으면 또롱이는 방충망 밖으로 나갈 엄두도 내지 못했을 거라는 생각이 자꾸 들었다. 아빠도 미웠다. 아빠가 모리를 입양하자고 하지만 않았어도, 아빠가 방충망이 찢어진 것만 미리 알았어도 또롱이가 그렇게 죽지는 않았을 거다. 마당에 있는 복동이와 진국이도 원망스러웠다. 아빠는 도시에서 살면 내가 늘 외롭고 삭막할 것 같아 귀농했다고 말했다. 농사를 지으며 늘 내 곁에 있어 주겠다고 했다. 그러나 이곳에 와서도 나는 늘 혼자였다. 아빠는 농사만 지어도 살 수 있기를 바랐지만 생활비조차 나오지 않았고, 결국 여기서 가장 가까운 신도시에 있는 입시 학원 강사를 하게 되었다. 아빠는 언제나 "우리 연우를 위해서라면……."이라는 말을 달고 살지만 정작 내가 원하는 게 무엇인지 몰랐다.

나는 혼자가 아니라는 것을 확인하고 싶었다. 그러나 엄마도 아빠도 내 바람을 들어주지 않았다. 그 바람을 들어준 것은 또롱이였다. 또롱이는 엄마나 아빠보다 내 곁에 더 오래 있어 주었고, 나만 좋아하고, 나만 바라보았다. 또롱이가 없어진 세상은 엄마가 떠난 세상보다 더 적막했다.

"연우야, 개들도 밥 좀 주지. 이렇게 늦도록 애들을 굶겼어."

학원에서 돌아온 아빠가 현관문을 열자마자 한 말이었다. 귀에 거슬렸지만 애써 참으며 대답했다.

"밥 안 줬는지 몰랐어."

"오늘 친환경 작목반 회의 갔다가 곧장 학원 강의하고 온댔잖아. 그럼 밥을 못 주는 게 당연한 거 아니니?"

아빠 말에 짜증이 묻어났지만 나는 억지로 참았다.

"깜빡했어."

"애들이 얼마나 배고팠겠니?"

더는 참을 수가 없었다. 결국 불뚝성을 내고 말았다.

"아들은? 아들은? 냉장고에 반찬이라고는 취나물이랑 순무김치 먹다 만 게 단데. 아들은 뭐 먹었는지 걱정 안 돼?"

아빠 눈빛이 흔들렸다.

"그래, 미안해. 아빠가 또 실수했네."

나는 아무 말도 하지 않고 방문을 닫아 버렸다. 아빠가 마당으로 나갔는지 개들이 짖기 시작했다. 아빠는 또롱이가 죽은 뒤, 복동이와 진국이를 더 끔찍이 아낀다.

진국이가 처음 우리 집에 왔을 때 몰골이 말이 아니었다. 전 주인한테 학대를 받았다고 했다. 처음에는 아빠를 보고 다리를 후들후들 떨며 오줌을 쌌다. 아빠뿐 아니라 거의 날마다 오는 택배 아저씨를 보고도 온몸을 사시나무 떨듯 떨다가 주저앉아 버렸다. 몇 달이 지나자 낯선 사람을 보고 오줌을 싸거나 뒷다리에 힘이 풀려 주저앉는 것은 사라졌다. 그러나 여전히 경계심이 많고 아빠 앞에서도 배를 쉬이 드러내지 않았다. 아빠는 그런 진국이를 볼 때마다 안타까워했다.

"진돗개는 첫 주인을 잊지 못한다는데, 그래서인지……. 우리 진국이는 나한테 고마워하기는 하지만 주인이라고 생각하는 거 같지가 않아. 속으로 얼마나 힘들까? 자기 집 아닌 데서 있는 게. 거기다가 주인이 자기를 학대하고 버렸다는 것도 기억할 텐데."

아빠는 요즘 내가 그렇게 가여운 진국이를 대놓고 미워하는 걸 걱정하고 있었다.

"네가 진국이랑 복동이를 원망하고 미워하는 거 쟤네들도 다 느껴. 진국이가 너를 보는 눈에 슬픔이 가득해. 복동이도 마찬가지고."

아빠는 또롱이가 죽은 건 진국이나 복동이, 모리와는 무관하다고 철석같이 믿고 있었다. 그날 진국이가 포도밭으로 뛰어와 짖어 댄 게 뭔가 위험을 알리기 위해서였고, 펜션 단지에 있던 개가 와서 또롱이를 물었을 가능성이 많다고 했다. 그렇다고 펜션 단지에 가서 따져 물을 수도 없는 일이니, 모든 책임은 방충망을 점검하지 않은 아빠한테 있다고 했다. 솔직히 나도 아빠 말이 틀리다고는 생각하지 않는다. 그러나 또롱이를 잃고 슬퍼하는 아들보다 자꾸만 진국이나 복동이, 모리 편을 드는 것 같아 섭섭하고 화가 났다. 아빠도 말로는 내가 가장 걱정이 된다고 했다. 나는 그 말을 믿고 싶다. 그러나 머리로 생각하는 것과 마음으로 믿는 것은 다르다. 남들이 알면 나를 동물을 질투하는 모자라는 놈이라고 비웃을지 모르지만 서운하고 고까운 것은 어쩔 수 없다. 개네들이 나보다 약한 아이들이라서 아빠가 그럴 수밖에 없다는 것을 알면서도 아빠 시선이 늘 개네들에게 가 있는 걸 보면 화가 난다.

사실 또롱이 죽음에 나보다 더 큰 충격을 받은 것은 모리라는 것도 안다. 모리는 또롱이와 함께 쓰던 것들을 모두 거부했다. 방석, 스크래처, 캣타워, 화장실까지. 이 방 저 방을 다니며 또롱이를 부르고, 또롱이가 앉았던 자리에 가서 뺨을 비비고 온몸을 비볐다. 밤이 되면 혼자 거실에 있지 않겠다고 안방 문을 긁어 대며 울었다. 할 수 없이 아빠는 낡은 담요를 안방 한쪽에 깔아 놓고 그 위에서 모리를 자게 했다. 나는 그런 모리가 눈에 거슬렸다. 모리도 내가 자기를 원망하는 걸 아는지 나하고만 단 둘이 집에 있게 되면 안방에서 나오지 않았다.

그런데 며칠 전부터 모리가 갑자기 나를 졸졸 쫓아다니며 울기 시작했다. 내 책상 위로 올라와서 자꾸 눈을 맞추려 하고, 내 발에 뺨을 비벼 대며 울었다. 모르는 척하고 게임에 집중하면, 마우스를 잡고 있는 내 손등을 물기도 했다. 어젯밤에는 침대에 따라 올라오더니 베개 옆에 앉아 내 얼굴을 들여다보며 야옹거렸다. 어찌나 집요하게 따라다니는지 섬뜩한 느낌마저 들었다. 나는 모리가 내 방에 들어오지 못하도록 아예 방문을 닫아 버렸다.

7

집 안 곳곳에 또롱이 냄새가 배어 있다. 또롱이와 함께 누웠던 둥그런 스크래쳐와 소파에, 또롱이가 올라가 있던 책꽂이와 밖을 바라보던 베란다 문턱에, 캣타워에 또롱이 냄새가 배어 있다. 특히 연우 방에 있는 물건에는 또롱이 냄새가 짙게 배어 있다. 연우 침대 모서리에는 또롱이 발톱 자국이 선명하게 남아 있고, 침대 밑에 돌아다니는 먼지에도 또롱이 털이 뭉쳐 있다. 또롱이가 좋아하던 방석만 봐도, 물그릇만 봐도 슬프다. 부르기만 하면 어디서든 또롱이가 얼굴을 쏙 내밀고 눈을 깜박이며 나비가 날듯이 팔랑거리는 걸음으로 다가올 것 같았다. 그래서 나도 모르게 이 방 저 방 다니며 또롱이를 불렀다. 그러면 연우가 소리쳤다.

"아, 궁상맞게 울지 말라고! 신경 쓰인다고."

그러면서 자기도 학교에서 돌아오면 또롱이가 올라가 자던 의자를 멍하니 바라보다 눈물을 글썽이고, 또롱이가 긁어 놓은 침대 모서리를 쓰다듬으며 한숨을 지었다. 연우가 또롱이를 생각하지 않을 때는 컴퓨터 게임을 할 때뿐이다. 연우는 아저씨가 일을 마치고 돌아올 때까지 컴퓨터 앞에서 꼼짝하지 않았다. 연우는 밥도 컴퓨터 앞에서 먹을 때가 많았다. 아저씨가 학원에 가는 날은 그렇다 쳐도 아저씨가 있는 날까지도 방에서 잘 나오지 않자, 참다못한 아저씨가 연우에게 소리쳤다.

"너 그렇게 게임만 하면 컴퓨터 없애 버린다!"

그러자 연우가 볼멘소리로 말했다.

"맘대로 해. 컴퓨터 없으면 게임 못 하나? 그러려면 스마트폰까지 다

없애지."

"너 그걸 말이라고 해?"

"내가 뭐 틀린 말 했어?"

요즘 아저씨와 연우의 대화를 듣다 보면 마음이 불안해진다. 연우 말투는 늘 퉁명스럽고 삐뚤어져 있다. 아저씨는 연우와 말을 하다가 먼저 포기할 때가 많다. 아저씨가 연우 눈치를 보는 이유를 모르지 않지만, 그래도 연우와 대화하려고 노력했으면 좋겠다. 연우는 시간이 갈수록 점점 더 차갑고 딱딱해져 갔다.

나는 점점 연우 곁에서 멀어졌다. 연우와 아저씨의 슬픔이 점점 커져서 내 슬픔은 점점 작아졌다. 나도 슬픔을 나눌 누군가가 필요했지만 아무하고도 나눌 수가 없었다. 슬픔을 내 안에만 담아 두려니 몸이 점점 무거워지고 움직이기가 싫어졌다. 그리고 가슴은 점점 텅 비어만 갔다. 그 허전함을 채우려고 사료를 먹어 보지만, 아무리 먹어도 허기가 채워지지 않았다.

"아, 똥개 새끼들 짖지 말라고. 뛰어오르지 말라고."

연우는 학교에 갔다 돌아올 때마다 복동이와 진국이를 향해 소리를 질렀다. 그럴 때마다 진국이는 땅바닥에다 턱을 괴고 슬픈 눈을 내리깔았다. 요즘 들어 진국이가 부쩍 기운이 없다. 문득 진국이가 연우와 오해를 풀지도 못하고 죽지는 않을지 걱정이 된다.

학원 강의가 없는 저녁, 아저씨가 연우가 좋아하는 고기반찬을 해 놓고 연우를 방에서 억지로 끌어냈다. 연우도 반찬이 마음에 드는지 못 이기는 척 나와 꽤 오랫동안 식탁에 앉아 있었다. 밥을 다 먹고 나자 아저씨가 조심스럽게 물었다.

"연우야, 기말고사는 잘 봤어?"

연우는 느끼지 못할 테지만 나는 목소리와 떨림만으로도 아저씨가 얼마나 조심스러운지 느껴졌다. 반면에 연우는 퉁명스럽고 무심하기 짝이 없다.

"그런대로."

"너 방학하면 외할머니 오시라 할까? 요양원에서 가정방문을 보름 동안 허락해 준대. 담당 요양사 말이 외할머니 몸이 점점 안 좋아지고 있대."

"맘대로."

"왜? 외할머니 오시는 거 싫어?"

"싫을 리가 있어?"

"그런데 반응이 왜 그래?"

"내가 언제는 안 그랬어?"

연우의 퉁명스러운 말에 아저씨가 한숨을 쉬고는 다시 조심스레 말을 이었다.

"연우야, 있잖아. 내 생각에는……, 우리가 서로 노력을 해야 할 것 같아. 그동안 아빠가 연우한테 잘못한 게 많고, 아빠가 먼저 대화하려는 노력도 많이 안 했고……. 다 아빠 탓인데, 그렇다고 계속 이렇게 지

낼 수는 없잖아."

나는 아저씨 말이 진심이라는 것을 느낄 수 있었다. 그러나 연우는 아저씨 말을 일부러 듣지 않으려 했다. 아저씨가 다시 연우에게 말을 걸었다.

"진국이 몸이 안 좋아 보여. 진국이가 우리 집에 올 때부터 나이가 많았잖아. 왠지 오래 살지 못할 것 같아. 모리도 자꾸 사료에만 집착하고, 스트레스 받으면 금세 눈병이 나고. 또롱이 그렇게 된 거 다 아빠 탓이잖아. 그러니까……."

연우는 아저씨 말을 끝까지 듣지도 않고 버럭 소리를 질렀다.

"또 똑같은 소리. 지겹지도 않아? 한 얘기 또 하고, 또 하고. 나도 알아. 다 아빠 탓인 거. 그래서 내가 아빠 미워하잖아."

연우 말에 당황한 아저씨 얼굴이 굳어졌다. 그러나 애써 웃으며 말했다.

"그래, 그러니까 모리랑 진국이, 복동이는 그만 미워해. 우린 가족이잖아."

"누가 가족이야? 그건 아빠 생각이지."

"개네도 우리를 가족이라고 생각하고 있을 텐데……, 말을 못 해서 그렇지 듣고 다 느낀다고."

연우가 소리를 질렀다.

"개네 마음은 그렇게 다 이해하면서 왜 나는 이해하지 못해? 개네 마음은 읽으려고 그렇게 노력하면서 왜 내 마음은 안 읽어 주는데? 아빠가 언제 내 마음을 이해하려고 노력이나 해 봤어?"

　아저씨는 아예 말문이 막힌 듯 아무 말도 하지 않았다. 그 대신 눈가만 붉어졌다. 연우가 일어나서 자기 방으로 들어가 문을 쾅 닫았다. 아저씨는 밥을 반도 못 먹은 채로 멍하니 있었다. 아저씨가 울고 있었다. 그동안 아저씨는 캄캄한 밤중에 혼자서 몰래 눈물을 흘렸다. 아저씨는 내가 모르는 줄 알지만 나는 아저씨 눈물을 보았다. 그때마다 나는 조용히 아저씨 손등만 핥았다.

　나는 용기를 내 연우에게 말을 걸어 보기로 했다. 왜 연우는 아저씨의 슬픔을 모르는 척하는지, 또 왜 자기의 슬픔을 아저씨와 나누지 않는지 묻고 싶었다. 복동이와 진국이가 또롱이를 죽이지 않았다는 것도 말해 주고 싶었다.

　연우 방문 앞에 서서 발끝을 문틈 사이에 넣어 보았다. 다행히 쉽게 문이 열렸다. 연우는 언제나처럼 책상에 앉아 게임을 하고 있었다. 연우 발치에 앉아 연우를 불렀다. 내가 계속 야옹거리니까 연우가 내려다보았다. 그러나 아무 말도 없이 다시 컴퓨터 화면으로 고개를 돌렸다. 다시 불렀다. 그러자 연우가 의자에서 벌떡 일어나더니 거실로 가서 내 밥그릇과 물그릇을 들여다보았다.

　"야, 너 왜 시끄럽게 그래. 밥이랑 물 다 있는데."

　나는 방문을 닫아 버릴까 봐 냉큼 다시 연우 방으로 들어가 책상 위로 올라갔다. 연우는 내가 컴퓨터 화면을 가리고 앉자 짜증을 냈다.

　"내려가. 안 내려가면 내쫓는다."

나는 연우 얼굴을 바라보며 말했다.

"나랑 얘기 좀 해."

"아, 진짜, 너 왜 그래? 미쳤어? 왜 안 하던 짓을 해? 왜 자꾸 야옹거리는데? 뭐하는 거야?"

"나랑 얘기 좀 하자고."

"아, 뭐래. 짜증 나."

결국 연우가 나를 책상 밑으로 밀어냈다. 나는 얼른 책상 위로 다시 올라가 모니터 앞에 앉았다. 그러고는 연우를 똑바로 바라보며 말했다.

"나를 봐. 나 너랑 얘기하고 싶어. 내 눈을 봐 줘."

연우가 갑자기 내 허리를 양손으로 움켜쥐더니 거실로 내동댕이쳤다. 그리고 문이 잠겼다. 아저씨는 아직도 식탁에 우두커니 앉아 있었다. 또롱이가 그리웠다. 베란다로 나가 방충망 앞에 앉았다. 비가 떨어지기 시작했다. 툭툭 투두둑 툭. 진국이가 아무것도 보이지 않는 컴컴한 하늘을 올려다보며 울고 있었다.

2
크 레 마
이 야 기

고민 끝에 나는

은주랑 살기로 했다.

사람이 아니라 은주와

함께 있고 싶었다.

1

아침부터 포클레인 소리가 요란하다. 우리 엄마의 엄마, 그 엄마의 엄마, 또 그 엄마의 엄마가 대대로 살아왔던 산동네가 공사장이 된 건 내가 태어나기 전부터다. 이곳에는 안전한 데가 별로 없어 엄마는 우리가 태어난 뒤 여러 번 보금자리를 옮겼다고 했다. 엄마는 우리 동네도 몇 년 뒤에는 아파트와 공원이 있는 앞 동네처럼 변할 거라고 했다.

"집이 있는데 왜 다 헐고 새로 지어?"

"사람들이 바라는 건 집이 아니라 돈이라서 그래."

나는 사람들 일 따위에 관심을 갖고 싶지 않다. 그런 내 마음을 알기라도 한 듯 엄마는 단호하게 말했다.

"사람 일에 관심 갖지 않을 수 있다면 얼마나 좋겠어. 그렇지만 우리는 어차피 사람들이랑 같이 살아야 해. 사람들 틈에서 우리가 살아갈 자리를 만들어야 해. 그러려면 사람 말도 알아야 하고, 우리 영역이 어떻게 변하는지도 잘 알아야만 해."

엄마 말이 옳다는 건 나도 안다. 내게는 한배에서 태어난 동생이 다

섯이나 있었지만 석 달 사이 셋이 하늘나라로 갔다. 둘은 덤프트럭에 치였고 하나는 택시에 치였다.

"앞으로 너는 하루하루 죽음과 싸우며 살아야 해."

엄마 말은 무서웠다. 나는 그냥 엄마 품에서 젖을 빨고, 체온을 느끼며 살고 싶었다. 그렇지만 한편으로는 우리 보금자리 너머 새로운 길, 낯선 세상이 궁금하기도 했다.

길에서 살아가는 고양이가 짝을 잃는 일은 아주 흔했다. 그런데 우리 엄마는 하늘나라로 간 아빠를 무척 그리워했다.

"네 아빠는 아주 멋진 고양이였어. 키가 크고, 털은 윤기가 흘렀지. 지나가던 사람들도 네 아빠를 보면 말했어. '와, 저 고양이 좀 봐. 길고양이 같지가 않아.' 하고 말이야. 단단하고 긴 다리는 곧게 뻗어 있고, 꼬리는 또 얼마나 길고 유연한지. 큰 귀는 늘 쫑긋하게 서 있고, 눈은 꿈을 꾸듯 부드러웠단다. 네 아빠랑 있으면 자랑스러웠어. 네 아빠를 만난 뒤로는 다른 수고양이는 눈에 들어오지도 않았어. 짝짓기 철이 되면 네 아빠가 지붕과 지붕 사이를 넘어 찾아오기를 기다렸지. 그렇게 태어난 우리 새끼들이 이 동네 곳곳에 흩어져 살아간단다. 넌 아빠를 가장 많이 닮았어. 언제나 꼬리를 똑바로 세우고, 허리에 단단히 힘을 주고 당당하게 걸어야 해. 너희 아빠처럼."

그러나 나는 아빠에 대한 기억이 없다. 아빠는 우리가 엄마 젖을 빨고 있을 때 덤프트럭에 치여 무지개다리를 건넜다. 나는 아빠보다는 엄마를 더 닮고 싶었다. 특히 사냥 솜씨는 꼭 이어받고 싶었다. 엄마의 사냥 솜씨는 이 산동네 고양이들 사이에서 꽤 유명했다. 엄마는 참새잡이의 명수였다. 엄마를 경계하는 우리 영역의 우두머리 고양이보다도 참새잡이 성공률이 높았다. 종종 비둘기도 잡았다. 엄마는 새를 잡게 된 게 먹을 것이 부족한 산동네 고양이로 살아남기 위해서였을 뿐이라고, 자랑할 게 못 된다고 했다. 그래도 나는 엄마가 자랑스러웠다. 그런데 엄마를 떠나 독립해야 할 날이 다가오고 있었다.

"오늘이 너와 내가 같이 있는 마지막 날이 될 거야."

독립할 날이 멀지 않았다는 것을 알고 있었지만 막상 그 시간이 다가오자 두려웠다. 며칠 전 생전 처음 생쥐를 잡고 난 걸 보고 엄마가 말했다.

"첫째는 이제 혼자서도 살아갈 수 있겠구나."

칭찬인 줄 알았던 그 말이 사실은 이제 엄마를 떠나야 할 때가 되었다는 이야기였다. 내가 잡은 생쥐는 아직 솜털이 보송보송한 애송이였다. 그래도 아직 벌레밖에 못 잡은 동생보다는 나았다.

"우리는 영역을 옮겨야 해."

"어디로요?"

"저 길 건너 공원이나 그 너머 아파트 단지 쪽으로. 곧 아랫동네까지 공사가 시작될 거야. 길 건너 공원에는 음수대랑 매점도 있고, 오가는 사람들도 많아. 사람들이 많이 모이는 곳이니 먹을 게 있을 거고 쥐도 그만큼 많을 거야. 음수대 주변에는 참새나 비둘기도 많이 모여. 요즘 우리 동네에서 밀려난 고양이들이 많이 건너갔기 때문에 지금 영역 다툼이 심할 거야. 어수선하겠지만 그 틈에 각자 영역을 찾는 게 나을지도 몰라."

산 중턱까지는 이미 공사장 가림막이 높게 쳐졌다. 공사가 시작돼 쫓겨 내려온 고양이들도 아랫동네로 다 내려와 날마다 영역 다툼이 일었다. 그 많던 동네 사람들은 다 떠나고, 남아 있는 사람들은 똑같은 색 머리띠를 두르고, 똑같은 모양의 조끼를 입고 산동네 아래 상가에 모여 산다.

"오랫동안 살아온 이 산동네를 떠나는 게 나도 속상하지만, 우리는 사람들처럼 저렇게 깃발을 만들고, 옷을 맞춰 입고 몸싸움을 하면서 버틸 수도 없잖아."

새벽 어스름, 우리는 태어나고 자란 산동네를 뒤로 하고 길을 건넜다. 우리 말고도 차를 피해 길을 건너는 고양이들이 꽤 됐다. 엄마는 이미 공원을 살피러 와 본 적이 있던 터라 우리를 곧장 음수대 쪽으로 데려갔다. 우리가 물을 마시는 동안 엄마는 계속 주위를 살폈다. 음수대 주변에 살던 토박이 고양이들이 멀찌감치 떨어져서 우리를 유심히 살피고 있었다. 엄마 말대로 산동네에서 내려온 고양이들이 워낙 많은 탓에 서로 공격을 하기보다 거리를 유지하며 감시하는 것 같았다. 엄마는 물을 마신 뒤, 우리를 잔디밭 앞 나무 의자 밑으로 데려갔다.

"여기서 좀 살펴보자."

음수대 주변에는 고양이와 참새와 비둘기들이 자주 오갔다. 산책 나온 사람들이 지나다녀도 개의치 않는 것 같았다. 엄마는 아까부터 음수대 주변을 맴도는 참새를 노려보고 있다. 엄마 몸이 점점 앞으로 숙여지고, 엉덩이 근육이 단단해졌다. 잠시 뒤 엄마 엉덩이가 실룩실룩했다. 머리를 숙이고 사냥감을 살피다가 순식간에 의자 밑에서 튀어 나가더니 음수대를 향해 총알처럼 날아갔다. 눈 깜짝할 새에 참새 한 마리를 덮쳤다. 참새 무리가 푸드덕거리며 날아오르고 엄마는 참새 한 마리를 입에 문 채 음수대를 돌아 나왔다. 엄마는 우리 앞에 참새를 내려놓았다. 기절한 척하는 참새가 날아가지 못하도록 날갯죽지 한쪽을 누르고는 참새를 요리조리 건드리며 정신을 뺐다.

"첫째야, 자세히 봤지?"

"응."

"너는 아직 쥐를 잡는 것도 힘들 거야. 지난번 사냥에 성공한 것은 행운이라고 생각해야 해. 다른 쥐보다 어리고 굼뜬 애를 만났거든. 행운은 어쩌다 오는 거야. 네가 이 낯선 영역에서 살아남으려면 이제부터는 진짜 사냥을 해야 해. 여러 번 실패할 거고, 배고프면 쓰레기봉투를 뒤져야 할지도 몰라. 하지만 절대 거기에 머물러서는 안 돼. 우리 고양이들은 집단생활을 하지 않지만 그렇다고 혼자만 살 수도 없단다. 같은 영역 안에 사는 고양이들과 평화롭게 지내야 하고 때로는 서로 힘을 모아야 할 때도 있을 거야."

"알았어."

"이제 헤어질 때다."

온몸이 얼어붙는 것 같았다. 괜찮은 척, 겁나지 않은 척했지만 막상 헤어질 시간이 되자 엄마를 붙잡고 싶었다.

"엄마, 아직 사냥도 서툰데 나 혼자 어떻게 살아. 이렇게 낯선 곳에서."

"걱정 마. 너는 잘 해낼 거야. 엄마는 널 믿어. 넌 빠르고 튼튼한 다리를 가졌고 영리하니까 여기서 살아남을 수 있을 거야."

엄마와 헤어진 슬픔에 주저앉아 있을 수만은 없었다. 엄마 말대로 사냥은 쉽지 않았다. 산동네를 떠나온 고양이들은 공원에 살던 고양이들과 날마다 영역 전쟁을 벌였다. 여기저기 다친 고양이들이 보였고, 심한 상처를 입은 고양이들은 사람의 발길이 드문 곳을 찾아 쓰러져 갔다. 나는 하루 한 곳씩 새로운 영역에 발을 들여놓아 보았다. 어딘가에는 아직 어린 나를 순순히 받아 줄 데가 있을 거라 생각했다. 그러나 그것은 착각이었다.

나는 산동네에서 넘어온 고양이들과 고만고만한 고양이들이 모여 서로 눈치를 보며 살고 있는 공중화장실 근처에 잠시 머물기로 했다. 인적이 많고 사냥감이 충분하지 않아 힘센 고양이들은 꺼리는 곳이었다. 엄마가 참새를 잡던 모습을 떠올리며 몇 번 시도를 해 보았지만 번번이 허탕을 쳤다. 할 수 없이 작은 생쥐를 주로 노렸고 성공하는 확률은 반반이었다. 어떨 때는 생쥐 한 마리를 놓고 다른 고양이와 싸움을 해야 했고, 나보다 덩치 큰 고양이한테 다 잡은 쥐를 빼앗기기도 했다.

사냥을 하지 못한 날은 밤이 되면 남녀가 주로 가는 공원 뒤편을 서성이다 그들이 먹다 버린 과자 부스러기를 주워 먹었다. 가끔 마음씨 좋은 사람들은 소시지나 빵을 던져 주기도 했다. 오늘은 좀 일찌감치 그쪽으로 갔다. 전날부터 굶었으니 뭐든 먹어야 했다. 다행히 나무 의자 아래 빵 한 조각이 떨어져 있었다. 누가 볼세라 조심스럽게 다가가는데 그새 비둘기 한 마리가 날아와 빵을 쪼아 먹었다.

"그거 내 거야."

비둘기가 고개를 들어 흘낏 쳐다보더니 콧방귀를 뀌며 말했다.

"맹랑한 녀석이네. 설마 네가 여기다 이 빵을 숨겨 놓은 거라 우길 생각은 아니겠지?"

할 말이 없어진 나는 비둘기를 노려보며 털을 부풀렸다. 비둘기는 다시 빵을 쪼아 먹었다. 나도 모르게 침이 꿀꺽 넘어갔다. 이번에는 쉭쉭 소리를 내 위협을 해 보았다. 그러자 비둘기가 한심하다는 투로 말했다.

"내가 나이가 몇인데 너같이 어린 게 겁준다고 무서워할 것 같니? 배고프면 와서 먹어. 내가 먹어 봤자 얼마나 먹는다고. 나눠 먹어도 충분해."

만만하게 보이면 안 될 것 같아 여전히 꼬리를 세우고 털을 부풀린 채 말했다.

"비둘기 주제에."

"허참, 녀석. 말투가 영 건방지네. 네 말대로 난 비둘기야. 내게는 날개가 있어. 너 같은 애송이가 덮치기 전에 도망갈 정도는 된다는 말이다. 너 같은 어린애와 실랑이를 할 여유가 없어. 괜히 자존심 내세우지 말고 가까이 와. 같이 먹자."

비둘기 말이 맞았다. 지금 자존심을 내세울 때가 아니었다. 주린 배를 조금이라도 채워야 했다. 그렇다고 선뜻 다가가기도 민망했다. 다급함에 너무 예의 없이 군 게 미안하기도 했다. 이러지도 저러지도 못하고 꾸물거리는데 다행히 비둘기가 한마디를 더 했다.

"그렇게 얼어붙어 있지 말고 이리 와."

영 내키지 않는 척 다가가 빵 한 귀퉁이를 베어 먹었다.

"조심스럽기는. 너도 저기 산동네에서 왔니?"

비둘기의 말투는 단박에 긴장을 풀어 줄 만큼 따뜻했다. 엄마와 헤어진 뒤 처음 듣는 다정한 말투였다.

"네."

"우리처럼 길에서 살아야 하는 동물에게 도시는 너무 가혹해. 혼자 넘어왔니?"

"아니요, 엄마랑 같이 왔는데 며칠 전 독립했어요."

"아직 어려 보이는데……, 외롭고 고달프겠구나. 나도 가족을 잃었단다."

"어쩌다가요?"

"원래 저 큰길가 낡은 육교 밑에서 살았어. 그런데 이 동네가 재개발되면서 육교가 철거됐잖아. 할 수 없이 아파트 베란다에 붙은 에어컨 실외기 뒤에다 둥지를 틀었지. 그런데 며칠 전에 사람들이 와서 둥지랑 어린 새끼들을 다 치웠어. 곧 깨어 날 알들까지 다 잃었지."

"왜 그랬대요?"

"우리가 자기들 집을 더럽힌다고."

"그렇다고 살아 있는 생명을 쓰레기 취급해도 되는 거예요?"

"우리는 유해 조수거든. 사람들한테는 쓰레기보다 더 귀찮은 존재지."

"유해 조수? 그게 뭐예요?"

"사람한테 나쁜 영향을 미치는 동물들을 정해 놓은 거래."

"그런 게 어디 있어요? 이 세상이 자기네 것도 아니고."

"네 말이 맞다. 그렇지만 사람들은 이 세상을 자기들 중심으로만 보지. 너도 조심해. 사람 눈에는 너나 나나 똑같은 유해 동물일지 모르니까. 그나저나 이렇게 빵 쪼가리나 먹고 어떻게 살아가겠니? 네가 살던 저 산동네 밑에는 아직 이사 가지 않고 남아 있는 사람들이 있어. 여기보다 오히려 거기가 먹고사는 게 나을지도 몰라. 또 아니? 같은 처지니 너한테 먹을 거라도 더 줄지. 한번 가 봐."

"엄마는 위험하다고 다시 가지 말랬는데……."

"위험한 곳이 거기만은 아니잖아. 네 꼴을 보니 남 일 같지 않아서 그래. 여긴 고양이들이 너무 많아. 일단 살길을 찾아봐야지."

비가 내렸다. 비가 내리면 먹이를 구하는 게 더 어렵다. 이틀 전 겨우 솜털이 난 생쥐를 잡아먹은 게 전부다. 잔디밭에서 지렁이 두어 마리를 잡았지만 끝내 먹지 못하고 버렸다. 흙냄새 나는 지렁이들은 내 입맛에 맞지 않는다. 비가 오니 공원에 놀러 오는 사람도 없어 음식 찌꺼기도 없다. 며칠 전 비둘기 아줌마가 한 말이 떠올랐다.

차가 뜸한 새벽, 엄마와 처음 공원으로 건너왔던 그 길을 다시 건넜다. 비둘기 말대로 여전히 천막이 쳐져 있고 사람들이 오가고 있었다. 천막 위로는 그림과 글씨가 쓰인 깃발들이 삐죽삐죽 솟아 있었다. 그 옆에 줄줄이 선 경찰 버스도 여전했다. 빈집이 많은 동네는 허허벌판 공원보다 숨을 데가 많았다. 나는 빈집 장독대에 놓인 잡동사니 아래에서 하루 종일 비를 피해 있다가 해가 질 무렵 동네를 돌아다녔다. 그 사이에 공사장 가림막이 산동네 아래 상가 가까이까지 내려와 있었다.

상가 옆, 판자와 비닐로 얼기설기 만든 천막 부엌에서 음식 냄새가 솔솔 났다. 냄새를 맡는 순간 배 속이 요동을 쳤다. 나는 유혹을 이기지 못하고 천막 부엌으로 숨어들었다. 그런데 그만 부엌 어귀 평상에 앉아 있던 여학생 하나와 눈이 딱 마주쳤다. 허둥지둥 도망을 나오는데 여학생이 들릴락 말락 한 소리로 나를 불렀다.

"나비야, 가지 마."

조심스럽게 뒤를 돌아보았다. 여학생이 눈을 깜박였다. 나도 여학생의 인사를 받아 주었다. 여학생이 들고 있는 그릇에서 멸치 냄새가 났기 때문이다. 귀엽게 보이면 혹시라도 그릇 안에 있는 음식을 얻어먹을 수도 있을 것 같았다.

"넌 며칠 전 왔던 애가 아니네? 왜 그렇게 말랐니? 배고파서 왔어? 이거 먹어 볼래?"

여학생이 하얀 국수 가락을 손바닥에 놓고 내밀었다.

'나더러 저걸 먹으러 오라고? 먹으라는 거야, 말라는 거야?'

나는 여학생의 속을 떠보려고 멀찌감치 떨어져 앉았다. 솔직히 구수한 멸치 냄새를 무시하고 돌아 나갈 자신이 없었다.

"나 너 안 해쳐. 와서 먹어. 바닥이 더러워서 손에다 주는 거야."

배에서 꼬르륵 소리가 천둥처럼 울렸다. 나는 염치를 무릅쓰고 말했다.

"그 국수를 너와 나 사이에다 놓아 주면 안 되겠니?"

물론 그 말을 알아들을 리는 없었다. 그런데 여학생이 내 눈을 들여다보며 말했다.

"미안해. 나는 네가 야옹거려도 무슨 말인지 몰라. 혹시 배고프다고 하는 거니? 먹고는 싶은데 마음이 놓이지 않아?"

나는 좀 더 큰 소리로 대답을 했다.

"응."

"너 목소리 되게 크다. 그런데 그렇게 크게 야옹거리면 안 돼. 우리 엄마는 길고양이는 딱 질색이거든."

여학생은 사람들로 북적이는 주방 쪽을 흘낏 보다 평상에서 내려왔다. 신발을 신고 내게 오는 동안에도 몇 번이나 주방 쪽을 살폈다. 그러더니 국수를 그릇째 내려놓았다.

"우리 엄마한테 들키기 전에 어서 먹어."

이게 무슨 횡재인가 싶어 여학생을 올려다보았다.

"어서 먹어. 괜찮아."

조심스럽게 한 발 한 발 다가가 냄새를 맡았다. 구수한 냄새에 창자가 꿈틀거렸다. 얼른 국수 가락을 한입 가득 물고 뒤로 물러났다.

"괜찮아. 그냥 편하게 먹어. 지금 저 안에 있는 사람들도 밥 먹고 있어."

그러나 조심성은 우리 고양이들의 특징이다. 나는 그렇게 국수를 몇 번 더 덜어 먹고 나서야 뒤로 물러났다. 그때 주방에서 누군가가 나오는 소리가 들렸다. 나는 얼른 천막 밖으로 도망을 나왔다.

다음 날도 계속 비가 내렸다. 사냥은 당연히 허탕이었다. 저녁 무렵, 나는 그 여학생이 있던 천막 가까이 갔다. 무슨 일인지 천막 안이 소란스러웠다. 조심스럽게 천막으로 다가가 한쪽 끝이 들린 곳으로 고개를 들이밀어 보았다. 여학생은 보이지 않고 똑같은 조끼를 입은 사람들이 평상에 앉아 심각한 목소리로 이야기를 하고 있었다. 나는 조심스레 뒷걸음질을 쳐서 나왔다. 천막 뒤로 가자 컨테이너가 하나 놓여 있고 잡동사니들이 쌓여 있었다. 그 뒤로는 가림막이 빙 둘러 이어져 있었다. 그런데 어디선가 어제 만난 여학생 목소리가 들렸다. 두리번거려 보니 바로 컨테이너 안이었다.

"그럼, 우리 아빠 못 나와요?"

"응, 구속됐어."

갑자기 여학생이 울었다.

"은주야, 네가 이러면 안 돼. 엄마도 아까 법원에서 쓰러졌다가 병원에서 링거 맞고 겨우 정신 차렸다고 했어."

그 여학생 이름이 은주였다. 아저씨 말에는 알아들을 수 없는 게 더 많았지만 은주에게 좋지 않은 일이 일어난 것은 틀림없었다. 아저씨가 나가고 은주는 컨테이너 문 앞에 걸터앉았다. 슬리퍼를 신은 발 위로 빗물이 들이쳤지만 은주는 꼼짝하지 않았다. 나는 건너편 천막 아래서 비를 피하며 은주를 바라보았다. 그러나 조심스럽게 은주를 불렀다.

"어머, 나비네. 또 왔구나. 들어와."

은주 목소리가 슬픔에 젖어 있었다. 사람들 목소리에는 슬픔과 기쁨이 묻어난다. 하긴 우리 고양이도, 공원을 오가는 비둘기들도 마찬가지이긴 하다. 공원에서 살 때 한밤중이 되면 공원 나무 의자에 홀로 앉아 우는 사람들을 종종 보았다. 무슨 일이 있는지 모르지만 혼자 우는 사람을 보면 늘 마음이 이상해졌다. 나도 엄마와 헤어진 뒤 그렇게 혼자 울고 싶을 때가 있었기 때문이다. 엄마가 사람들은 집단으로 산다고 했는데 공원에서 우는 사람은 늘 혼자였다.

"어쩌니, 너 줄 걸 미처 준비 못 했어. 이거라도 먹을래?"

컨테이너로 들어가자 은주가 가방을 뒤적여 소시지를 꺼냈다.

"사람들이 먹는 건 짜서 너희 주면 안 된다고 했는데⋯⋯. 배고플 텐데 뭐. 이거라도 먹어 봐."

나는 은주가 껍질을 벗겨 떼어 주는 소시지를 허겁지겁 먹었다.

"배고팠구나. 오늘은 이것밖에 줄 게 없어. 내일 오면 맛있는 거 줄게."

나는 며칠 동안 은주가 어디에서 주로 머물고, 어디에서 자는지를 알아냈다. 은주는 보통 아침 일찍 학교에 갔다가 해가 아파트 공사장 너머로 넘어갈 때쯤 돌아왔다. 그리고 저녁 내내 천막에서 지내다가 밤늦게 천막 근처 문 닫은 빈 상가 안으로 들어갔다. 나는 은주가 천막에 있는 시간에 맞춰 꼬박꼬박 갔다. 은주는 언제나 나를 반겨 주었다.

"우와, 너 정말 똑똑하다. 어떻게 이렇게 늘 같은 시간에 와?"

천막 식당 주방 안에서 엄마와 말다툼을 하고 난 뒤에도, 아저씨 아줌마들이 심각한 이야기를 나누고 있을 때도 은주는 나만 보면 언제나 활짝 웃으며 반겨 주었다. 그런데 오늘은 여느 날보다 더 반갑게 맞으며 말했다.

"나비야, 내가 용돈 탄 걸로 이거 사 왔다."

은주는 선반에서 사료 봉투를 꺼내 작은 플라스틱 접시에 사료를 듬뿍 부어 주었다. 내가 허겁지겁 먹자 은주가 걱정스러운 목소리로 말했다.

"천천히 씹어서 먹어야지. 천천히 천천히. 서두르지 마."

나는 은주에게 고맙다는 표시를 하기 위해 오도독오도독 사료 씹는 소리를 내 주었다. 내가 게 눈 감추듯 사료를 먹고 나자 이번에는 종이컵에 생수를 부어 주었다. 독립을 한 뒤 처음 배불리 먹었다. 은주에게 눈을 깜박이며 말했다.

"정말 고마워. 너는 내 생명의 은인이야."

물론 그 말을 알아들을 리는 없지만 나는 은주에게 어떻게든 고마움을 표현하고 싶었다. 그러나 내가 해 줄 수 있는 게 별로 없었다. 은주 발목에다 뺨을 비비거나 은주 발치에 벌러덩 드러눕는 것밖에. 몸으로 말하는 것이 내가 은주에게 해 줄 수 있는 전부였다.

"나비, 뭐라고 야옹거리는 거야? 고양이들이 배를 보이는 건 믿는다는 표현이라던데? 맞아? 나비야, 너도 내가 마음에 들어?"

"응. 나는 널 믿어."

"나비야, 네가 야옹거릴 때마다 꼭 네가 뭔가 말하는 것 같아. 착각이겠지? 내가 외로워서 그런가?"

"아니야, 말하는 거 맞아. 네가 못 알아듣는 것뿐이야."

은주의 입가가 올라갔다. 은주가 나를 보며 웃는다. 은주가 웃는 게 참 좋다. 내가 은주 얼굴을 좀 더 자세히 보려고 고개를 갸웃거리면 은주가 말했다.

"나비야, 너 그렇게 갸우뚱해서 쳐다보지 마. 예뻐서 미치겠다."

2

오늘도 나비가 왔다. 나비는 아기 고양이는 아니지만 어미한테서 독립한 지 얼마 되지 않아 보였다. 나비는 오랜만에 찾아온 나의 즐거움이다. 우리 동네가 재개발 지역이 된 뒤, 내게는 늘 무섭고 슬프고 화나는 일만 일어났다. 그런데 나비는 웃음을 가져다주었다. 얼마나 예쁜지 학교에서도 자꾸 나비 모습이 어른거려 수업을 제대로 받지 못할 정도다.

재개발 고시가 난 지 6년째인 지금, 우리 동네는 공사장과 폐허가 된 집터만 남았다. 그나마 사람이 살고 있는 곳은 재개발 대책위 천막이 있는 이 아랫동네뿐이다. 그것도 열 가구, 스물댓 명이 전부다. 그 열 가구 중 여섯은 가족 중 한 명이 교도소에 가 있다. 해장국집을 하던 할머니는 둘째 아들이, 초등학생 아들 둘을 둔 아줌마는 남편이, 암으로 먼저 간 남편 대신 대책위 일을 시작한 과일 가게 아줌마는 남동생이, 우리 집은 아빠가 감옥에 있다.

중학생 손자 둘과 함께 대책위 천막에서 생활하는 할머니는 망루가 무너지던 날, 재개발 대책위 위원장이던 아들을 잃었다. 위원장 아저씨는 아줌마랑 둘이 동네 시장 골목에서 금성당이라는 빵집을 했다. 금성당 아저씨는 우리 아빠랑 죽이 잘 맞았다. 아빠가 한 달에 한 번씩 보육원에 짜장면을 해 주러 가는 날이면 아저씨는 단팥빵이랑 소보로 빵을 50개씩 담아 아빠에게 주었다. 그런 아저씨가 죽고 나서 아줌마가 남편 대신 경찰과 싸우다 감옥에 갔다. 우리 아빠나 금성당 아저씨나 동네 사람들이 부처님 가운데 토막이라고 할 만큼 모두 착한 사람들이었다. 그런 사람들이 범죄자가 되고 죽어야 하는 까닭을 나는 이해할 수가 없다.

우리 동네는 서울에서 얼마 남지 않은 도시 빈민 지역이었다. 흔히

달동네라고 부르는 곳이다. 도시가 들어서기 전에는 꽤 높직한 산이었을 우리 동네는 오래된 시멘트 블록 집이나 붉은 벽돌집이 좁은 골목을 따라 다닥다닥 붙어 있었다. 가파르게 비탈진 산동네를 도는 마을버스 정류장 주변에는 구멍가게나 슈퍼, 편의점, 세탁소, 분식집 같은 가게들이 모여 있었다. 우리 집은 산 중턱에 있는 버스 정류장 앞 2층짜리 상가 건물에 있었다. 그 건물에는 우리 용흥각과 부동산 사무실, 작은 슈퍼와 세탁소가 있었다. 우리 집에서 마을버스로 두 정류장을 더 내려가면 상가가 모여 있는 시장이 있었다. 큰 마트나 전통 있는 재래시장에 비하면 초라하기 이를 데 없지만 대부분 인근 공장에서 일하는 우리 동네 사람들에게는 아주 요긴한 곳이었다.

시장 뒤편 용천 빌딩에는 인력 회사, 포장 회사, 봉제 공장 같은 작은 공장들이 있었고, 그 옆 용마 빌딩에는 보습 학원과 당구장, 프랜차이즈 음식점이 있었다. 용천 빌딩과 용마 빌딩은 겨우 6층과 5층짜리지만, 길 건너에 아파트 단지가 생기기 전에는 이 근방에서 가장 높은 건물이었다. 재개발 소식이 전해진 것은 초등학교 때였다. 아빠는 그 빌딩 주인을 비롯한 몇몇 사람들이 주도한 재개발을 처음부터 못마땅하게 여겼다. 한 가족 같던 동네 사람들이 재개발 찬성과 반대로 갈리고, 재개발 조합 사무소와 재개발 대책위 사무실이 생겼다.

아빠가 재개발 반대에 앞장선 것은 우리 용흥각을 지키기 위해서였다. 용흥각은 외할아버지가 시작한 중국집이었다. 외할아버지는 인천

선린동에 있던 중국집에서 20년 동안 요리를 배우며 주방장까지 하다가 서른다섯 살에 독립해 이 동네에다 중국집을 열었다. 아빠는 외할아버지가 쉰 살이 되던 해, 중학교를 졸업하자마자 용흥각 종업원으로 들어가 서빙과 배달을 하며 중국요리를 배웠다. 외할아버지는 성실하고 똑똑한 아빠가 마음에 들어 하나밖에 없는 딸의 남편감으로 점찍었다. 고등학교를 졸업하고 동네 어귀에 있던 인력 회사에서 경리 일을 하던 엄마도 착하고 성실한 아빠가 마음에 들었단다. 외할아버지가 돌아가신 뒤, 용흥각의 주인은 아빠가 됐다. 큰길가 상가가 아닌 산동네 중턱에 있는 중국집이라 장사가 안 될 거라는 생각은 오산이었다. 아빠의 짬뽕과 간짜장은 산동네 아래 상가에 있는 중국집 것보다 인기가 있었고, 산동네 너머 빌라까지 배달을 갔다.

초등학교 시절 내가 가장 좋아하는 날은 아빠가 한 달에 한 번씩 짜장면을 천 원에 파는 날이었다. 그날은 엄마 친구들이 나와 도와야 할 정도로 사람이 많았다. 아빠는 그렇게라도 동네 사람들에게 고마움을 표현하는 거라고 했다. 또 한 달에 한 번 쉬는 날에는 아빠가 자란 보육원에 가서 짜장면을 해 주고 왔다. 그때마다 나도 아빠를 따라가서 단무지를 그릇에 나눠 담는 일을 도왔다. 나는 그런 아빠가 자랑스럽고 좋았다.

아빠가 재개발을 반대해야겠다고 했을 때, 엄마는 보상금을 받아 나가서 변두리에 가게를 다시 차리자고 했다. 그러나 아빠는 가게를 지키지 못하면 나중에 저승에 가서 외할아버지 얼굴을 못 볼 거라고 했다. 그때까지도 재개발에 반대하는 사람들이 많았고, 아빠는 재개발 대책위 홍보 위원장을 맡았다.

우리 동네가 철거되고 들어설 아파트는 평수가 넓은 고층 아파트였다. 재개발에 반대하는 사람들은 아파트가 지어지고 나면 정작 우리 같은 서민들은 그 아파트에 들어갈 수 없을 거라고 했다. 재개발에 찬성하는 사람들은 무리가 되더라도 넓은 아파트에 한 번쯤 살아 보고 싶다거나, 비싼 값에 되팔아서 돈이라도 남겨야겠다고 했다. 건설 회사와 재개발 조합, 구청에서는 재개발에 반대하는 사람들 때문에 공사가 늦어지면 아파트 분양가가 올라가고 손해가 많아질 거라고 주민들 사이를 이간질했다. 마음을 잡지 못하고 저울질만 하던 사람들은 구청장과 국회의원들이 잘사는 동네로 만들어 주겠다고 하는 말에 솔깃해 찬성으로 돌아서기 시작했다. 그러나 윗동네가 철거되고 공사가 시작되자 주변 집값이 오르고, 분양가도 오르기 시작했다. 재개발 조합은 재개발 대책위를 탓했고, 일부 주민은 재개발 조합에 속았다며 재개발 반대로 돌아서기도 했다. 그때부터 동네 사람들끼리 언성을 높이는 일이 잦아졌다. 비슷한 처지의 사람들이 오순도순 모여 살던 정겨운 산동네는 사라져 버렸다.

그러는 사이 나는 고등학생이 되었다. 새로 맞춘 교복을 찾아오던 날, 아빠와 대책위 아저씨들은 우리 용흥각 옥상에 지은 망루로 올라갔다. 며칠이 지나자 우리 동네 재개발 문제가 신문에 오르내렸다. 그런데 이상하게도 언론에서는 우리 재개발 대책위원회를 외부 세력의

사주를 받아 보상금을 더 받아 내려고 하는 파렴치한 사람들로 몰았다. 윗동네에 살다 다른 동네로 이사를 간 내 짝꿍조차 순진한 얼굴로 물었다.

"너희 지금 시위하는 거 보상금 더 받으려고 하는 거야? 그렇게 농성하면 진짜로 보상금 더 나와? 그럼 우리처럼 일찍 이사 간 사람들은 손해잖아."

망루에 올라간 아빠는 한 인터넷 방송 기자와 인터뷰를 했다.

"지금 폭력을 행사하는 쪽은 우리가 아니라 건설 회사랑 정부입니다. 재개발되면 우리가 다 저 고층 아파트에 들어갈 것처럼 말하지만 여기서 쫓겨난 사람들 중에 3분의 2는 들어가지 못해요. 세입자들은 아예 입주권조차 못 받습니다. 임대 아파트 자격을 준다고요? 아니, 일터가 다 이 근천데, 저 남양주나 평택 변두리로 가라고요? 이건 정말 등 치고 간 내어 먹겠다는 거죠. 먼저 철거돼서 나간 윗동네 사람들, 지금 다 월세방을 전전하고 있어요. 거기다가 권리금 내고 들어와 여기서 장사하던 사람들, 하루아침에 권리금 다 날려야 해요. 아파트 지어지고 상가 들어설 때까지 우리는 뭐 먹고 삽니까? 내 집에서 장사하던 사람들은 하루아침에 세입자가 되는 거예요. 우리 눈에 미래가 뻔히 보이는데 어떻게 순순히 물러납니까? 이 산동네에 집 한 칸, 가게 한 칸 갖기 위해 우리가 얼마나 애를 쓰며 살았는지 아십니까? 그런데 순순히 나가라니요? 아니, 그것도 모자라 반대했다고 우리한테 손해 배상을 청구했어요. 그렇게 큰 기업이, 정치인들이 우리를 협박하고 있습니다. 그러면서 우리더러 폭력 세력이라고 합니다. 진짜 폭력은요, 가난한 사람들이 오랫동안 함께 살아온 이런 동네를 없애는 거예요. 이건 공동체 파괴고, 살아갈 권리와 미래까지도 빼앗는 거라고요."

나는 아빠가 그렇게 말을 잘하는 줄 처음 알았다. 아빠가 자랑스러웠고, 옳다고 믿었다. 인터뷰 영상을 스마트폰에 저장해 놓고 몇 번이나 다시 봤는지 모른다. 망루에 올라가기 전에도 아빠와 새개발 대책위 아저씨 아줌마들은 국회의원 사무소와 구청, 시청, 건설 회사로 가서 시위를 했다. 그러다 경찰서 유치장에 며칠씩 있다가 오기도 하고 몸싸움을 하다 여기저기 다치는 일도 많았다.

아빠가 망루로 올라간 것은 세상이 우리 일에 관심을 갖지 않는 게 답답해서였다. 어쩌면 자기들이 겪을지도 모를 일인데 남의 일이라고만 생각하는 사람들에게 우리 목소리에 귀를 기울여 달라고 호소하기 위해서였다.

아빠와 대책위 아저씨들이 망루에 올라간 지 일주일이 되던 일요일 오후였다. 갑자기 창밖이 소란해 밖으로 나가니 위원장 아저씨가 재개발 반대라고 쓴 깃발을 양손에 들고 망루 꼭대기 위에 서 있었다. 그리고 그 아래에서는 아빠와 대책위 아저씨들이 알아들을 수 없는 소리로 고함을 치고 있었다. 상가 앞에서 망루를 올려다보던 사람들이 울기 시작했고, 경찰차와 119 구조대가 왔다. 무슨 영문인지 몰라 어리둥절해 있던 그때, 위원장 아저씨가 소리쳤다.

"주민들 죽이는 재개발을 멈춰라!"

그러고는 아저씨가 뛰어내렸다. 눈 깜짝할 순간이었다. 위원장 아저씨는 옥상 바닥으로 떨어졌다. 아저씨는 구급차에 실려 병원으로 갔고, 아빠는 다른 아저씨들과 같이 경찰과 용역에게 끌려 내려왔다.

며칠 뒤, 경찰서 유치장에 있는 아빠를 면회하러 갈 때 나는 교복을 입었다. 아빠는 전부터 내가 고등학교 교복을 입은 모습을 보고 싶어 했다. 그런데 막상 만난 아빠는 내가 교복을 입었는지도 알아보지 못했다. 창살 너머 아빠는 예전의 아빠가 아니었다. 얼굴 여기저기가 멍들고 상처가 난 것 때문만은 아니었다. 아빠 눈은 나나 엄마를 향하지 않고 허공을 바라보고 있었다. 아빠는 망루에서 끌려 내려올 때 허리와 목을 다쳤는데도 치료를 받지 못해 몸이 많이 아프다고 했다. 첫 면회에서 아빠는 엄마에게 금성당 아줌마와 할머니를 잘 챙기라고 되풀이해서 말했다.

아빠가 유치장에 있는 동안 용흥각이 있던 건물은 끝내 포클레인에 부서져 내렸다. 그리고 건물이 무너지던 날, 경찰과 용역을 향해 돌을 던지고 똥물을 뿌리며 저항하던 금성당 아줌마마저 잡혀 갔다. 위원장 아저씨는 중환자실에 입원한 지 보름 만에 세상을 떠났다. 그리고 아빠와 대책위 사람들은 재판을 한 뒤 교도소로 이감되었다. 재개발로 집과 일터를 잃은 사람들의 절규와 저항은 불법 폭력이 되어 신문과 텔레비전 뉴스에 오르내렸다.

언제나 웃던 엄마 얼굴이 굳어졌다. 함께 싸우던 사람들 반이 떠났다. 이제 남은 사람들이 모여 이를 악물었다. 동네 사람들을 보상금 더 받으려는 파렴치한 폭력 시위자로 몰아간 이들한테 사과를 받겠다고 했다. 엄마는 무엇보다 아들을 잃고, 며느리까지 감옥에 가 갈 곳이 없어진 금성당 할머니와 아들들을 남겨 두고 떠날 수 없다고 했다. 그래서 윗동네에 살던 우리 대책위 식구들 몇이 아랫동네 상인들의 철거 반대 사무실인 천막으로 들어갔다. 상인들은 주로 용천 빌딩, 용마 빌딩, 그리고 시장 상가에서 월세를 내고 장사를 했던 사람들이었다. 몇년 새 권리금을 포기하고 떠난 상인들도 많지만 갈 곳이 없는 상인들은 끝까지 버텼다. 그런데 1년 넘게 끌던 재판 결과가 나오고, 사람들의 관심도 점점 줄어들면서 요즘 천막은 장례식장 같다.

아빠는 교도소로 이감된 뒤, 일주일에 한 번씩 꼬박꼬박 편지를 보내 왔다. 편지 내용은 늘 똑같았다. 엄마를 잘 지키라는 당부와 공부 열심히 해서 법조인이 되어 가난한 사람들의 억울함을 풀어 주라는 것이었다. 내가 기억하는 아빠는 원래 권력이나 성공 따위에는 관심이 없는 사람이었다. 나한테도 아빠 가게를 물려받으라는 말은 해도 공부 열심히 해라, 성공하라는 말은 한 적이 없었다. 그런데 재개발 싸움이 오래 가면서 아빠가 조금씩 변했다. 구청이나 재개발 조합, 건설 회사 쪽의 변호사를 만나거나 경찰서에 끌려갔다 올 때마다 중학교밖에 나오지 못한 처지를 비관했다. 아빠는 면회를 가도 판검사, 변호사 타령만 했다.

"우리 은주, 공부 잘하고 있지?"

"응."

"꼭 판검사나 변호사 돼야 한다."

"아빠, 근데 이제 사시도 없어질 거고 로스쿨인가 가야 한다는데, 돈도 엄청 들고. 난 그쪽 아냐."

엄마가 옆구리를 찔렀지만 아빠한테 거짓말을 할 수는 없었다.

"힘없고 돈 없는 사람들은 자기 집 하나 지키겠다고 했다가 범죄자가 되고, 집이랑 호구책까지 빼앗겼어. 그런데 재개발한다면서 온갖 불법 다 저지른 건설 회사 놈들, 정치인들, 깡패들, 공무원들은 벌을 받기는커녕 제 배만 불렸다고. 우리 딸은 아빠 같은 사람 되지 말고 공부 많이 해서 그런 놈들 혼내 주는 사람이 되어야 해."

나는 아빠 말에 "예." 하고 대답할 수가 없었다. 그렇다고 아빠 말을 흘려들을 수도 없었다. 고등학생이 되니 아이들 대부분은 이미 진로에 대해 구체적인 고민을 하고 있었다. 아직 꿈이 없더라도 성적 관리만큼은 철저했다. 일단은 대학을 가야 다른 길이 보이는 거라고 했다. 그러나 당장 내일이 어떻게 될지 모르는 상황에서 미래는 아무 의미가 없었다. 온 동네가 철거 현장이 된 뒤 나는 공부를 제대로 할 수 없었다. 선생님들은 공부할 마음만 있으면 어디서든 공부를 못 하겠냐고, 형편이 어려울수록 더 열심히 해야 된다고 했다. 그때마다 나는 선생님들도 우리 동네에서 살아 보라는 말이 입에서 맴돌았다. 재개발은 나와 나를 둘러싼 모든 것을 엉망으로 만들었다. 내 앞에는 온통 막다른 길뿐이었다.

어쩌지 못하고 발만 동동 구를 때, 그때 나비가 내게로 왔다. 나비는 나를 답답한 천막에서 꺼내 준 유일한 친구였다. 나비는 내 처지와 별로 다르지 않았다. 말을 하지 않아도 이 동네에서 살아남기 위해 얼마나 힘들었을지 짐작이 갔다. 꾀죄죄한 발에다 비쩍 마른 몸, 부스스한 털까지. 철거가 되면서 우리 동네에 살던 길고양이들도 많이 다치고 죽었다. 이사 가면서 버리고 간 고양이나 개도 많았다. 구청에서 두 번인가 유기 동물 구조 작전을 벌였는데, 그렇게 잡힌 동물들은 보호소에 보름쯤 있다가 대부분 안락사를 당한다고 했다.

천막에 있는 아줌마 아저씨들은 먹을 걸 챙겨 주면 고양이들이 점점 더 꼬인다며 밥을 주는 것을 질색했다. 하지만 털이 거칠거칠해지고 말라가는 고양이들을 보면 괜한 죄책감이 들어 나는 몰래몰래 먹을 것을 챙겨 주었다. 나비는 그렇게 우리 천막으로 밥을 먹으러 오던 길고양이들 중 가장 특별한 고양이였다. 다른 고양이들이 먹을 것을 기대하고 온다면 나비는 나를 보러 왔다. 내가 천막에 있는 시간을 정확히 기억하고, 언제나 같은 시간에만 나타났다. 그리고 밥을 먹고 나면 달아나는 게 아니라 내 앞에 앉아 눈을 맞추고, 편안한 표정으로 몸단장까지 했다. 내 말에 귀를 기울여 주고 마치 다 알아듣는다는 듯이, 내 마음 다 이해한다는 듯이 눈을 천천히 깜박여 주었다. 그러면 내 마음이 나비의 눈 속으로 빨려 들어갔다. 먹을 것을 챙겨 준 지 한 달쯤 지나자 나비는 털에 윤기가 흐르고, 살도 보기 좋게 올랐다.

3

해가 아파트 너머로 꼴깍 넘어갈 때쯤 오랜만에 길을 나섰다. 은주 덕분에 다리에 힘이 생기고 키도 더 컸다. 여름을 지나면서 나는 제법 수컷 냄새가 나는 고양이가 되어 가고 있었다. 오늘은 참새 사냥에 나설 생각이다. 나를 돌봐 준 은주에게 선물을 할 참이다. 그러나 참새잡이는 쉽지 않았다. 하루 종일 열심히 참새를 쫓았으나 허탕이었다. 할 수 없이 매점 쓰레기장 옆에서 제법 큰 쥐를 잡았다. 그 쥐를 입에 물고 길을 건넜다. 나는 조심스럽게 주위를 살피다 천막 안으로 고개를 디밀었다. 다행히 은주가 있었다.

"나비야, 왔어?"

은주가 반갑게 평상에서 내려왔다. 나는 은주 발치에다 쥐를 내려놓았다. 그런데 은주가 비명을 지르며 평상 위로 올라갔다. 그 소리에 주방에서 아줌마들이 뛰쳐나왔다.

"저 길고양이가 쥐를 잡아 왔어! 세상에 크기도 해라."

"어머나! 살았어, 살았어."

뭔가 분위기가 이상했다. 은주는 평상에서 아예 내려오지도 못했다. 도대체 뭐가 잘못된 건지 알 수가 없었다. 나는 잽싸게 천막을 나왔다. 그러고 보니 은주가 쥐를 먹는 것을 보지 못했다. 그렇지만 쥐는 그저 내 마음이었다. 은주를 기쁘게 해 주고 싶었을 뿐이다.

다음 날 같은 시간에 조심스럽게 천막으로 갔다. 은주가 없었다. 그

다음 날에도 없었다. 아무래도 선물로 준 쥐가 문제였다. 쥐가 그렇게 나쁜 선물일 줄은 몰랐다. 은주는 내게 먹을 것만 준 사람이 아니었다. 독립을 한 뒤, 내가 만난 동물들은 모두 나를 위협했다. 처음 만났던 비둘기 아줌마처럼 음식을 나눠 먹자고 하는 경우는 거의 없었다. 공원에서 만난 사람들은 나를 보면 지저분하다고 피하며 인상을 찌푸렸고, 다른 고양이들은 나를 그저 경쟁 상대로만 보았다. 은주는 나를 있는 그대로 받아 주고 사랑해 준 유일한 존재였다. 처음 마음을 열어 준 은주를 잃는다는 건 아주 슬픈 일이었다.

은주를 보지 못한 지 며칠이 지났다. 나는 아침부터 열심히 참새를 쫓아다녔다. 참새라면 은주 마음에 들지도 몰랐다. 사람들이 던져 놓은 과자를 먹느라 정신이 팔린 참새 떼를 발견했다. 여럿 중 한 마리를 잡는 것은 어렵지 않다고 마음먹고 참새한테서 눈을 떼지 않았다. 이미 날아오른 새를 낚아채는 것은 아직 어려운 일이었다. 과자를 먹느라 정신이 팔린 참새 중 가장 작은 놈을 노렸다. 우선 몸을 땅바닥에 바짝 붙이고 귀를 앞으로 세웠다. 그러고는 발소리가 들리지 않도록 살금살금 걷다가 달리기 시작해 그대로 참새를 덮쳤다. 성공이었다. 첫 참새 사냥이었다. 배가 고팠지만 은주에게 주기로 했다. 은주도 참새라면, 더욱이 내가 처음 사냥한 참새라면 좋아할 수밖에 없을 거다.

천막에 가니 다행히 은주가 있었다. 나를 보더니 평상에서 뛰어 내려오다시피 하며 반가워했다.

"나비야, 왔구나! 난 너 안 오는 줄 알았어."

은주는 내 곁에 다가오려다 입에 문 참새를 보고는 멈춰 섰다.

"어머, 이번엔 참새야? 세상에! 나흘이나 없었는데도 날 잊지 않고 이렇게."

은주가 좋아하는 것 같았다. 그제야 마음이 놓였다. 나는 바닥에 참새를 놓았다. 죽은 척하고 있던 참새 가슴이 콩닥콩닥 뛰고 가는 다리가 조금씩 움직였다. 나는 잽싸게 앞발로 참새 날개를 눌렀다.

"어, 살았네!"

은주가 나를 보더니 눈을 천천히 깜박이며 말했다.

"나비야, 정말 고마워. 그 참새, 나한테 주는 선물이지? 저번에 가지고 온 쥐도."

은주 말에 대답을 하기 위해 눈을 천천히 감았다 떴다. 은주가 부드럽고 다정한 말투로 이야기했다.

"그 새 살아 있는 것 같은데 놓아 주자. 나는 너한테 선물을 받은 것만으로도 좋아. 진짜야. 그리고 정말 미안한데, 나는 쥐를 먹지 않아. 네가 먹고 튼튼해지면 그걸로 좋아."

은주 말을 다 이해하기는 어려웠지만 어쨌든 이 참새가 선물이라는 것은 안 것 같았다. 하지만 배가 고파 죽겠는데 참새를 그냥 놓아 준다는 것은 손해가 이만저만이 아니었다.

"나비야, 나도 선물 가져왔어. 내가 수학여행을 갔다 왔거든. 고양이 용품만 파는 상점이 있어서 가 봤더니 이 간식이 있었어. 이게 일본 건데 고양이들이 다 좋아한대."

은주는 그릇에다 간식을 부어 주었다. 나는 잠시 망설이다 참새 날개에서 발을 살짝 뗐다. 죽은 듯 누워 있던 참새가 잠시 뒤 푸드덕거리더니 잽싸게 하늘로 날아갔다.

"우와! 나비, 넌 진짜 똑똑해! 내 말을 알아듣는구나. 고마워."

은주 목소리가 기쁨에 차 있었다. 나도 흐뭇해졌다.

4

재개발 대책위 사무소로 쓰는 천막에 요즘 며칠째 낯선 사람들이 많이 오갔다. 국회의원, 공무원. 그 사람들은 하나같이 다 검은색 승용차를 타고 왔다. 어떨 때는 한 사람이 오는데 차가 서너 대 따라왔다. 얼핏 들은 걸로는 끝까지 버텨 봤자 소용없으니 합의해서 끝내자는 얘기가 대부분이라고 했다. 몇 달 있으면 대통령 선거가 있어서 대책위 사람들에게 유리한 조건을 제시할지도 모른다고도 했다. 그렇게 낯선 사람들이 왔다 갈 때마다 천막을 지키는 어른들 사이에서 언성이 높아졌다. 사람들은 다 지쳐 있었다. 엄마조차도 건설 회사가 손해배상 청구를 하지 않고, 아빠가 항소심에서 감형이 된다면 떠날 생각이 있다고 했다. 아빠는 지금 특수 공무 집행 방해 치상죄, 공공 기물 파손죄, 집시법 위반에다 재물 손괴죄라는 것까지 걸려 있었다. 아직 항소심이 잡히지도 않은 상태에서 엄마의 요구가 너무 많다며 눈을 흘기는 사람도 있고, 끝까지 싸우자고 하는 사람도 반이나 되었다. 처음 재개발 반대 싸움을 할 때는 우리 편을 들어주는 사람들이 꽤 있었다. 그러나 이제는 우리 안에서조차 갈등이 생기고 있었다.

아빠 면회를 다녀온 엄마는 며칠 동안 잠을 자지 못하고 뒤척였다. 그런데 오늘 학교에 갔다 와 보니 플래카드와 깃발이 다 사라졌다. 엄마가 말했다.

"우리 이제 일주일 뒤에 떠난다."

"어떻게 된 거야? 구속된 아저씨 아줌마들은 어쩌고?"

"시장 만났어. 대책위 위원장이 그렇게 된 건 유감이래. 금성당 아줌마도 보석으로 내보내 주겠대. 시장이 자기가 철거민들과 좀 더 대화하려고 노력했어야 하는데 자기는 재개발에 찬성하는 주민들 의견도 들어줘야 하고, 기업의 입장도 생각해야 해서 곤란했다고 그러더라."

"그래서? 그래서 어떻게 해 준대? 설마 그걸 사과라고 그러는 건 아니지?"

"사과로 받아들이기로 했어."

"다 동의한 거야?"

"그렇다니까. 자세한 건 넌 몰라도 돼. 어쨌든 다 나가기로 했어. 아빠도 허락했고. 이사 갈 데도 정했어. 엄마 고등학교 친구가 살고 있는 강화로. 너도 초등학교 때 몇 번 놀러 갔었어. 마침 해안가에 밥집 하던 작은 식당이 났대. 거기가 목이 괜찮대. 바닷가라 개발되면 땅값도 오를 거고. 거기 살다가 아빠 나오면 이사를 가거나……."

"아빠가 그리로 가는 거 허락했어? 학교는? 엄마, 나 고등학생이야. 어떻게 준비할 새도 없이 전학을 가라고 그래?"

엄마는 미안하다는 말만 되풀이했다. 엄마가 내 의견을 묻지 않은 것에 화가 났다. 그러나 나는 아무런 결정권이 없었다. 찜찜하고 뭔가 석연치 않았지만 이 지긋지긋한 피란민 생활을 끝내는 걸 다행으로 여기기로 했다.

그렇지만 나비를 이곳에 그대로 둔 채 그냥 떠날 수가 없었다. 며칠째 나비가 보이지 않았다. 공사 차량이 오가는 곳이라 늘 오는 시간에 나비가 오지 않으면 걱정이 되었다. 나비는 초여름 처음 만났던 그 시간을 어기는 법이 거의 없었다. 장대비가 쏟아지거나 사람들이 경찰, 용역과 몸싸움을 하는 날이 아닌 한은 반드시 나를 보러 왔다. 나비는 가을로 접어든 뒤 빈집의 장독대 쪽에서 자주 모습이 보였다. 아예 보금자리를 우리 천막 근처로 옮긴 것 같았다. 며칠째 오지 않으니 벌써 내가 떠날 것을 짐작하고 발길을 끊은 것은 아닌지 걱정이 되었다.

나비 걱정에 반 친구들이 해 주는 송별회도 건성으로 마쳤다. 무거운 마음으로 돌아오는 길이었다. 버스에서 내리다 우연히 멀리서 절뚝거리며 4차선 도로를 힘겹게 건너는 노란 고양이를 보았다. 나비였다. 건널목의 신호등이 붉은색이긴 했지만 나비가 도로를 다 건너기도 전에 신호가 바뀔 것 같았다. 나는 얼른 뛰어가 나비를 불렀다. 나비가 귀를 쫑긋거리더니 절룩거리는 발로 뛰기 시작했다. 무사히 인도로 올라온 나비는 나를 보더니 마치 강아지처럼 겅중거리며 뛰어왔다. 그런데 그렇게 와서는 내 품에 안기는 것이 아니라 전봇대에다가 뺨과 온몸을 비비며 골골 소리를 냈다.

"나비야, 도대체 어디 갔었어?"

가만히 살펴보니 털이 듬성듬성 빠져 있고, 뒷다리는 무엇에 찢겼는지 살갗이 벗겨져 피가 엉겨 붙은 채 부어올라 있었다. 수염은 축 처져 있고 오렌지빛이 도는 나비의 털 곳곳에 검댕과 끈적끈적한 뭔가가 묻어 있었다. 나는 급한 마음에 나비를 안았다. 그런데 갑자기 캭 소리를 내며 내 품에서 뛰어내렸다. 나비는 제 다리를 계속 핥으며 흘끗흘끗 나를 올려다보았다. 다리가 많이 아픈 모양이었다. 다친 다리가 눌리지 않게 조심스럽게 안으니 이번에는 가만히 있었다. 나비를 안고 공원 뒤 아파트 단지에 있는 동물 병원으로 갔다.

"에고, 끈끈이가 묻었구나. 영역 싸움도 크게 한 것 같고."

수의사가 혀를 끌끌 찼다.

"끈끈이요?"

"학생, 쥐잡이용 끈끈이 몰라요?"

모를 리가 없었다. 용흥각 주방과 창고에도 그 끈끈이를 몇 개씩 놓고 살았다. 노가리나 생선 토막의 유혹에 속아 끈끈이를 밟은 쥐가 비명을 지르면 자다가도 소름이 끼쳤다. 그런데 쥐가 아니라 나비가 끈끈이에 잡혔다니 어이가 없었다.

"길고양이들이 가끔 쥐 잡으려다가 오히려 자기가 끈끈이에 당하는 경우가 있어요. 혀로 끈끈이를 떼는데 엄청 괴로웠을 거예요. 게다가 이 녀석 귀랑 다리를 보면 제 덩치보다 큰 고양이한테 공격을 당한 것 같은데요."

나는 수의사에게 조심스럽게 물었다.

"그런데 선생님, 저, 제가요 얘를 기르고 싶은데 괜찮을까요?"

"그래요? 그럼, 일단 다리 치료를 해 줘야 하고……. 길고양이를 집에서 기르려면 기본적인 혈액 검사랑 예방접종은 하는 게 좋은데. 어떻게 할래요?"

나는 망설이지 않고 고개를 끄덕였다. 20여 분 넘게 검사를 한 수의사가 말했다.

"그래도 얘가 꽤 건강하네요. 바이러스 감염도 없고."

진료비와 주사비가 12만원, 고양이용 이동 가방까지 사니 15만원이 나왔다. 엄마가 준 체크카드 잔고가 하나도 남지 않았지만 상관없었다.

"나비야, 여기 들어가 봐."

나비가 눈을 동그랗게 떴다. 창으로 들어오는 햇빛 때문에 나비의 녹두색 홍채 속 검은 동공이 세로로 가늘어져 있었다. 나비는 그 신비한 눈빛으로 나를 올려다보았다.

"너 가두려는 거 아니고. 있잖아, 내가 멀리 가. 그런데 너만 두고 가면 내 마음이 너무 아플 거 같아. 같이 가자. 이제 저 천막에 아무도 살지 않을 거야. 널 잘 보살펴 줄게. 나 믿으면 같이 갈래?"

나비는 고개를 갸웃거리며 올려다보더니 내 손에다 제 주둥이를 비벼다.

"좋다는 거야? 내 말 알아들어? 그럼 가방에 들어가 봐."

신기하게도 나비가 가방으로 들어갔다. 수의사가 등 뒤에서 말했다.

"얘는 길고양인데도 사람 말을 잘 알아듣네요."

"그동안 제가 밥을 줬거든요."

수의사가 고개를 끄덕이며 말했다.

"아, 그래도 확실히 똑똑한 거 같아요. 학생, 잘 키워 봐요. 두세 달 있다가는 중성화 수술을 하는 게 좋아요."

엄마와 함께 도착한 곳은 서울에서 두 시간 거리에 있는 강화도의 한 바닷가였다. 바다를 메워 만들었다는 들판이 펼쳐져 있고 그 끄트머리에 작은 포구와 마을이 있었다. 해안 도로는 포구와 마을 사이를 지나고 있었고, 그 포구 앞 도로에 장어구이집 두 채와 펜션 몇 채, 카페, 편의점 등이 있었다. 우리 식당은 포구 바로 건너편에 있는 작은 조립식 주택이었다. 개방형 주방에다 식탁은 4인용 네 개가 전부였고, 식당에 붙어 있는 가겟방에도 식탁 두 개가 있었다. 전 주인이 한 달 전까지 백반집을 하다 나가서 가게는 꽤 깨끗이 정돈되어 있었다. 엄마는 가겟방을 쓰기로 하고 나한테는 가게 뒤에 붙은 방을 쓰라고 했다. 식당 뒤에 딸린 방에는 제법 큰 창이 있었다. 방에서 창밖을 내다보면 너른 들판이 보이고 그 너머로는 야트막한 산들이 이어져 있었다. 그 산언저리에 오순도순 모여 있는 마을 풍경이 그림처럼 평화롭고 정겨워 보였다.

처음엔 너무 외진 곳으로 이사를 왔다고 생각했는데 하루 이틀이 지나자 한적한 마을이 점점 마음에 들었다. 특히 저녁 해가 질 무렵 가게 앞 의자에 앉아서 서쪽 바다로 해가 넘어가는 풍경을 바라볼 수 있는 게 이 집이 가진 가장 큰 매력이었다. 해가 섬과 섬 사이에 걸쳐 있을 때는 붉게 물들었던 하늘과 바다가 해가 물속으로 풍덩 빠져 들어가는 순간부터 진주빛이 도는 보랏빛으로 물든다. 그렇게 하늘과 바다는 점점 잿빛으로 변해 캄캄한 어둠에 잠긴다. 포구에서 불빛이 반짝이긴 하지만 도시에서는 볼 수 없는 칠흑 같은 어둠이 온 세상을 덮으면 이상하게 마음이 차분해졌다. 나는 날이 차가워질 때까지 날마다 해넘이를 바라봤다. 그 순간만큼은 전쟁터의 피란민 수용소 같던 천막 농성장에서의 불안한 하루하루가 다 잊혔다. 감옥에 갇힌 아빠도, 용흥각 2층의 내 방도 다 잊혔다. 나비도 나와 함께 낮을 보내고 밤을 맞이하는 그 순간을 무척 좋아하는 것 같았다. 나비의 눈은 늘 나와 같은 곳을 향해 있었다.

5

내가 왜 은주에게 덜컥 안겨 여기까지 왔는지 모르겠다. 은주가 떠난다는 말에 다시 혼자 될 게 두려웠다. 천막 사람들마저 동네를 떠나면 나는 공원에서 날마다 다른 고양이들과 먹이 다툼을 하며 살아야 했다. 쥐 끈끈이가 몸에 붙어 그걸 떼느라 고생을 하고, 수고양이들의 공격을 받고 난 뒤로는 은주가 주는 사료와 깨끗한 물만 먹고 사는 것도 괜찮겠다는 생각을 했다.

공원에서 사는 고양이들에게도 서로 허락된 사냥 영역이 정해져 있고, 안전을 지켜 주는 개별 영역도 따로 있지만 물만큼은 나눠 먹는다는 약속 같은 게 있었다. 음수대 물은 고양이만이 아니라 참새, 까치, 비둘기도 와서 같이 먹는다. 그런데 그걸 모르고 물을 마시는 나를 공격한 걸 보면, 마지막까지 길 건너 산동네에 남아 있던 수고양이들인 게 틀림없었다. 어찌나 표독스럽게 달려드는지 양쪽 귀가 뜯기고 수염이 뽑히고 뒷다리가 찢겼다. 독립한 뒤 가장 크게 당한 공격이었다. 처음에는 공원 관리 사무소 뒤 창고에 몸을 숨기고 버텼는데 다리가 붓고 몸이 으슬으슬했다. 그때 은주가 떠올랐다. 몸을 겨우 움직여 천막으로 가기 위해 4차선 도로를 건너는데 은주 목소리가 들렸다. 그 목소리를 듣는 순간 다리가 아픈 것도 잊었다. 오랜만에 은주 목소리를 듣고 냄새를 맡자 며칠간의 공포가 다 사라지는 것 같았다.

은주가 같이 살자고 했을 때 나는 생각했다. 은주 없이도, 은주의 도움 없이도 살 수 있을까? 자신이 없었다. 사람하고 산다는 건 어떤 걸까? 엄마는 집고양이로 사는 건 아주 따분할 거라고 했다. 어디 다치거나 하지 않는 한 사람하고 살지 말라고, 잡혀서 중성화 수술 같은 건 절대 당하지 말라고 했다. 은주와 같이 살자니 고양이로서 자존심을 꺾는 것 같고, 은주와 헤어져 공원에 남으려니 두렵고 무서웠다. 고민 끝에 나는 은주랑 살기로 했다. 사람이 아니라 은주와 함께 있고 싶었다. 그러다 지루해지면 그때 다시 길로 나오면 되었다. 나는 눈 딱 감고 은주 팔에 안겼다.

　은주 엄마가 시작한 식당은 크지 않았다. 처음·에는 손님들이 거의 없었지만 얼마 지나자 점심과 저녁 시간에 오는 손님들이 하나둘 늘기 시작했다. 주로 근처 축사나 농장에서 일하는 노동자나 뱃사람들이라고 했다. 식당에 손님이 오면 나는 은주 방 창틀에 올라가 밖을 구경하다 깜박 잠을 잤다. 손님이 없을 때는 식당 안 음료수 냉장고 위에서 낮잠을 잤다. 아줌마는 가끔 나더러 주방에 들어가 쥐를 잡으라는 특명을 내렸다. 나는 사나흘에 한 번씩 쥐를 잡았다. 은주가 넉넉히 챙겨주는 사료가 있어 굳이 그 쥐를 먹지는 않았다. 잡아서 기절시켜 놓으면 아줌마가 뒤처리를 했다. 아줌마는 내가 밥값을 한다며 만족해했다. 아줌마는 손님이 없으면 식당 벽 한쪽에 매달아 놓은 텔레비전을 멍하니 올려다보며 시간을 보냈다. 그러면 나도 그 옆에서 텔레비전을 보았는데 재미가 쏠쏠했다. 처음엔 그저 사물들이 흐릿하게 움직이는 모습만 보이던 텔레비전 속에는 내가 경험해 보지 못한 신세계가 있었다. 텔레비전을 보며 나는 사람 말을 더 많이 이해하게 되었고, 세상이 아주 넓고 복잡하다는 것도 알게 되었다.
　"나비야, 너 텔레비전 봐? 뭐 알아듣기라도 해? 고양이가 어떻게 30

분도 넘게 텔레비전을 보고 있니?"

아줌마는 텔레비전에 빠져 있는 나를 무척 신기해했다.

저녁 시간 식당에 손님이 붐비면 슬그머니 집을 나와 주변 탐색을 했다. 은주네 집이 있는 곳은 내가 태어나 자란 곳과 사뭇 달랐다. 꼬불꼬불 숨을 곳이 많던 골목은 없고 허허벌판과 그 벌판을 가로지르는 길이 쭉쭉 뻗어 있었다. 가장 먼저 탐험에 나선 길은 식당 뒤 동산을 둘러 난 오솔길이었다. 그 길에서 고양이들과 몇 번 마주쳤는데 다들 털이 깨끗했다. 눈병이 있는 애들도 별로 없었다. 엄마와 살던 산동네에는 감기나 눈병, 피부병을 앓는 고양이들이 많았다. 환경이 지저분하니 어쩔 수 없는 일이었다. 그중에서도 가장 위험한 건 설사병이었다. 설사병이 돌면 어린 고양이들은 거의 살아남지 못했다. 좁은 곳에서 여럿이 먹고살아야 하니 서로 날카롭기는 또 얼마나 날카로운지 허구한 날 다툼이 일어났다. 그런데 여기서 만나는 고양이들은 뭔가 느긋하고 순했다. 나를 보고 경계를 하긴 해도 금세 털을 곤두세우거나 위협하지 않았다.

이곳에 사는 동물들은 고양이만이 아니었다. 참새만큼 작은 새도 여러 종류가 살았다. 길가에서 뭔가를 쪼아 먹다 한꺼번에 날아오르는 새들의 깃털 무늬가 다 다르고, 우는 소리와 날개를 퍼덕이는 소리도 달랐다. 수로 근처에는 깃털이 하얗고 다리가 아주 긴 새가 있었고, 큰 몸집으로 낮게 날며 꿩꿩거리는 새도 있었다. 어제는 풀숲에서 들쥐가 부스럭거리는 소리가 들려 사냥을 하려는데, 어디선가 갑자기 나타난 동물이 순식간에 들쥐를 낚아채서 달아났다. 덩치는 나보다 작지만 몸은 훨씬 길고 날랬다. 나는 저녁 시간 외출이 주는 재미에 빠져들었다.

오늘 점심에는 들판까지 가 볼 생각이었다. 조심스럽게 길에 내려섰을 때였다. 멀리서 시커먼 물체들이 갑자기 하늘로 솟아올랐다. 순식간에 하늘이 어두워지는 느낌이었다. 어리둥절해서 넋 놓고 하늘을 올려다보는데 뒤에서 누군가가 웃었다. 뒤를 돌아보니 검은 고양이 한 마리가 서 있었다.

"저걸 보고 그렇게 놀라는 걸 보니, 너 집고양이구나."

낯선 고양이의 등장에 나도 모르게 털이 곤두섰다. 나는 몸무게를 뒤로 싣고 귀를 바짝 당겼다. 겁을 내지는 않지만 경계를 하고 있다는 걸 보여 주어야 했다. 그런데 이 검은 고양이 녀석은 공격은커녕 방어도 안 한 채 물었다.

"내가 동네 집고양이들을 대강 아는데 너는 처음 본다? 어디서 왔어?"

경계를 풀지 않은 채 검은 고양이를 살폈다. 덩치는 나와 비슷했지만 매서운 눈매와 굵고 긴 수염, 쫑긋한 귀, 단단한 다리 근육, 쭉 뻗은 등뼈가 범상치 않아 보였다.

"긴장하지 마. 너랑 싸우고 싶지 않아. 어차피 여긴 내 영역이고 넌 집고양이가 분명하니까. 그러니 서로 사냥감을 두고 싸울 일은 없지. 나는 검둥이라고 해. 이 동네 사람들은 그렇게 부르지. 내 사냥 영역에 있는 애들은 나를 대장이라고 불러."

"대장?"

"응. 왜 못 믿겠어?"

"아니, 그게 아니고. 내가 도시에 살 때 만난 대장은 다 공격적이었거든."

"나는 내 영역에 누가 들어왔다고 무조건 공격하지 않아. 더욱이 너 같은 애송이한테 굳이 겁을 줄 필요도 없고."

"참, 아까 그 검은 구름 같던 건 뭐야?"

"검은 구름?"

"응, 하늘로 올라가던 거."

"아, 그거 오리 떼야."

"오리?"

"응. 원래 북쪽에서 살다가 겨울이 되면 이리로 내려와 살아. 아주 먼 곳에서 오래 날아서 온대. 겨울에 저 들판을 찾아오는 새가 오리만은 아니야. 기러기도 오고, 도요새도 오고. 여름에는 백로나 해오라기도 오지. 그런데 넌 어쩌다 이리로 왔어?"

"은주가 이리로 와서."

"은주?"

"응, 내가 굶주리고 아플 때 나를 돌봐 준 내 친구."

"이젠 건강해 보이는데?"

"맞아. 이젠 건강해."

"그런데 왜 아직 사람하고 살아?"

나는 얼른 대답할 말을 찾지 못했다. 검은 고양이는 고개를 갸웃거리며 꼬리를 들어 올려 좌우로 한 번 흔들더니 말했다.

"뭐, 꼭 대답을 하지 않아도 돼. 차차 알게 되겠지. 네가 나오면 자주 만나게 될 거야."

검은 고양이는 잽싸게 상어구이집 담을 넘어 어디론가 사라졌다. 나는 검은 고양이가 마음에 들었다. 엄마와 헤어진 뒤 내가 만난 대장들은 그저 자신의 영역에서 살아남기 위해 악다구니를 부리며 싸웠다. 자기보다 약한 애들을 괴롭히고 쫓는 것을 당연한 거라고 여겼다. 검은 고양이는 도시에 사는 고양이보다 더 넓은 영역을 차지하고 있었지만 포악하지 않고 쓸데없는 허세도 없어 보였다.

검은 고양이와 헤어져 돌아오는데 멀리서 또 구름 같은 것이 다가오더니 벌판으로 내려앉았다. 저들이 왔다는 멀고 먼 북쪽은 어떤 곳일까 궁금했다. 식당으로 돌아갔을 때 아직 밥을 먹고 있는 사람이 있었다. 나는 조심스럽게 그 사람 발밑으로 내려가 냄새를 맡았다. 낯선 사람이긴 하지만 전해지는 기운이 퍽 순하고 부드러웠다. 아줌마는 밥을 먹는 남자에게 물을 가져다주며 다정하게 물었다.

"아이고, 그럼 고향에서는 농사를 지었는데 여기 와서는 배를 탄다는 거예요?"

"예."

"고향이 어디라고 했죠?"

"흑룡강성요. 바다는 보지도 못하고 자랐는데…… . 일은 힘들어도 여기가 돈이 많아요. 그런데 아주마이 음식 솜씨가 아주 좋네요."

"맛있게 먹어 주니 내가 좋네요. 자주 와요."

"예."

남자 말투가 무척 낯설었다. 남자가 나가고 냉장고 위에서 아줌마가 설거지하는 걸 지켜보는데 아줌마가 말했다.

"나비야, 저 총각은 집이 중국이란다. 흑룡강성이란 데는 저 북쪽에 있는 러시아랑 맞붙어 있대. 어쩌다 여기까지 와서 저 고생을 하는지. 가엾어서 밴댕이를 여러 마리 더 구워 줬어."

나야 중국이 어딘지 러시아가 어딘지 알 턱이 없지만 아주 먼 북쪽이란다. 아까 들판에서 봤던 새들도 북쪽에서 왔다고 했다. 사람들도 한곳에 머무는 게 아니라 철새처럼 멀리 떠돌며 산다는 걸 처음 알았다. 하긴 엄마 말로는 사람은 야행성 동물이 아니라고 했는데도 밤늦게까지 일하고 먹고 돌아다녔다. 산동네 살 때는 한밤중에도 문을 닫지 않는 가게들이 많았다. 그래서 엄마는 일부러 밤늦은 시간에 버스 정류장 앞 치킨집을 서성이다가 닭고기를 얻어 가지고 왔었다. 한밤중에도 오토바이가 산동네를 오르내리고, 밤늦은 시간까지 다닌 버스가 동이 트기도 전에 다시 다녔다. 우리는 밤에도 안전하지 못했다. 이곳으로 이사 온 뒤에는 은주도 밤늦게야 집에 온다. 학교에서 늦게까지 공부를 시킨단다. 사람들은 너무 바쁘게 산다. 따뜻한 햇볕 아래 몸을 맡기고 누워 뒹구는 게 얼마나 기분 좋은 일인지, 높은 곳에 올라가 움직이는 사물들을 멍하니 바라보는 일이 얼마나 재미있는지 사람들에게 가르쳐 주고 싶을 때가 많다.

6

가게 전등으로 모여드는 나방을 잡느라 나비가 식탁과 식탁 사이를 널뛰듯 날아다닌다. 열흘 전, 중성화 수술을 한 뒤 우울해 있더니 다행히 어제부터 다시 명랑해졌다.

이사를 온 지 1년이 다 되어 간다. 식당은 단골이 생기면서 안정이 되어 가고, 학교생활도 나쁘지 않다. 그런데 며칠 전 아침 일찍 전화를 받은 엄마 얼굴이 어두워졌다.

"그래서요? 언제요? 네, 그럼 이번 주 토요일에 올라갈게요. 네, 식당 하루 문 닫아야지요."

"누구야?"

"우리 대책위 도와주시던 변호사님."

"왜?"

"아빠가 아프단다."

"어디가?"

"지난번 면회 갔을 때 자꾸 누가 뭐라고 한다고 해서 이상하다고 생각했는데……."

엄마가 말끝을 흐렸다.

"어디가 아픈데? 왜 말을 하다 말아?"

"엄마도 아직 잘 몰라. 그런데 변호사님이 네 아빠가 횡설수설하고, 사람들이 자기를 죽이려고 한다고……, 치료감호소로 옮겨야 할 것 같다면서 정신감정을 받으러 가야 한다네. 아무래도 가게 문 닫고 다녀와야겠다."

정신감정이라는 말에 가슴이 철렁 내려앉았다. 언제부턴가 나도 아빠가 이상하다고 느끼고 있었다. 아빠 성격이 변하기 시작한 건 재개발 반대 싸움을 하면서부터다. 재개발 반대 일을 하기 전에 아빠는 누구와 소리 내어 밀다툼 한번 한 적이 없었다. 그런 아빠가 건설 회사, 재개발 조합, 공무원, 철거 용역, 경찰들하고 싸우면서 입이 거칠어지고 목소리도 커졌다. 그러다 교도소로 간 뒤에는 다른 사람들을 원망하고 비난하는 것뿐만 아니라 엄마를 터무니없이 의심하기 시작했다. 1년 전, 이사 갈 집을 정했다고 했을 때도 아빠 반응이 이상했다.

"왜 난데없이 강화도야? 거기에 연고도 없는데."

"연고가 없긴. 아랫동네에서 카페 하던 연희, 기억 안 나요? 내 고등학교 동창. 7, 8년 전에 강화도에 카페 차렸잖아. 내가 은주 데리고 몇 번 놀러 갔었는데? 그 카페에서 가까운 데에 식당이 하나 나왔다고 해서 가 봤더니 목도 좋고. 당신 나오면 우리 거기다가 새로 집 짓고 중국집 열어도 되겠더라고."

"혹시 전 대책위 부위원장이 소개한 건 아니고?"

"아이고, 그 사람이 거길 왜 소개해요?"

"그놈이 우리 배신하고 나가서도 계속 당신한테는 연락했잖아? 당신한테 딴맘 먹고 있었다고, 그놈이."

"나한테 연락을 하다니? 그 사람 내 번호도 몰라요."

엄마는 아빠가 자꾸만 터무니없는 의심을 한다며 걱정했다. 면회를 갈 때마다 아빠 눈빛이 점점 더 불안해졌다. 지난번 면회 갔던 날, 엄마가 아빠에게 달래듯 말했다.

"당신, 맘 단단히 먹어요. 당신은 우리 식구 대들보야."

아빠가 어두운 얼굴로 말했다.

"이미 그 대들보는 부러졌어."

자정이 넘어서야 집에 온 엄마는 눈물을 글썽이며 말했다.

"아무래도 너희 아빠가 치료감호소로 이감될 것 같아."

"그래서? 아빠 병명이 뭐야? 정신감정 결과가 뭐냐고?"

"분노 조절 장애에다 망상 장애가 있단다."

"나을 수는 있대?"

"그럼. 약 먹고 치료받으면 좋아진대. 예전에 심리 치료사라는 분이 대책위로 봉사 활동을 와서 심리 검사 해 줬을 때 우리 대책위 사람들 거의 다 분노 조절 장애라고 했어. 외상 후 스트레스라고. 날마다 싸우고, 툭하면 연행되고, 모욕당하고. 그런데다 억울하게 교도소까지 들어

갔으니……."

"그럼, 아빠가 재개발 때문에 그런 병에 걸린 거야?"

"아빠가 어렸을 때 겪은 일들도 영향이 있지만 몇 년 동안 겪은 일들에다 교도소에 수감되면서 그렇게 된 거래. 약 먹고 치료 잘 받으면 낫는대. 진짜야, 엄마가 오늘 의사 선생님하고 면담하고 왔어. 은주야, 넌 걱정 말고 공부만 열심히 해. 알지?"

"알아."

"얼굴 펴고."

"알았다고. 걱정 안 해."

"너희 아빠만 문제가 아니더라. 변호사님한테 들었는데, 감자탕집 최씨 아줌마는 우울증이 심해져서 자살 기도를 두 번이나 했단다. 김밥집 아줌마는 학교 조리실에서 일하다가 허리 다쳐서 입원해 있는데 계약직이어서 병원비도 못 받고, 당구장 하던 민씨는 공사장에서 일한단다. 사람들 사는 게 다 말이 아니더라."

한동안 산동네 일을 잊고 있었다. 눈에 보이지 않으니 다 상관없었다. 그런데 그 고통은 사라진 게 아니라 그냥 내가 눈을 감고 사라졌다고 믿었던 거였다. 다시 가슴이 답답해졌다.

"야아옹."

방으로 오니 책꽂이 위에 올라가 창밖을 바라보던 나비가 뛰어내려와 발목에 뺨을 비볐다.

"잘 있었어? 오늘은 하루 종일 뭐했어?"

나비가 나를 올려다보며 눈을 끔뻑하더니 입을 뻥긋뻥긋했다. 야옹 소리가 나는 대신 바람 소리 같은 게 새어 나왔다.

"재미있었다는 거야?"

"야아아아옹."

이렇게 길게 대답할 때는 마치 뭔가 이야기를 하려는 것처럼 보인다. 교복을 갈아입고 방바닥에 눕자 나비가 배 위로 난딱 올라와 나를 내려다보았다.

"너 무거워졌어."

"야옹."

"뚱뚱하다니까 기분 나빠?"

나비가 고개를 갸웃했다.

"너, 식당 손님들이 주는 짠 생선 먹지 마."

나비가 내 목덜미에다 머리를 디밀고 누워 가릉거리는 소리를 냈다.

"너는 나랑 있으면 무조건 좋지? 근데 나비야, 누나가 지금 많이 속상해. 아빠가 아프대. 우리 아빠 아주 건강하고 좋은 분이었거든. 근데 왜 이렇게 된 걸까?"

나비가 가릉거리는 소리가 더 커졌다. 얼굴을 내 목덜미 사이에 넣고 있어서 눈을 감았는지 떴는지 볼 수는 없었지만 왠지 내 말에 귀를 기울이고 있을 거라는 생각이 들었다. 나비가 없었다면 그동안 어떻게 견뎠을까 싶다.

나비는 내가 학교에서 돌아오면 편한 옷으로 갈아입을 때까지 기다렸다가 어깨 위로 난딱 올라왔다. 이제는 제법 몸무게가 많이 나가 어깨 위로 올라올 때마다 몸이 한 번씩 휘청거렸다. 나비는 내가 책상에 앉아 공부를 하면 책상 한 귀퉁이에서 몸을 웅크리고 잠을 잤다. 그러다 깨서는 괜히 내 펜 꼭지를 살살 물거나 공책 끄트머리를 잘근잘근 씹었다. 때로는 아예 문제집 위에 누워 몸을 길게 늘어뜨린 채 나를 올려다보며 눈을 끔뻑거렸다. 공부 방해하면 안 된다고 책상 옆으로 내려놓으면 다시 살금살금 기어 와 앞발을 책 위에 올려놓고는 눈을 되록되록 굴리며 내 눈치를 살폈다. 그러면 공부고 뭐고 다 그만두고 나비와 놀고 싶어졌다.

엄마 아빠는 외동딸인 나를 끔찍이 아꼈지만 용흥각을 할 때나 재개발 반대 싸움을 할 때나 늘 바빴다. 그래서 나는 뭐든지 혼자 했다. 초등학교 때부터 스스로 알람을 듣고 일어나 학교 갈 준비를 했고, 아침도 혼자 먹었다. 내가 아침을 먹는 동안 엄마 아빠는 하루 장사할 채소를 준비하고 해물을 다듬고 해야 할 일이 많았다. 재개발 싸움이 시작되고부터 나는 더 외로워졌다. 그런데 나비와 함께 살기 시작하고부터 달라졌다. 나비는 아침마다 정확한 시간에 베개 옆에 앉아 야옹거리며 깨우고, 허겁지겁 아침을 먹는 동안에는 의자에 앉아 나를 가만히 보았다. 식당 문을 열고 나갈 때는 꼭 따라와 운동화에 제 뺨을 비비며 인사를 해 주었다. 나비의 관심사는 온통 나인 것처럼 보였다. 나는 엄마 아빠 걱정을 하고, 대학에 대한 고민도 하고, 친구 생각을 하기도 하면서 딴짓을 하는데 나비는 오로지 나만 기다리고 내 관심만 바라는 것 같아 늘 미안했다. 그래서 용돈을 아껴 나비 장난감을 사고, 영양제를 샀다.

"나비야, 누나가 널 끝까지 지켜 줄게. 너도 내 곁을 떠나면 절대 안 돼. 알았지?"

7

시골의 밤은 도시의 밤보다 어둡다. 불이 다 꺼진 한밤중에 창가에 올라가 내다보면 어둠 속에서 낯선 눈빛들이 번쩍인다. 도시에서 보던 자동차 눈빛과는 다르다. 자동차 눈빛은 공격적이었고 언제든 나를 향해 달려들 것처럼 느껴졌다. 그러나 이곳에서 보는 낯선 눈빛은 빛깔이나 크기, 흔들림이 다 다르고 감정도 달랐다. 뭔가를 발견하고, 뭔가에 놀라고, 사랑이 느껴지고, 두려움도 느껴졌다. 감정이 느껴지니 두렵지 않았다.

시골의 밤은 도시의 밤보다 소란스럽다. 어둠이 깊어질수록 그 소란스러움이 커진다. 사람 귀로는 들을 수 없는 낮은 소리부터 높은 소리까지 다양한 소리들이 여기저기서 들려온다. 겨울잠을 앞둔 동물들이 분주히 움직이는 소리, 산에서 들려오는 새 울음소리, 날갯짓 소리, 바람이 불 때마다 서로 부딪치는 나뭇가지들, 짝짓기 철을 맞은 고라니

의 휘파람 소리 같은 울음소리, 고양이들이 뭔가를 쫓거나 누군가에게
쫓기며 뛰는 소리까지 들린다. 그 소리들은 흐린 날, 안개가 낀 날, 비
가 내리는 날, 맑은 날에 따라 다른 음역과 음파를 가지고 내게로 온
다. 도시의 밤도 고요한 것은 아니었다. 도시는 밤이나 낮이나 자동차
소리, 오토바이 소리, 사람들이 웅성거리거나 울부짖는 소리, 사이렌
소리, 여기저기서 들려오는 텔레비전과 라디오 소리로 가득 차 있었다.
도시의 소리는 멀리 퍼져 나가지 못한 채 사방에서 부딪치고 깨졌다.
그 소리들은 불안하고 시끄러웠다. 그래서 귀를 기울여 듣기보다 일부
러 듣지 않는 편이 훨씬 좋았다. 그러나 이곳에서 듣는 소리는 살아 있
는 생명들이 내는 소리다. 잘 들리지 않는 소리일수록 귀 기울여 듣게
된다.

　어둠 속에서 은주와 아줌마 발자국 소리가 들려온다. 은주와 아줌
마는 한 번씩 식당 문을 닫고 면회를 간다. 은주 아빠가 치료감호소라
는 곳으로 간 뒤에는 은주도 꼬박꼬박 면회를 간다. 은주와 아줌마가
아빠 이야기를 나눌 때는 목소리에 슬픔이 가득하다. 은주는 눈물을
자주 흘린다. 은주를 위로해 주고 싶지만 내가 할 수 있는 것은 고작
손등을 핥아 주거나 머리카락에 내 뺨을 비비는 것뿐이다. 왜 우느냐
고 묻고 싶지만 은주는 내 말을 알아듣지 못한다. 가끔은 불공평하다
고 느낀다. 나는 은주 말을 듣고 이해하는데 은주가 알아듣는 내 말은
고작 몇 마디다. 밥그릇에 밥이 없다고 하는 말 정도는 은주도 알아듣

는 것 같다. 또 은주를 부르는 목소리에 따라 기분이 좋은지, 화가 났는지, 뭐가 불편한지 정도도 눈치를 챈다. 그러나 그게 전부다. 하긴 고양이들도 사람 말을 모두 다 알아듣고 이해하지는 못한다. 나처럼 사람들과 같이 사는 고양이는 아무래도 밖에서 사는 고양이보다는 더 많이 알아듣는다. 특히 도시에 사는 고양이들은 사람 말을 좀 더 많이 알고 있었다. 그런데 여기 와서 보니 아예 사람 말을 배울 필요성조차 느끼지 못하는 고양이들도 있다.

요즘 나는 은주에게 말을 걸어 볼까 생각 중이다. 은주가 알아들을 수 있는 소리를 찾아 말을 걸어 본다면 내 말에 귀를 기울여 줄지 모른다. 문제는 내가 낼 수 있는 소리 중에서 어느 소리가 은주 귀에 정확히 들릴 수 있을까 하는 점이다. 은주는 내가 눈으로 보내는 신호는 어느 정도 알아챈다. 꼬리를 보고 내 감정을 읽어 내기도 한다. 그러니 은주가 마음을 열고 귀와 눈을 좀 더 집중해 주면 내 말을 충분히 알아들을 수 있을 거다.

은주에게 말을 걸고 싶은 것은 은주가 힘들어할 때 위로가 되고 싶어서다. 은주가 힘들어하는 걸 보는 건 무척 괴롭다. 나는 틈틈이 산책을 나가 대장이나 다른 동물들과 놀기도 하고, 쥐를 쫓기도 하고, 볕 좋은 곳에 누워 몇 시간씩 자기도 한다. 그런데 은주나 아줌마는 언제나 공부, 일, 내일 걱정, 미래 걱정으로 얼굴과 어깨가 무겁다. 내가 사람이 아니라서 얼마나 다행인지 모른다.

은주는 아까부터 안개가 잔뜩 끼어서 아무것도 보이지 않는 창밖을 멍하니 바라보고 있다. 은주 눈을 바라보았다. 창밖을 보고 있긴 하나 은주가 보고 있는 것은 안개 너머가 아니었다. 나는 은주에게 물었다.

"뭘 보고 있어?"

은주는 말없이 나를 내려다보더니 다시 창밖으로 시선을 옮겼다.

"은주야, 뭘 보고 있는 거야?"

이번에도 은주가 초점 없는 눈으로 나를 내려다보았다.

"배고파?"

내가 말을 걸면 은주는 배고프냐는 말부터 한다. 그것도 나에 대한 관심이라는 걸 알지만 나를 그렇게 단순하게만 보는 게 썩 기분이 좋지는 않다.

"아니, 배 안 고파. 나는 네가 걱정돼."

"뭐라고? 미안해. 뭐라고 하는지 못 알아듣겠어."

은주가 미안해하는 모습이 안타까웠다.

"은주야, 내 말에 귀를 기울여 봐. 너는 들을 수 있을 거야."

"뭐라고?"

이번에도 은주 귀에는 그저 야옹거리는 소리로만 들렸나 보다.

"네가 왜 슬픈지 알고 싶어. 나한테 말해 줄래?"

은주 눈이 동그래졌다. 고개를 갸웃거리더니 갑자기 머리를 흔들었다. 그러더니 피식 웃었다.

"나비야, 나도 조현병인가 봐. 우리 아빠처럼. 환청이 들려."

"환청? 환청이 뭐야?"

"아무 소리도 안 나는데 무슨 소리가 들린다고 착각하는 거."

은주는 내 질문에 대답을 하고는 갑자기 두 손으로 얼굴을 감싸 쥐었다. 그러고는 혼잣말을 했다.

"뭐야, 진짜. 왜 혼자 대답을 하고 난린데? 내가 정말 환청을 듣는 건가?"

나는 은주를 불렀다. 그리고 은주가 나를 바라보았을 때를 놓치지 않고 또박또박 되물었다.

"그러니까, 환청은 아무 소리도 안 나는데 들린다고 생각한다는 거지? 넌 환청을 듣는 게 아니야. 지금 내가 말을 하고 있잖아."

은주 눈이 다시 휘둥그레졌다.

"나비야, 지금 내가 너랑 얘기하는 거라고?"

"응."

은주가 내 말을 듣고 있었다. 나는 너무 기뻐서 앞발을 세워 은주 어깨에 얹었다.

"나비야, 뭐하는 거야?"

"기분이 좋아서. 네가 내 말을 알아들었으니까."

은주 눈이 커졌다.

"뭐지? 이게? 환청도, 헛들리는 것도 아니라는 거야? 말도 안 돼."

은주가 벌떡 일어나 창문을 활짝 열었다. 어둠 속을 떠다니던 안개가 방 안으로 스멀스멀 들어왔다. 은주가 나를 들어 눈앞에 놓고는 눈을 맞추며 물었다.

"나비야, 나를 봐. 나를 보면서 말해 봐."

나는 은주가 믿을 수 있도록 눈을 천천히 깜박거리며 말했다.

"은주야, 난 오랫동안 너랑 대화를 나눌 수 있기를 기다렸어."

은주가 나를 책상 위에 내려놓으며 고개를 저었다.

"말도 안 돼. 진짜."

나는 은주 손목에 뺨을 비비고 나서 말했다.

"상상도 못 했겠지. 사람들은 우리가 말을 할 수 있다고 믿고 싶지 않을 거야. 그렇지만 나는 오래전부터 네 말을 알아들었어. 그리고 너랑 이야기를 하고 싶었어. 자꾸 의심하지 말고 받아들여 봐. 지금 너랑 내가 말을 주고받는 거야."

은주 눈동자가 흔들렸다.

"세상에, 어떻게 이런 일이 있을 수 있지? 고양이랑 말을 하다니!"

"가만 보니까 사람들은 모든 걸 안다고 생각해. 자기들이 아는 지식으로만 우리를 판단하고 세상을 이해하지. 그렇지만 사람들이 모르는 것도 아주 많아. 예를 들면, 사람 말을 알아듣는 건 고양이만이 아니야. 사람과 가까이 사는 동물들은 대체로 말을 알아듣지. 쥐도, 개도, 까치도, 비둘기도, 까마귀도."

"진짜?"

"사람은 우리가 함께 살아가야 할 상대라고 생각 안 하겠지만, 우리는 안 그래. 우리는 사람하고 같이 살아갈 수밖에 없다는 걸 알고 있거든. 그래서 사람 말을 알아들어야만 해. 물론 고양이 중에도 사람 말을 미처 못 익히는 애들도 있고, 나처럼 좀 더 잘하는 애도 있어."

"음, 그럼 네가 다른 고양이보다 사람 말을 잘하는 편이라는 거지?"

"응, 그렇긴 해."

내가 우쭐해서 말하자 은주는 입을 맞추어 주었다.

"넌 진짜 특별한 고양이야."

그러고는 눈물을 글썽이며 나를 한참 바라보다 말했다.

"고마워. 이렇게 먼저 말을 걸어 줘서."

나는 은주 뺨을 핥아 주며 말했다.

"나도 고마워. 마음을 열어 줘서. 은주야, 나는 널 가만히 보기만 해도 네가 힘든지, 행복한지, 슬픈지 느껴. 그렇지만 나한테 말을 해 주지 않으면 이유를 몰라서 답답해. 네가 날 친구로 생각하고 얘기해 주면 좋겠어."

은주가 놀란 표정으로 물었다.

"내가 그렇게 힘들어 보였어?"

"응. 요 며칠 책을 펴고도 건성으로 읽었잖아."

"그것도 알았어?"

"응."

은주가 한숨을 쉬며 말했다.

"별거 아냐. 별거 아닌데, 근데 힘들긴 해. 나도 내가 왜 힘든지를 모르겠어. 아빠가 빨리 나올지도 몰라. 아빠가 교도소에서 나온다는데 기뻐해야 하잖아? 우리 아빠는 잘못한 것도 없는데 갇혀 있었던 거니까. 근데 겁이 나고 그냥 지금처럼 엄마랑 나랑 너랑 셋이서만 살면 좋겠다는 생각이 자꾸 들어."

은주가 두 손으로 자기 얼굴을 감싼 채 한참을 울었다. 은주가 울음을 그칠 때쯤 다가가 물었다.

"왜 아빠가 안 왔으면 좋겠어?"

"아빠가 변했어. 화내고, 욕하고. 엄마가 걱정돼. 솔직히 나는 여기로 이사 와서 좋았거든. 아빠가 없어도 아무렇지도 않은 게 미안할 정도로. 네가 있고 엄마도 한결 마음이 편해지고 그래서 행복까지는 아니어도 이렇게만, 딱 이만큼만 편하면 좋겠다고 생각했거든. 이기적인 거 아는데……. 솔직히 나 중학교 때부터 여기 올 때까지 공부란 걸 제대로 한 적이 없어. 그런데 여기 와서 마음이 좀 편해지니까 공부가 할 만했어. 모든 게 이제야 제자리를 찾고 있는 것 같은데, 그런데, 아빠가 오면……. 나비야, 나 나쁜 애지?"

나는 은주가 왜 나쁘다는 건지 알 수가 없었다. 그러나 은주의 불안이 내게도 그대로 전해졌다.

"음, 은주랑 말을 했다고? 사람이 우리 말을 알아듣는다고?"

은주 이야기를 들은 대장이 믿지 못하겠다는 듯 연신 고개를 갸웃거렸다.

"이제껏 살면서 동물 말을 알아듣는 사람을 본 적이 없거든. 하긴 뭐 오래 산 건 아니지만."

"나는 은주랑 언젠가 이야기하게 될 줄 알았어."

"어떻게?"

"그냥 그런 느낌이 들었어. 은주는 내 말에 귀를 기울이거든."

대장은 곰곰이 생각하다 말했다.

"네 말에 귀를 기울인다고? 음, 동물 말에 귀를 기울이는 사람이라, 뜻밖이군. 그래도 너무 은주에게 마음을 주지는 마. 우리는 스스로 보호해야 해."

"대장은 왜 그렇게 사람을 안 좋게 생각해?"

"그냥 여기 살다 보면 사람한테 실망을 좀 많이 하게 되거든."

"왜?"

"음, 내가 막 독립을 하기 전이었는데, 여기 이 자리에 앉아서 엄마가 차에 치이는 걸 봤어. 엄마는 그렇게 죽었지. 그날 엄마 몸 위로 바퀴가 몇 번을 지나갔는지 몰라. 난 너무 무서워서 엄마를 끌고 올 수 없었어. 지나가는 사람들한테 우리 엄마를 구해 달라고 했지만 아무도 내 말에 귀를 기울여 주지 않았어. 사람들은 자기 차에 뭔가가 부딪쳐도 차를 세우지 않아. 난 이 해안 도로에서 차에 치여 죽는 동물들을 많이 봤어. 고라니, 너구리, 족제비, 뱀. 물론 가장 많이 죽는 게 고양이나 개지. 그런데 단 한 번도 자기가 친 동물이 괜찮은지 내려서 살피는 사람을 본 적이 없어. 고라니처럼 큰 동물은 허리나 다리를 다친 채 밤새 신음하다 죽기도 해. 처음으로 내 짝이 되었던 암고양이도 저기서 죽었어. 새끼를 배고 있었는데……. 그런 일을 여러 번 당하고 나면 쉽게 누군가를 믿지 못하지."

나는 사람이 다 그런 것은 아니라고 말하려다 말았다. 사실 나도 자신이 없었다. 내가 아는 건 오로지 은주뿐이니까.

"여기 살면 가끔 사람들이 개를 버리고 가는 걸 봐. 특히 여름에 많이 그래. 휴가 와서 버리고 가는 거지. 개들은 자기를 버리고 간 주인을 하염없이 기다리거나 몇몇끼리 무리를 지어 떠돌이 생활을 하지. 병이 든 애들을 버릴 때도 많아서 그냥 앓다가 길에서 죽기도 해. 개들은 좀 어리석고 미련해. 자기를 버린 주인을 마냥 기다려. 한심하지."

"난 이해해. 누군가를 좋아하게 되면 믿게 되고, 기다리게 돼."

"그래, 그래서 나는 사람에게 절대 마음을 주지 않아."

대장 말이 싸늘하게 들렸다. 그렇지만 대장처럼 엄마와 짝을 잃고 나면 그럴 수도 있을 거라는 생각이 들었다.

8

아빠가 돌아왔다. 재판을 받은 대책위 사람들 중 아빠와 금성당 아줌마만 병보석으로 나왔다. 나머지 사람들은 여전히 1, 2년씩 남은 형량을 채워야 한단다. 아빠는 여전히 어딘가 모르게 불안해 보였고, 말투가 느렸다. 망루에 올랐을 때만 해도 드문드문 보이던 흰머리가 이제는 검은 머리보다 많아졌다. 아빠는 모든 게 성에 차지 않는 것 같았다. 엄마가 생선구이집을 하는 것도, 가게가 작은 것도 마뜩잖아 했다. 그동안 힘들었으니 몇 달은 그냥 요양한다 생각하고 쉬라는 엄마 말에 발끈하며 환자 취급한다, 쓸모없는 사람 취급한다며 부아를 냈다. 나한테는 여전히 공부 열심히 해서 판검사가 되라는 말을 노래처럼 되풀이했다.

아빠는 처음 한 달 동안은 중국집 주방장 자리라도 알아보겠다며 다니더니, 언제부턴가 가게를 옮겨야겠다며 부동산 사무실을 드나들었다. 나갔다 돌아올 때마다 술 냄새를 풍겨 엄마를 걱정하게 하더니 요즘은 집에서도 술을 마신다. 약을 먹는 중이라 술을 마시면 안 된다는 의사 말은 소용이 없었다.

"너 성적표 좀 가져와 봐."

어제는 뜬금없이 성적표를 내놓으라고 했다.

"성적표요? 아직 기말고사도 안 봤는데……."

"1학년이랑, 2학년 1학기 성적표라도 가져와."

"그거 없는데."

"그럼 학교에서 떼 와."

결국 성적표를 떼 왔다. 아빠는 교복도 갈아입지 않은 나를 식탁 앞에 앉히고는 성적표를 보다가 바닥으로 내던졌다.

"성적이 이게 뭐야? 이제껏 아빠가 이 고생한 게 오직 너 때문인데."

갑작스러운 호통에 덴겁해 아무 말도 못 했다. 엄마가 얼른 곁으로 다가와 편을 들었다.

"얘가 그동안 공부를 할 형편이었어? 엇나가지 않고 이렇게 착실하게 큰 것만도 다행이지. 그래도 중학교 때보다 낫고, 더욱이 여기로 전학 온 뒤 성적이 오르고 있는데……."

"이거 가지고 법대를 가느냐고!"

"아빠, 이제 법대 소용없어졌다고 몇 번을 말해? 이제 로스쿨 가야 한다고. 로스쿨 있는 대학은 다 높다고. 나 같은 애들은 붙기도 힘들어. 그리고 거기 돈이 얼마나 많이 드는 줄 알기나 해?"

아빠 얼굴이 붉으락푸르락해지더니 눈을 부릅떴다.

"어디서 말대답이야?"

엄마가 말했다.

"그래, 네가 잘못했어. 아빠도 다 아는 걸 그렇게 말하면 안 되지."

나는 아빠에게 잘못했다고 했다. 아빠가 화를 누그러뜨리고 말했다.

"은주야, 아빠가 보육원에서 자란 거 알지? 거기서 어떻게 살았는지는 그동안 여러 번 얘기했으니까 너도 잘 알 거고."

나는 화를 가까스로 참으며 대답 대신 고개만 끄덕였다.

"재개발에서 이익 본 건 건설 회사랑 그 건설 회사 놈들한테 붙은 공무원이랑 재개발 조합원 몇몇뿐이야. 그놈들이 저지른 불법은 눈감아 주고, 살아 보겠다고 발버둥을 친 우리는 범죄자가 됐지. 보육원에 있을 때 선생님이 그러셨어. 없는 놈일수록 공부를 해야 하는 거라고. 힘 있는 놈이 더 힘을 가지고, 돈 있는 놈이 더 많이 가지는 거라고. 그때는 무슨 말인지 몰라서 귀에도 안 들어왔지. 내가 너희 외할아버지 밑에서 요리 배우고, 가게 키울 때 들인 공만큼 공부를 했으면 지금 이런 꼴이 안 됐을지도 몰라. 그래서 너한테 공부해서 판검사가 되라는 거야. 힘이 있어야 해. 힘."

아빠는 야자를 마치고 밤 10시가 넘어서 온 나를 앞에 놓고 매일 같은 말을 되풀이했다. 이렇게 잔소리 듣는 시간에 공부를 하면 정말 로스쿨 있는 대학에 갈 수 있겠다는 말이 입가를 맴돌았다.

"은주야, 많이 힘들어?"

나비가 창틀에 앉아 내 눈을 한참 들여다보다 물었다.

"왜? 또 티가 나?"

"그럼. 네 눈에서 슬픔이랑 두려움이 느껴져. 나도 무서워. 아저씨한 테서 뜨거운 기운이 느껴져서."

"뜨거운 기운?"

"응. 언젠가 폭발할 것처럼 불안해. 아줌마도 불안해. 근데 아줌마한 테서는 아주 찬 기운이 느껴져. 얼음처럼 찬, 바람 같은."

나비가 느끼는 기운이 무엇인지 정확히 알 수 없지만 나 역시 엄마 아빠 사이에서 느껴지는 냉랭한 분위기가 걸렸다. 엄마 아빠 사이에 아주 얇고 깨지기 쉬운 유리창이 가로막고 있는 것 같았다. 나는 그게 깨질까 봐 무서워 버스 시간을 핑계로 9시까지만 하던 야자를 10시까지 하고, 고3에게만 허락되는 학교 통학 버스를 이용하기로 했다. 집에 오면 10시 반이 넘는데다 이것저것 하면 금세 자정이 돼서 여유가 없어졌지만 그래도 아빠와 한집에 있으며 마음을 졸이는 것보다 나았다. 걸리는 건 나비였다. 아빠는 식당에서 기르는 고양이한테 누가 사료를 먹이느냐며 사료를 사지 못하게 했다. 그리고 뒷문가에 있던 나비의 모래 화장실마저 치워 버렸다.

캄캄한 밤에 집에 돌아가 보면 나비 밥그릇에 퉁퉁 불은 흰밥과 생선뼈가 그대로 있었다. 나비는 언제부턴가 밤늦게까지 밖으로 나돌았다. 때로는 내가 집에 올 때까지 들어오지 않아 찾으러 나가야 했다. 집 뒤로 가 나비를 부르면 어둠 속에서 모습을 드러냈다. 어디에서 무엇을 하다 오는지 물으면 나비는 눈만 끔벅이고 말았다. 그런데 얼마 전부터 나비의 털 사이로 상처가 보이고, 눈이 부어올라 있었다. 어디서 다쳤는지 묻지 않았다. 나비도 내게 말하지 않았다. 밤늦게 들어와 책상 앞에 앉으면 나비는 의자 밑에서 내 발등에 턱을 대고 엎드려 잠을 자거나, 창틀에 앉아 나를 물끄러미 내려다보았다. 우리는 서로에게 말을 걸지 않았다. 학교에 10시까지 남아 있다고 공부가 되는 것은 아니었다. 혹시라도 나비가 밤늦게까지 길 위를 떠돌다가 로드 킬을 당하지는 않을지, 다른 고양이나 너구리나 동네 개들한테 공격을 당하지는 않을지 걱정이 돼서 책을 봐도 건성이었다.

통학 버스에서 내려 종종걸음으로 집에 왔는데, 나비가 식당 앞 낡은 의자에 몸을 돌돌 말고 앉아 있었다.

"왜 나와 있어?"

"은주, 너 기다리는 거지."

"안 추워? 추운 거 싫어하잖아."

"추운 게 위험한 것보다 나아."

"위험하다니?"

식당 안에서 엄마 아빠가 다투는 소리가 들렸다. 나비 눈이 커지더니 동공이 흔들렸다.

"은주, 너희 아빠는 너무 뜨거워. 그게 날마다 폭발해서 너희 엄마를 위협해."

나비 말에 가슴이 철렁했다.

"너도 알고 있지? 그래서 외면하는 거지? 집에도 늦게 오고. 나도 알아."

속마음을 들킨 게 창피했다. 그래서 나도 모르게 변명을 했다.

"나비야. 그게 아니고, 나 2학년이라서 공부를 많이 해야 해. 이제 곧 고3이거든."

"집에 와도 공부 안 하잖아. 창틀에서 널 보고 있으면 다 알아. 네가 다른 생각을 하고 있다는 걸. 그걸 들킬까 봐 내 눈을 쳐다보지도 않는다는 것도 알아. 나한테 미안해하지 마. 그냥 속마음을 숨기지 말고 말해 줘. 나는 하루 종일 널 기다려. 그런데 네가 와도 날 쳐다봐 주지 않고, 말도 걸어 주지 않으면 아주 슬퍼져. 네가 날 바라봐 주고 속상한 얘기를 해 주면 좋겠어. 너랑 나는 친구잖아."

변명할 말을 찾지 못했다. 눈물을 간신히 참으며 나비에게 손을 내밀었다. 나비는 내 손끝에 제 입을 갖다 댔다. 그러고는 손끝부터 손등까지 핥아 주었다. 나도 나비를 천천히 쓰다듬었다.

조심스럽게 식당 문을 열었다. 엄마 아빠는 다투느라 문소리를 듣지 못하는 것 같았다. 나는 나비를 안고 조심스럽게 내 방으로 들어왔다. 벽을 타고 엄마 아빠가 다투는 소리가 그대로 들렸다.

"노가다 하는 사람들한테 생선구이 몇 토막 팔아서 어떻게 돈을 벌어? 여기저기 알아보니까 이 동네는 글렀어. 개발될 데가 아니야. 여기 있어 봤자 본전치기도 못 해. 여편네가 뭘 안다고 집 사는 걸 멋대로 결정을 해서. 일단 얼마라도 돈을 마련해 봐. 신도시에 그 상가 자리가 좋아. 새로 분양하는 거라 권리금도 없고. 거기 놓치면 안 돼."

"그러니까, 그 돈을 어디서 마련하라구."

"이 집 내놔."

"1년은 더 있어야 판다니까."

"그럼 담보로 빌려. 이 집 사고 남은 돈, 그건 어딨어?"

"그건 우리 은주 시집갈 때 줄 거야. 그 돈은 절대 못 헐어. 내 목에 칼이 들어와도 안 돼."

"이 멍청한 여편네야. 그 돈 내놓고 불리면 배가 될 텐데, 그걸 꼬불치고 있어? 돈이 돈을 번다고. 그 돈 불려서 우리 은주 떵떵거리고 살게 해 줘야지."

"그 상가가 잘될지 안 될지 당신이 어떻게 알아? 아니, 잘된다는 보장이 있어도 그래. 그 상가에 가게를 차리려면 돈이 얼만데? 보증금 겨우 마련하면 뭐해? 인테리어 비용이랑 다 어떻게 할 건데? 이젠 어딜 가든 떼돈 못 벌어. 당신도 알잖아. 신도시든, 재개발 지역이든 상가들 다 파리 날리는 거. 그거 알아서 당신도 재개발 반대했던 거잖아. 난 큰 거 안 바라. 그냥 우리 세 식구 굶지 않고, 은주 대학까지 보낼 돈만 벌면 돼. 우리가 언제 일확천금 바라고 살았어? 우리 원래 욕심 안 부리고 살았잖아."

"그래서 이렇게 됐잖아. 내가 어리석었던 거지. 당신이라도 욕심이 있고 좀 똑똑했으면 이렇게 안 됐을 텐데. 세상 물정 모르고 착해 빠져서. 당신이라도 말렸으면 우리가 이 꼴은 안 됐지."

"참내, 왜 또 나한테 화살이 와?"

"말이 나왔으니까 하는 말인데, 마지막에 협상할 때 보상금이라도 더 받아 냈어야지."

갑자기 엄마 목소리가 더 높아졌다.

"위원장 죽고, 당신이랑 남자들 감옥 가고 우리가 천막에 남아 어떻게 살았는지 알기나 해? 어디서 그런 말을 해? 협상? 우리한테 구상권 청구한 거 철회하는 것도 어떻게 받아 낸 건데……. 당신이야말로 망루 올라가서 도대체 뭐한 건데? 망루에만 안 올라갔어도 우리가 이렇게 안 됐지. 위원장님도 안 죽고, 금성당 아줌마도 감옥에 안 가고."

말이 끝나자마자 비명이 들렸다. 너무 놀라 망설일 새도 없이 달려갔다. 엄마가 뺨을 감싸 쥔 채 흐느껴 울고 있었다. 아빠는 그런 엄마를 발길로 한 번 더 세게 걷어차고는 문 앞에 선 나를 밀치고 밖으로 나가 버렸다. 그 순간 마주친 아빠 눈은 붉게 충혈된 채 이글거리고 있었다.

9

"나비야, 정말 미안해. 나 이제부터 더 늦게 올 거야. 미안해. 너도 아빠 잘 피해 있어. 알았지?"

어느 날 은주가 말했다. 그러나 이 좁은 집에서 아저씨를 피해 있기란 쉽지 않았다. 아저씨는 내가 냉장고 위나 은주 방 창틀에 앉아 자고 있으면 파리채를 휘두르며 주방에 들어가 쥐를 잡으라고 성화를 부렸다. 아줌마가 몰래 사료를 챙겨 주는 걸 보기라도 하면 밥그릇을 엎어 버리고 주방 뒤 좁은 창고에 가뒀다. 몰래 식당 문을 열고 나가려다 걸려도 마찬가지였다. 오가며 발길질을 하는 건 예사였다. 어쩌다 눈이 마주치면 자기를 쏘아본다며 눈알을 뽑아 버리겠다고 소리를 질러 댔다.

아저씨는 늘 술에 취해 있었고 손님들에게 시비를 걸었다. 손님들 발길이 점점 뜸해지기 시작했다. 아줌마는 종종 아저씨 눈을 피해 식당 문을 열어 주며 나가서 놀다 오라고 했다. 나는 한번 나오면 오랫동안

밖을 떠돌았다. 아저씨는 가장 만만한 나에게 모든 화풀이를 다 했다. 며칠 전에는 아저씨가 던진 리모컨에 눈을 맞아 한동안 앞이 안 보일 정도로 부었다. 밤에 집에 온 은주는 내 눈을 보고 깜짝 놀라며 눈물까지 글썽였지만 왜 다쳤는지 묻지 않았다. 은주는 아저씨가 그랬다는 것을 아는 것 같았다.

아저씨가 오기 전에 아줌마와 은주는 밤늦게까지 식탁에 마주 앉아서 도란도란 이야기를 했다. 그러면 나는 식탁 한구석에 누워 그 이야기에 귀를 기울였다. 때로는 은주가 텔레비전을 보며 아무 걱정 없이 웃는 걸 보기도 했다. 나는 은주가 좋아하는 드라마나 개그 같은 것을 보고 웃을 만큼 사람 말에 익숙하지는 않았다. 그래도 은주와 아줌마가 웃으면 나도 좋았다. 이제 그 모든 일이 추억이 되었다. 은주와 아줌마는 같이 이야기를 나눌 시간조차 없고, 나도 은주와 함께 있을 시간이 줄어들었다.

다행히 집 밖에는 날 친구로 받아 준 대장이 있었다. 대장은 이 주변에서 일어나는 일을 모두 꿰고 있었다. 그래서 누가 짝을 맺었고, 누가 새끼를 낳았고, 누가 로드 킬을 당했는지, 고라니, 족제비, 까치, 까마귀, 꿩 가족이 요즘은 어떻게 지내는지 이야기해 주었다. 하루 종일 은주를 기다리며 무료하게 보내는 것보다 대장과 다니며 이런저런 소식을 듣는 게 훨씬 재미있었다.

나는 대장 덕분에 논둑에서 미꾸라지 잡는 법을 배웠고, 족제비나

너구리와 마주쳤을 때 쓸데없이 싸우지 않고 피하는 요령도 배웠다. 대장은 사람들을 좋아하지 않았지만, 포구에 드나드는 뱃사람들과는 사이가 좋았다. 그 아저씨들은 조업을 나갔다 들어오면 상처가 난 생선들을 대장 앞으로 던져 주었다. 그러면 포구 주변에 숨어 있던 다른 고양이들이 슬금슬금 다가왔다.

대장은 자기가 먹을 만큼만 먹고 나머지는 항상 다른 고양이들을 위해 남겨 두었다. 특히 새끼를 밴 고양이나 젖을 먹이는 어미 고양이에게는 생선을 물어다 주기도 했다. 그런 모습을 볼 때마다 뱃사람들은 한마디씩 했다.

"저 검둥이는 대장다워."

대장은 뱃사람들이 자기를 칭찬하는 걸 무심히 듣고 넘겼다. 그래서 더 당당하고 멋져 보였다. 대장이랑 있으면 내가 더 초라하고 작아 보였다. 대장은 나더러 중성화 수술을 하기 전에 집을 나오라고 했었다. 중성화 수술을 하고 일주일 만에 만났을 때 대장은 혀를 끌끌 차며 말했다.

"넌 이제 다시는 수고양이로 살 수 없는 거야. 바보, 그 긴 다리와 빠른 발, 단단한 몸은 어디다 쓸 거야? 넌 네가 중요해, 은주가 중요해?"

"나. 그래서 나는 은주가 중요해. 나를 사랑해 주고 보살펴 주었으니까. 나도 은주를 지켜 줘야 해."

대장이 마뜩잖은 얼굴로 말했다.

"네가 어떻게 은주를 지켜?"

"몰라. 그냥 곁에 있는 거지 뭐."

안개가 끼기 시작했다. 큰 도로를 지나는 차들은 안개 속에서도 속력을 줄이지 않는다. 그런데 그 안개 속에 차 한 대가 급하게 섰다. 그러고는 뭔가를 툭 던지듯 내려놓고 갔다. 쓰레기라도 버렸나 했는데 가만 보니 던져진 물건이 꿈틀거렸다. 조심스럽게 다가갔다. 놀랍게도 고양이였다. 눈빛이 아니었으면 고양이인 줄 몰라볼 정도로 온몸이 긴 잿빛 털로 뒤덮인 아이였다.

내가 다가가자 그 아이는 수염과 귀를 뒤로 젖히며 칵칵거렸지만 일어나서 피하거나 공격하지는 않았다. 눈에는 두려움이 가득하고 몸을 떨고 있었다.

"저 차가 왜 너만 내려놓고 가?"

잿빛 고양이가 쌀쌀맞게 말했다.

"상관 마."

"여기 있으면 위험해."

"신경 쓰지 말라고."

두려움에 날카로워진 잿빛 고양이는 주위를 두리번거리며 엉덩이를 몇 번 떼려다가 다시 주저앉았다. 그때 어둠 속에서 대장이 나타났다.

"어? 너 여기서 뭐해?"

대장은 내 앞에 있는 잿빛 고양이를 보더니 깜짝 놀랐다.

"얘는 뭐야?"

잿빛 고양이가 다시 이를 드러내고 귀를 뒤로 젖히며 쉭쉭거렸다. 그러나 도망을 가지는 않았다.

"아까 어떤 차가 얘를 버리고 갔어."

내 말에 잿빛 고양이 눈에서 눈물이 뚝 떨어졌다.

"버리고 갔다고? 개도 아니고 고양이를?"

"응."

대장이 난감한 표정으로 말했다.

"그동안 이 길에 버려진 개는 몇 번 봤는데 고양이는 처음이네."

나는 잿빛 고양이를 이리저리 살피다가 물었다.

"너 혹시 다리가 아파?"

잿빛 고양이는 대답 대신 귀만 팔랑거렸다.

"여긴 위험해. 풀숲으로 내려가."

그러자 잿빛 고양이가 울음 섞인 소리로 말했다.

"제발 나 좀 그대로 놔둬."

나와 대장은 누가 먼저랄 것도 없이 마주 보았다. 그때까지 잠자코 있던 대장이 나섰다.

"그대로 두면 넌 로드 킬을 당하고 말 텐데? 여긴 위험해. 어떤 사정인지 모르지만 좀 안전한 데로 가자."

잿빛 고양이가 씁쓸하게 말했다.

"아무래도 상관없어."

대장은 잿빛 고양이를 안쓰럽게 바라보다 말했다.

"와, 도대체 넌 어디서 왔기에 이렇게 털이 길어?"

잿빛 고양이가 새침하게 말했다.

"난 친칠라야. 너희처럼 길에서 사는 애들이랑 달라."

"다르면 뭐해? 결국 이렇게 버려져 놓고는."

대장 말에 잿빛 고양이 눈에 눈물이 가득 고였다. 대장은 잿빛 고양이 눈물을 보고는 짐짓 의젓하게 말했다.

"무슨 사연인지 모르지만 내 영역에 들어왔으니 도와줄게."

잿빛 고양이가 코웃음을 치며 말했다.

"네가 날 어떻게 도와? 여기서 어떻게 살아? 나는 사냥도 할 줄 몰라. 난 살고 싶지 않아. 그러니까 날 그대로 내버려 둬. 그게 날 돕는 거야."

대장이 포기하지 않고 물었다.

"왜 버려진 건데?"

나도 잿빛 고양이에게 말했다.

"말해 봐. 대장은 빈말 안 해. 널 도와줄 수 있을 거야."

잿빛 고양이가 한숨을 깊게 내쉬고 나서 말했다.

"나랑 8년을 같이 산 언니한테 아기가 생겼대. 나를 맡길 사람을 찾았는데 못 찾았대. 내 나이가 많으니까. 그리고 털도 이 모양이라 날마다 빗질을 해 줘야 하거든."

"세상에, 그렇게 오래 살아 놓고 버려? 내가 이래서 사람을 경멸한다니까."

대장이 파르르 떨며 수염을 아래위로 흔들었다. 잿빛 고양이가 발끈했다.

"우리 언니한테 그렇게 말하지 마. 나를 데려갈 사람이 없었던 것뿐이야."

"그게 뭐가 달라?"

"달라. 미안해했어."

"미안할 일을 왜 해? 자기가 아기를 가진 것하고 너랑 무슨 상관인데? 그냥 식구가 하나 느는 건데 널 왜 버려?"

잿빛 고양이는 대답을 하는 대신 고개를 돌려 버렸다. 그때였다. 안개 너머로 은주 목소리가 들렸다.

"은주다."

겁에 질린 잿빛 고양이를 두고 가는 게 내키지 않았지만 은주를 걱정하게 만들 수도 없었다.

"나 가 볼게. 대장이 알아서 할 거지?"

"걱정 마. 그나저나 너도 조심해. 언제 쓸모없다고 버려질지 몰라."

대장이 늘 하는 말이지만 오늘따라 귀에 거슬렸다.

안개 속에서 은주 모습이 드러났다. 은주는 아직 교복을 입고 있었다.

"나비야, 도대체 왜 이렇게 늦게까지 돌아다녀. 걱정했잖아."

나는 은주 발목에 내 뺨을 비비고 나서 안아 달라고 했다. 은주가 나를 안아 올렸다.

“밥은 먹었어? 아 참.”

은주는 무심결에 던진 말에 자기가 당황해 입을 꽉 다물었다. 사료가 떨어진 지 오래라는 걸 은주도 알고 있었다. 내가 생선뼈 몇 개가 올려진 물에 만 밥을 먹지 않는다는 것도 알고 있었다. 은주가 나를 땅에 내려놓더니 책가방 안에서 깡통을 하나 꺼냈다.

“너 좋아하는 연어랑 참치 캔이야. 요새 용돈이……. 너도 알지? 그래서 캔도 많이 못 사 주고. 미안해.”

깡통을 보는 순간 하마터면 눈물이 찔끔 나올 뻔했다. 은주가 열어 준 깡통에 담긴 걸 단숨에 먹어 치웠다.

“배가 많이 고팠구나. 너 집에서 밥 안 먹을 땐 뭐 먹어?”

“쥐도 잡고, 포구에 가서 생선도 먹고.”

“미안해.”

“자꾸 미안하다는 말 하지 마.”

그러다 문득 방금 전 만난 잿빛 고양이 생각이 났다.

“은주, 너도 내가 쓸모없어지면 버릴 거야?”

“무슨 말이야? 쓸모가 있고 없고가 어디 있어? 넌 그냥 내 친구고 우리 가족인데. 가족은 쓸모없어지는 게 아냐.”

“하지만 은주 너도 아빠가 없었으면 좋겠다고 생각하잖아.”

은주 얼굴이 굳었다.

“넌 절대 그럴 리 없어. 아빠도 아파서 그런 거니까……, 좀 지나면 달라질 거야."

나는 은주 발목에 뺨과 몸을 차례로 비볐다.

"난 널 믿어. 널 사랑해."

은주가 나를 안아 올려 입을 맞췄다.

"나도. 난 절대 너 안 버려."

10

"야아아옹, 야아아옹."

식당 문을 열자 울부짖는 소리가 들렸다. 창고였다. 오늘도 아빠는 나비를 창고에 가둬 둔 모양이었다. 창고 문을 열자마자 나비가 튀어 나왔다. 나비는 식당 문 앞에서 나를 올려다보았다.

"또 하루 종일 참았어? 미안해."

나비가 밖으로 나갈 수 있도록 식당 문을 열어 주었다. 나비는 창고에 갇히면 하루 종일 똥오줌을 참는 것 같았다. 나비마저 나간 식당 안은 아빠 코 고는 소리로 가득 찼다. 아빠는 또 술에 취해 있었다. 아직 저녁 7시밖에 안 됐으니 평소 같으면 밥 먹는 사람들이 꽤 있었을 것이다. 도대체 왜 또다시 이렇게 엉망이 된 건지 모르겠다.

아빠는 요즘 병원도 가지 않았다. 약을 먹지 않으면 증세가 재발될 수 있다고 했는데 엄마가 아무리 말해도 소용이 없다. 아빠는 신도시

상가를 분양받지 못한 뒤, 엄마를 더 괴롭혔다. 하루 종일 군청 근처나 신도시 근처 부동산 사무실을 들락거리더니 하루는 공인중개사 공부를 한다고 책을 잔뜩 사 가지고 왔다. 그러나 책은 들춰 보지도 않은 채로 방 한구석에 그대로 쌓여 있다. 며칠 전에는 엄마에게 다짜고짜 금성당 아줌마가 새로 낸 빵집에 왜 화환을 안 보냈느냐며 불뚝성을 냈다. 그러고는 정작 한번 나너오겠다는 엄마 말에는 거길 왜 가느냐고 소리쳤다.

어수선한 식당을 치우고 있는데 식당 문이 살며시 열렸다. 엄마였다. 엄마는 나를 보자마자 난처한 표정으로 말을 더듬었다.

"어, 일찍 왔네? 아직 올 시간 멀었잖아."

"응, 감기 기운이 있어서 야자 안 하고 왔어. 근데 엄마, 어디 갔다 와? 장사도 안 하고?"

엄마가 방 쪽을 엿살피더니 손가락을 세워 입에 가져갔다.

"쉿, 네 방으로 가자."

앞장서는 엄마가 다리를 절뚝거렸다. 나는 방에 들어와 형광등을 켜자마자 엄마를 살폈다. 엄마가 눈길을 피하며 옷매무새를 고쳤다.

"엄마, 무슨 일 있었지? 다리는 왜 절어? 왜 그래? 목에 난 그 상처는 뭐고? 이렇게 바람 불고 추운데 겉옷도 안 입고 어딜 갔다 오는 거야? 왜 식당은 안 해?"

내가 다그치자 엄마 눈꺼풀이 파르르 떨렸다.

"너까지 그런 말투로 말하지 마."

엄마가 훌쩍훌쩍 울기 시작했다.

"요즘 장사 제대로 못 해. 네 아빠가 술 먹고 손님들 앞에서 행패를 부리는데 누가 오겠니."

"도대체 왜 그러는 거야?"

"몰라. 오늘 아침에는 갑자기 위원장 추모원에 가겠다고 돈을 내놓으라더니, 그 집 애들 고등학교 간다는데 등록금이라도 대 줘야 한다고 또 돈을 내놓으라고 하고. 그러다 위원장 욕을 하면서 그놈 꼬드김에 대책위를 하게 됐다고 하질 않나. 저러다 무슨 일이라도 일어날까 두렵다."

"도대체 아빠는 왜 금성당 아저씨네 얘기만 나오면 그래?"

"위원장님 그렇게 죽은 걸 막지 못한 게 자기 탓이라고 생각해. 왜 안 그렇겠니? 같이 재개발 싸움을 한 게 6년이고, 한동네에서 형님 아우 하며 산 게 20년이다. 위원장님 망루에 올라갈 때 막았어야 한다고, 자기도 같이 죽었어야 한다고 자책을 해."

나는 오랫동안 궁금하면서도 묻지 않았던 일을 물었다.

"그때, 왜 갑자기 금성당 아저씨가 망루 꼭대기 위에 올라간 거야? 그 전날엔 엄마가 그랬잖아, 협상이 될지도 모른다고."

"그때 대책위 사람들한테는 협상을 하자고 해 놓고, 조합이랑 건설회사에서는 망루에 있는 사람들 가족을 따로 만나서 회유를 했어. 농성 그만두고 내려오면 요구 사항 들어주겠다고. 먼저 내려오는 사람들한테 보상을 더 해 주겠다고. 그러니까 가족들이 망루에 있는 사람들한테 계속 문자 보내고 전화하고 그랬던 거 같아. 일부러 대책위를 갈라놓으려고 그런 거지. 진짜로 망루에 있던 사람들 사이에 갈등이 생겼고. 아빠는 말하지 않지만 그때 배신감이 컸던 거 같아. 위원장님도 마찬가지고. 자기가 뭔가 해야겠다는 말을 계속 되풀이했대. 그러다 새벽에 혼자 망루 꼭대기에 올라간 거지. 너희 아빠가 말리려고 하니까 오히려 당장 떨어지겠다고 위협을 하며 고집을 피웠대. 위원장님 떨어지고 연행된 뒤에 경찰에서는 자살 방조죄까지 뒤집어씌우려고 했대. 다행히 남았던 사람들 증언이 다 일치해서…… 조서 쓰면서 자존심도 많이 상하고, 겁도 먹고. 그런 것들이 쌓여서 마음에 병이 생겼나 봐."

"아빠 많이 힘들었겠다."

"그렇지."

"엄마, 아빠 다시 입원해야 하는 거 아냐?"

"입원해야지. 근데 아무리 달래고 얼러도 절대 병원은 안 간대. 억지로라도 입원을 시켜야 하는 건지……."

"아빠 술 깨면 내가 말해 볼까?"

"아니야. 그러면 안 돼, 절대. 너한테도 화낼 거야. 은주야, 오늘은 엄마 여기서 자도 돼?"

"그럼."

엄마는 금세 잠이 들었다. 엄마를 멍하니 내려다보다 조심스럽게 엄마 스웨터 단추를 풀고 내복 어깨를 내렸다. 상처 난 곳이 목둘레만이 아니었다. 쇄골부터 어깨까지 검붉은 멍부터 시커멓게 변색된 멍 자국이 얼룩져 있었다. 울음이 터져 나오려는 것을 참고 얼른 입을 막았다. 그러고는 스웨터 단추를 채웠다. 나는 대충 겉옷을 걸치고 방을 나왔다. 아빠 코 고는 소리에 갑자기 속이 울렁거렸다. 나는 식당 밖으로 나와 헛구역질을 했다.

"괜찮아?"

뒤를 돌아보니 나비가 식당 앞 낡은 의자에 앉아 나를 보고 있었다.

"아, 나비야. 문 열어 주는 거 깜박했네. 몸 다 얼었겠다."

"괜찮아."

"괜찮긴. 고양이 추위 타는 거 세상이 다 알아."

나비를 안아 올리고 점퍼로 감쌌다.

"따뜻하지?"

"응. 은주 너 괜찮아? 왜 토했어?"

"그냥. 다 역겨워."

"역겨워? 그건 무슨 뜻이야?"

"그냥 싫다는 거야. 아주 많이."

"뭐가?"

"다, 모든 게 다."

"어? 눈이다."

나비 말에 고개를 들어 보니 진눈깨비가 내리기 시작했다.

"진짜 겨울이네. 나비야, 춥지? 그래도 우리 여기 좀 있자."

"그래."

"나비, 너 많이 힘들었겠다. 엄마 아빠가 싸울 때마다."

"그때마다 그냥 나왔지. 오늘처럼."

"나는 엄마가 저렇게 맞는지 몰랐어."

"진짜 몰랐어?"

"응. 네가 말해 주지 그랬어."

나비가 가만히 진눈깨비를 바라보다 말했다.

"난 네가 알면서 모르는 척하는 줄 알았어."

나비 말에 가슴이 철렁 내려앉았다. 나비 말이 맞았다. 아빠는 벌써 내게도 두 번이나 손찌검을 했다. 그리고 나비도 맞고 있었다. 나비 말이 맞았다. 나는 모르는 척하고 있었다. 보지 않고, 확인하지 않고, 생각하지 않았다. 부끄러웠다. 속이 쓰라렸다. 나비가 내 손등을 핥으며 말했다.

"은주, 나 나갈까?"

"그게 무슨 말이야?"

"그냥, 짐이 되는 것 같아서. 그래도 널 보러 올게. 대장이 나 나오면 자기 영역에서 사냥하게 해 주겠대."

"안 돼. 넌 중성화 수술을 해서 그렇게 험한 데서 못 살아."

목이 메었다. 나비가 그 말을 하기까지 얼마나 힘들었을지 짐작이 되니 더 마음이 아팠다. 나비가 말없이 품에서 빠져나오더니 몸을 길게 늘여 내 뺨과 머리카락을 핥아 주었다.

"그냥 해 본 말이야. 울지 마."

나는 나비를 쓰다듬으며 말했다.

"그런 말, 다시는 하지 마."

나비가 가릉거리며 눈을 깜박였다. 진눈깨비가 함박눈으로 바뀌고 있었다.

"나비야, 우리 그냥 여기서 밤새 이러고 있을까? 그럼 내일 아침쯤이면 우리는 눈사람과 눈고양이가 되어 있겠지?"

"그러고 싶어?"

나비가 고개를 들어 물었다.

"아니, 들어가자. 이제."

11

동이 채 트기도 전이었다. 누군가 부르는 소리에 눈을 떴다. 은주는 아직 곤히 자고 있었다. 은주가 학교에 가지 않은 걸 보니 오늘은 일요일이다. 나는 살금살금 창틀로 올라갔다. 창밖에 대장이 있었다. 밤새 내린 눈에 대장 다리가 파묻혀 있었다. 그런데 나를 부르는 대장 목소리가 평소와 달랐다. 화가 나 있으면서도 구슬펐다. 나는 은주가 깨지 않도록 조심스럽게 화장실 문을 열었다. 화장실 문은 손잡이가 헐거워 몇 번만 돌리면 문이 열렸다. 변기 위로 올라가 화장실 창으로 뛰어올랐다. 거기서 창밖으로 뛰어내리는 것은 식은 죽 먹기다. 그런데 뛰어내리고 나니 생각보다 눈이 많이 쌓여 파묻히고 말았다. 털이 다 젖었다. 털이 젖는 건 질색이지만 어쩔 수가 없다. 대장이 다가왔다.

"괜찮아?"

"응. 무슨 일이야?"

대장은 대답 대신 앞상서 큰길을 건넜다. 배가 닿을 만큼 쌓인 눈 때문에 걷는 게 쉽지 않았다. 대장을 따라간 곳은 포구로 들어가는 길목이었다. 그곳에 잿빛 고양이가 쓰러져 있었다.

"그날 이후 아무것도 먹지 않았어. 생선을 가져다줘도 먹지 않아."

대장이 애처로운 눈빛으로 잿빛 고양이를 내려다보며 말했다.

"언제 이렇게 됐어?"

"몰라, 새벽에 얘가 보이지 않아서 찾아다녔는데……."

"차에 치인 건 아닌 것 같은데?"

"응. 그냥 죽은 거 같아. 먹은 게 없으니까. 사람들이 자주 지나다니는 여기다 그냥 두기 싫어. 저 풀숲으로 얘를 옮기는 동안 망을 봐 줘."

대장이 뻣뻣해진 고양이를 끌고 눈 쌓인 4차선 도로를 건너는 동안 망을 봐 주었다. 대장은 우리 집 뒷산 언저리 대장의 보금자리가 있는 바로 앞까지 잿빛 고양이를 끌고 갔다. 대장은 눈물을 흘리며 잿빛 고양이 뺨을 한참 핥아 주었다.

대장은 며칠 동안 잿빛 고양이를 따라다녔다. 아무것도 먹지 않으려는 고양이에게 물이라도 먹게 하려고 편의점 옆 수돗가에 가서 억지로 언 물을 핥게 하고, 자꾸만 엉켜 가는 털을 골라 주려 애썼다. 대장이 정성스럽게 돌보는데도 잿빛 고양이는 아무것도 먹지 않았다. 잿빛 고양이 털은 점점 더 엉클어지고 지푸라기까지 엉겨 붙었다. 윤기 잃은 긴 털로는 앙상한 몸을 숨길 수 없었고, 금세라도 고꾸라질 것같이 위태로워 보였다.

"강제로 먹이려 해도 소용없었어. 자기는 살고 싶지가 않대. 어젯밤까지도 그 언니란 사람을 그리워했어. 바보 같아. 난 이해가 안 돼."

"사랑하니까."

내 말에 대장이 버럭 화를 냈다.

"그런 사람 말 따위는 하지 마. 난 이제 사람들하고 마주치기도 싫어. 너도 조심해. 은주라는 애가 언제 널 버릴지 몰라."

"그렇지 않아."

"넌 몰라서 그래. 저 들판 아래 산에 가면 떠돌이 개들이 무리를 지어 다녀. 다 사람이 버리고 간 개들이야. 사람은 개를 버렸지만 개들은 서로를 버리지 않아. 서로를 보살필 줄 알지. 개네는 무리 중 하나가 죽으면 다 같이 모여서 울고 한참 곁을 지켜. 나는 그 개들을 보면서 배웠어."

"뭘?"

"서로 지켜 주는 거에 대해서. 언젠가 떠돌이 개들이 우리 마을 언저리로 온 적이 있어. 배가 고파서 먹을 걸 찾으려 왔던 모양이야. 근데 그중 작은 암컷이 다리를 절룩이더라. 자세히 보니까 앞발에서 피고름이 나고 있었어. 그 개가 아파서 그런지 떠돌이 개 무리가 수로 근처에서 며칠을 머물렀어. 대장으로 보이는 개가 먹을 걸 구해다 그 암컷에게 주더라고. 그런데 사람들은 떠돌이 개들을 두려워했어. 누가 신고를 했는지 며칠 뒤 똑같은 옷을 맞춰 입은 사람들이 그물망을 들고 왔어. 딱 봐도 자기들을 잡으러 온 건데 그 대장은 꼼짝하지 않았어. 암컷의 상태가 점점 나빠지고 있었거든. 걷지도 못하고 수로 옆 풀숲에 누워 있었지. 대장은 그 곁을 지키고, 다른 개들은 멀찍이서 대장과 암컷을 지켜보고 있었어. 나는 대장이 도망가길 바랐어. 근데 대장은 뒤늦게 자기 무리를 향해 도망가라고 소리를 치면서도 자기는 암컷 곁을 지키더라고. 그러니까 다른 개들도 도망가지 못하고 우물쭈물했어. 그러다 결국 대장과 암컷이 그물망에 잡혔어. 오랫동안 그 개들이 어떻게 됐을지 궁금했어."

"슬퍼. 그렇지만 그 대장은 멋지다."

"그렇지?"

"고양이들은 개들처럼 버려져도 무리 지어 살지는 않지만 우리도 서로 지켜 주는 게 있어. 우리도 서로 돕지 않으면 안 돼. 더는 그 잿빛 고양이처럼 죽어 가는 친구를 보고 싶지 않아."

눈이 내린 뒤로 며칠 동안 강추위가 계속되었다. 겨울은 길고양이들이 가장 견디기 힘든 계절이다. 요즘 대장은 지난 초겨울 태어난 새끼들과 어미 고양이를 돌보고 있다. 그런데 어미 고양이가 새끼를 낳은 뒤 몸이 좋지 않다. 몸이 워낙 약한 편이었는데 새끼를 다섯 마리나 낳아서 젖을 먹이려니 점점 야위어 갔다.

"대장, 내가 은주한테 도와 달라고 해 볼까?"

"싫어."

"저러다 어미가 잘못되면 어떡해?"

"원래 우리는 그렇게 살고 죽어."

대장은 짝이 걱정스러울 텐데도 일부러 냉정하게 말했다.

"아직 새끼들이 어리잖아."

"그래도 난 사람 도움은 받기 싫어."

"겨울을 날 때까지만 도와 달라고 하면 안 돼? 요즘은 사냥감도 없잖아. 그냥 사료만이라도."

대장은 잠시 머뭇거리다 말했다.

"알았어. 아기들 젖 먹일 때까지만."

"걱정 마. 내가 부탁하면 은주가 도와줄 거야."

12

식당 처마에 고드름이 매달렸다. 지난번 눈이 내린 뒤, 슬레이트 지붕에 쌓였던 눈이 낮에는 녹고, 밤이 되면 고드름이 되어 얼었다. 요 며칠은 다시 몰아닥친 한파로 낮에도 고드름이 녹지 않았다. 눈이 온

다음 날 집을 나간 아빠는 사흘째 무소식이다. 휴대전화는 꺼져 있고 아빠가 갈 만한 곳마다 전화를 해 봤지만 소식을 아는 사람이 없었다. 엄마는 어제 경찰에 실종 신고를 냈다. 나는 좀 더 기다려 보자고 했지만 엄마는 술에 취한 채 어디서 쓰러져 자다 동사라도 할까 걱정했다.

나비가 아침부터 내 주위를 맴맴 돌았다. 아니 며칠 전부터였다. 나는 그런 나비의 눈길을 외면했다. 그러자 나비가 분제집을 펴고 앉은 내 앞에 제 머리를 디밀고 목소리로 말했다.

"나 좀 봐 줘."

나는 말없이 나비 눈을 바라보았다.

"은주, 요즘 은주 눈에 내가 없어."

깜짝 놀라 물었다.

"그게 무슨 말이야?"

"말을 걸어도 나를 보지 않고 대답하잖아."

"미안해, 정말 미안해. 할 말이 있는 거야?"

"너랑 내가 할 말이 있을 때만 이야기를 했던 건 아니잖아."

"그렇지."

"은주, 나 때문에 힘들면 말해. 나는 진짜 괜찮아. 지금도 길에서 살 수 있어."

할 말을 잃었다. 가끔 나비를 데려온 게 잘한 짓인지 생각했다. 아빠가 온 뒤, 나비의 삶은 길고양이와 별다르지 않았다. 생선뼈와 음식 찌꺼기만 들어 있는 밥그릇을 볼 때마다, 쥐를 잡지 않는다고 아빠한테

닭달을 당할 때마다 차라리 밖에서 사는 편이 낫지 않았을까 생각했다. 중성화 수술을 서두른 건 아닌지도 후회되었다. 미안한 마음에 나비와 눈을 맞추고 이야기하는 걸 피했다. 나비는 그런 내 마음을 읽고 있었다.

"너 때문에 힘들다니 그럴 리가 없지. 나비 너도 알잖아. 너는, 너는 나한테 가장 친한 친구야."

"알아, 나도 그래. 그런데 왜 날 피해?"

"미안해. 내가 힘든 거 너 때문이 아니야. 아빠 때문이지. 아빠 때문에 힘든 건 너도 마찬가진데……, 그냥 모르는 척하고 싶었어. 안 보면 덜 힘드니까."

나비는 나를 올려다보았다. 그러고는 내 눈을 응시하다 천천히 깜박였다.

"은주, 난 항상 네 눈에 내가 있으면 좋겠어. 이렇게. 그래야 우리가 친구지."

"알았어. 미안해. 근데 나한테 말하려던 게 뭐야?"

나비는 내 눈을 바라보며 천천히 말했다.

"부탁이 있어."

"부탁?"

"응."

"뭔데?"

"내 친구 있잖아."

"아, 그 검은 고양이?"

"응, 대장. 대장 짝이 아기를 낳았어."

"알아, 네가 말해 줬잖아."

"근데 짝이 좀 아파. 젖도 잘 안 나오고. 혹시 사료를 좀 사 줄 수 있어? 그리고 아기들이 있는 곳도 바람이 너무 많이 들어와. 네가 좀 도와줘."

"대장이 괜찮대? 걔는 사람 도움을 원하지 않는다며?"

"괜찮대."

"알았어."

나비를 따라간 곳은 얼마 전까지 양계장을 하다 문을 닫은 비닐하우스였다. 어미는 보이지 않았지만 새끼들이 선반 위, 찢어진 비닐 사이로 들어오는 햇볕 아래 옹기종기 앉아 졸고 있었다. 새끼들은 인기척을 느끼자 귀를 바짝 세우고 긴장했다. 언제 들어왔는지 비닐하우스 한쪽 구석에 검은 고양이가 황금빛 홍채를 반짝이며 나를 지켜보고 있었다.

나는 우선 가져간 낡은 담요를 선반 한쪽에 깔았다. 그리고 일회용 도시락 안에다 임신 수유용 사료를 부어 주고, 고양이 분유를 미지근한 물에 타 한쪽에 놓아 주었다. 그러자 검은 고양이 뒤쪽에서 바둑이 무늬 어미 고양이가 조심스럽게 나왔다. 그러고는 선반 위와 나를 번갈아 보더니 단번에 선반 위로 뛰어올랐다. 젖이 나오기나 할지 염려스러울 만큼 야윈 어미 고양이를 보니 코끝이 찡했다.

나비가 따라 나오며 말했다.

"고마워."

"아니야. 이렇게 도울 기회를 줘서 고마워. 잘 먹어야 할 텐데."

"대장이 짝이랑 새끼들의 경계심을 풀어 줄 거니까 먹을 거야."

"어미 고양이는 이 사료 한 봉투만 먹어도 좋아질 거래. 밤마다 사료를 가져다줄게. 그리고 새끼들도 살펴보고. 걱정 마."

나비가 나를 올려다보며 천천히 눈을 깜박였다.

아침에 보충 학습을 하러 가려고 문을 열었다가 화들짝 놀랐다. 식당 문 앞에 박새 한 마리가 누워 있었다. 주위를 두리번거리는데 멀리서 검은 고양이가 이쪽을 바라보고 있는 게 보였다. 나는 큰 소리로 말했다.

"대장, 선물 고마워."

선물 고맙다는 말을 하지 말걸 하는 후회가 들 만큼 대장은 수시로 새를 잡아다 주었다. 박새, 노랑턱멧새, 곤줄박이까지. 새를 묻어 주는 일을 더는 할 수 없을 것 같아 나비에게 부탁했다.

"나비야, 대장한테 말해 줘. 이제 선물 안 가져다줘도 된다고. 그동안 고마웠다고."

나비는 새끼들이 드디어 엄마를 따라 외출을 했다는 소식과 함께 대장의 인사도 전해 주었다.

"은주 너는 좋은 사람 같대. 자기는 앞으로도 사람하고 친해지지 않을 거지만 어부 아저씨들과 네 덕분에 괜찮은 사람도 있다는 걸 인정하기로 했대."

13

아저씨는 슬레이트 지붕 위에 눈이 마르고, 다시 내렸던 눈마저 녹아 사라질 때까지 집에 오지 않았다. 아저씨가 오지 않는 동안 아줌마와 은주는 예전처럼 평온했다. 아저씨 발자국 소리가 들린 것은 겨울 방학이 끝나고 은주가 학교에 가던 날이었다. 은주가 가방을 메고 식당을 나서는 순간 아저씨가 문 앞에 서 있었다. 아저씨와 마주친 은주는 싸늘한 표정으로 인사만 하고 식당을 나섰다. 그러자 아저씨가 은주 팔목을 잡았다.

"너는 내가 얼마 만에 들어왔는데 그 태도가 뭐야?"

"아빠, 저 7시 차 놓치면 지각이에요."

아저씨는 은주 팔을 놓으며 말했다.

"내가 그렇게 못마땅해? 너 이따 보자."

아저씨한테서 술 냄새가 났다. 겁이 났다. 어떻게든 재빨리 밖으로 나가야겠다고 생각하고 기회를 살피고 있는데 아저씨와 아줌마의 말다툼이 시작됐다.

"가계약을 해 놓고 왔다고. 통장하고 집문서 내놔."

"안 된다고 몇 번이나 말해요? 이 집이랑 은주 통장은 절대 못 건드려. 절대."

"곧 본전 뽑고 두 배로 만들 수 있다고. 이 상가마저 놓치면 나는 용흥각 못 살려."

"용흥각을 어떻게 당장 살려? 그냥 천천히 하자구요, 천천히. 그쪽은 아파트도 아직 다 분양이 안 됐다고 소문이 났다고. 집 나가서 얼마 만에 들어와서 겨우 한다는 소리가 돈 달라니. 당신 정말 위험해. 벌써 석 달째 병원도 안 가고. 일단 건강해져야지."

아줌마 말에 갑자기 아저씨가 식탁을 주먹으로 쳤다.

"이 여편네가 진짜 멀쩡한 사람을 환자로 만드네! 내가 어디가 아파? 두 팔 두 다리 다 멀쩡한데. 당신, 날 정신병자로 만들려는 수작이라면 관둬. 나 정신병원 처넣고 이 집이랑 돈 갖고 또 어디로 숨으려고 그러는 거 모를 줄 알아?"

싸움이 쉽게 끝날 것 같지가 않았다. 나는 식당 문틈 사이에 앞발을 넣어 요리조리 움직여 보았다. 다행히 문이 벌어졌다. 나는 얼른 앞발을 들이밀어 문을 열고 밖으로 나와 식당 앞 의자에 올라앉았다. 해안 도로를 쌩쌩 달리는 자동차 소리 때문에 아저씨와 아줌마가 다투는 소리가 잘 들리지 않아 좋았다. 대장한테나 가 볼까 하고 의자에서 일어섰을 때, 식당 안에서 뭔가 무너지는 소리와 와장창 유리 깨지는 소리가 났다. 곧이어 아줌마의 비명이 들렸다.

나는 다시 식당 안으로 들어갔다. 주방에 있는 그릇이 식당 바닥으로 다 쏟아져 나와 있고, 의자도 여기저기 나뒹굴고 있었다. 그 난장판 속에서 아저씨는 맥주병을 들고 소리를 지르며 아줌마를 쫓고 있었고, 아줌마 목덜미로 피가 흘러내렸다. 아줌마가 아저씨를 피해 방문을 열고 뛰어 들어가려는 순간, 아저씨가 아줌마 옷자락을 움켜쥐더니 그대로 끌어내 식당 바닥에 엎어뜨렸다. 그리고는 그 위로 맥주병을 내리치려 했다.

나는 바로 아저씨 팔뚝을 향해 뛰어올랐다. 그리고 앞발로 아저씨의 팔뚝을 움켜쥔 채 뒷발로 아저씨의 팔뚝을 여러 번 걷어찼다. 아저씨가 비명을 지르며 맥주병을 떨어뜨렸다. 그사이 아줌마가 일어나 피했다. 내 발톱에 파인 상처에서 피가 뚝뚝 떨어지는데도 아저씨는 아줌마를 다시 쫓았다. 아저씨 심장이 어찌나 빠르고 크게 뛰는지 금세 터져 버릴 것 같았다. 입에서 쏟아져 나오는 뜨거운 기운은 아줌마를 금방이라도 죽일 것 같았다.

나는 아저씨 팔뚝을 더 세게 움켜쥐었다. 그러자 아저씨가 다른 손으로 내 목덜미를 움켜쥐더니 식당 바닥에 내리꽂았다. 머리를 세게 부딪혀 어찔했지만 정신을 차리고 다시 아저씨 종아리로 뛰어 올라 종아리를 감싸 쥐었다. 그러고는 종아리를 세게 물고 뒷발로 종아리를 계속 걷어찼다. 뒷발 발톱은 앞발보다 두껍고 단단하다. 아저씨가 비명을 지르며 내가 매달린 다리를 걷어차고 흔들어 댔다. 그때마다 머리와 몸이 여기저기에 부딪혀 아팠지만 그럴수록 아저씨 종아리를 더 꽉 움켜쥐었다.

아저씨는 절룩거리며 주방 쪽으로 가더니 바닥에 떨어져 있던 뭔가를 집어 올려 내 머리를 때리기 시작했다. 어디선가 아줌마가 소리쳤다.

"나비야, 그만해! 아빠 다리 놓고 달아나 어서. 그러다 죽어!"

그때 뭔가가 내 머리를 세게 내리쳤고 나는 정신을 잃고 말았다.

"어머, 깼네."

사람 목소리였다. 은주 목소리는 아니었다. 눈을 뜨자마자 은주를 찾으려 했으나 앞이 보이지 않았다. 분명 눈을 떴는데 아무것도 보이지 않았다. 앞발로 머리를 만져 보니 뭔가가 감겨 있었다. 나는 앞에 있는 사람에게 도와 달라고 말했다. 잠시 뒤 누군가가 내 머리를 감싸고 있던 것을 풀었다. 그런데도 앞이 보이지 않았다. 어둠 속에서도 잘 보이던 눈이었는데 아무리 눈을 감았다 다시 떠도 빛 한 줄기 보이지 않았다.

그때 문이 열리는 소리가 들리더니 밖의 찬 공기와 함께 어딘가 귀에 익은 목소리가 들어왔다.

"깨어났다면서요?"

가끔씩 우리 식당에 와서 밥을 먹던 아저씨였다.

"네, 일어나자마자 야옹거려요."

"얘를 키우던 여학생을 찾는 건지 모르겠어요. 그 식당 주인아주머

니랑 딸이 애지중지하는 고양이라고 했거든요. 아주 특별한 고양이라
며……."

"그런데 몸 여기저기 타박상이 있어요. 며칠 된 것도 있고. 머리를 다
친 것도 뭔가로 맞은 것 같아요. 한 번도 아니고 여러 번 내려친 것 같
아요. 시신경이 손상됐는데, 안구를 적출하지는 않아도 될 것 같아요.
다행히 건강해서 수혈도 없이 수술이 끝났어요. 가장 어려운 수술을
잘 견뎌 냈으니 앞으로는 큰 위험은 없을 거예요."

"얘가 이래저래 고생했네요. 그런데 식당 아주머니한테 무슨 일이 일
어난 건 아닌지 모르겠어요. 이 녀석만큼이나 그 아주머니도 엉망이었
거든요. 머리는 산발이 되어 있고 피도 여기저기 묻어 있고. 자꾸 걸려
서 저녁에 식당에 다시 가 봤더니 문이 닫혀 있더라고요. 그래서 식당
앞 편의점 주인한테 물어보니까 119가 그 집으로 왔었다는 거예요. 도
대체 무슨 일이 있었던 건지."

"만약 주인이 안 오면, 그때는 어떻게 할까요?"

"제가 입양해야죠."

"연우가 아직 모리한테도 마음을 열지 않는다면서요."

"네. 그래도 친구가 생기면 모리한테는 좋지 않을까요? 모리가 너무
움직이지 않아서 당뇨 사료를 먹는데도 살이 안 빠져요."

"지난번 피검사 때 당뇨 수치가 떨어졌으니 너무 걱정 마세요."

"고양이가 한 마리 더 있으면 덜 외로워하지 않을까 해서요. 얘는 언
제쯤 퇴원할 수 있을까요?"

"한 일주일 정도만 더 경과를 보죠."

"생활에는 문제가 없을까요?"

"다행히 고양이한테는 눈이 그렇게 중요하지는 않아요. 고양이는 시력보다 청력이 좋고, 수염도 있어서 안 보여도 생활하는 데는 큰 문제가 없을 거예요."

"그래요? 고양이는 밤에도 볼 수 있을 만큼 눈이 좋은 거 아니에요?"

"아, 고양이는 사냥에 알맞게 움직이는 물체를 보는 시각은 발달해 있어요. 빛을 잘 흡수해 밤에도 사물을 인지하는 능력이 발달해 있기도 하고요. 그렇지만 지독한 근시이기도 해요. 어차피 이런 상태에서는 길에서 살 수 없으니까 자기가 살 곳에서 공간을 익히고 어떻게 살아남을지 스스로 찾아갈 거예요."

앞이 안 보이는 고양이라니. 상상할 수도 없었던 일이 나에게 일어난 것이다.

14

그날 아침, 그렇게 도망치듯 나오는 게 아니었다. 술 냄새를 풍기며 돌아온 아빠 눈이 이상하게 빛났다. 아빠 눈빛을 보고 직감했어야 했다. 아니 어쩌면 무슨 일이 일어날 것 같은 불안감에 서둘러 집을 나왔는지도 모른다. 물론 더 있었다가는 차를 놓칠 거고 그러면 지각을 할 수밖에 없는 처지였지만 엄마와 나비를 생각했다면 그렇게 나오지 말았어야 했다. 도저히 야자까지 버틸 자신은 없었다. 아프다는 핑계를 대고 집에 갔을 때 식당 안은 엉망이었고 아무도 없었다. 그제야 전화기를 꺼 놨던 게 생각났다. 전원을 켜니 엄마 친구에게서 온 메시지가 떴다.

"은주야, 왜 이렇게 전화를 안 받니? 너희 엄마 병원 응급실에 있어."

엄마는 눈 위가 찢어져 네 바늘이나 꿰맸고, 뒤통수도 여섯 바늘이나 꿰맸다. 팔뚝과 목덜미에도 시퍼런 멍과 찰과상이 나 있었다.

"엄마, 도대체 어떻게 된 거야? 아빠는?"

"정신병원으로 갔어. 다행히 재개발 대책위에서 일해 주던 이모랑 삼촌이 와서 너희 아빠 입원 수속 밟아 주고……."

"나비는? 나비는 어디 있어?"

엄마는 한참 울기만 하다가 겨우 입을 뗐다.

"너희 아빠가 깨진 맥주병으로 나를 때리려고 하는데 나비가 달려들어서……, 뒷발질을 어찌나 세차게 했는지 아빠 팔뚝이랑 종아리가 피범벅이 됐어. 세상에 날 구하겠다고……. 아빠가 정상이 아니었어. 그래서……, 나비가 축 늘어졌어. 애를 안고 무조건 밖으로 뛰어나갔어. 마침 편의점에서 우리 식당에 가끔 오던 남자가 나오더라. 그래서 무조건 살려 달라고 맡겼어. 그때까지 숨은 쉬고 있었는데……."

"누군데? 그 아저씨가 누군데? 기억해?"

"착한 사람이야. 가끔 아들이랑 와서 생선구이 먹고 가던 사람인데 좋은 사람 같았어. 걱정 마."

"어떻게 알아? 어떻게 누군지도 모르고 나비를 맡겨?"

나도 모르게 응급실 안에서 소리를 질렀다.

"그래도 나비라도 살리겠다고 맨발로 데리고 나간 거야. 엄마가 그때 경황이 없었어. 한쪽 눈에서는 피가 계속 흘러내리고 머리까지 아파서……. 그이가 나비를 안고 그랬어. 병원에 당장 데려가겠다고."

"그럼 뭐해. 나비는, 나비는 내가 자기를 버렸다고 생각할 거 아냐. 찾아야 해. 찾아야 한다고."

나비를 키우기 시작할 때 인터넷 카페를 드나들며 고양이에 대한 정보를 수집했다. 그곳에서 고양이의 뇌에는 신피질이 없어서 과거나 미래에 대한 개념이 없다고, 오로지 현실에만 충실하다고, 그래서 주인에 대한 애착도 적고 독립적이고 집 안에만 있어도 불행하지 않다는 글을 읽었다. 그러나 그 카페에는 자기를 버린 주인을 그리워하며 거식증에 걸린 고양이 얘기도 있었고, 자기를 버린 주인을 찾아 1년 반을 걸어 집을 찾아왔다는 고양이 얘기도 있었다. 나비와 함께 살면서 과학자들의 말이 과학적일지는 몰라도 경험적이지는 않다고 확신했다. 고양이들은 자기와 상관없는 것은 금세 잊을지 모르지만 자기가 사랑하고 믿었던 것을 잊지 못했다. 나비는 하루 종일 나를 기다렸고, 우리가 살던 산동네와 공원에서의 힘든 일들을 기억했다. 나비가 살아 있다면 아마 나를 원망하거나 그리워하고 있을 게 틀림없었다.

엄마는 일주일 정도 더 입원해 있으라는 의사 말을 듣지 않고 사흘 만에 퇴원했다. 그러고는 집을 정리했다.

"대책위 총무네가 해장국집을 냈는데 와서 도와 달란다. 같은 처지에 서로 돕고 살아야지. 나는 아줌마랑 가게에서 먹고 자고 하면 되고, 너는 그 아줌마네 빌라에 원룸 있대. 거기 월세 얻어 들어가."

"학교는? 나 이제 고3 된다고. 엄마는 내 생각은 하지도 않아?"

"그럼 어쩌니? 식당에 손님 끊긴 지도 오래고, 동네 소문나서 더는 거기서 못 산다. 너 대학 가려면 돈도 벌어야 하고. 고3도 전학은 된대."

"싫어. 그럴 수 없어. 나 그냥 기숙사 들어갈래. 여기 그대로 있는 게 대학 가는 것도 유리하다고."

엄마는 나를 뻔히 바라보다 말했다.

"우리 은주 그래도 실속 있네. 이 상황에도 대학 생각하고. 그래라. 넌 기숙사 들어가고. 1년도 안 남았으니까. 그렇게 살자."

"이 집은?"

"집 팔고 양도세 물고 그러면 얼마 남는 것도 없어. 일단 세를 놔야지. 어차피 아빠는 지금 상태로는 2, 3개월 넘게 입원해야 한다니까."

엄마가 서울로 떠난 뒤 나도 짐을 싸 기숙사로 들어갔다. 주말에는 읍에 있는 동물 병원을 찾아다녔다. 다행히 한 병원에서 나비와 비슷한 고양이를 기억하고 있었지만 상태가 나빠 응급처치만 해 주고 받지 않았다는 말을 들었다. 우리 집 앞에 있던 편의점에도 여러 번 가 보았다. 그날 아침 편의점에서 일했던 오빠는 119가 왔던 것은 기억했지만 나비는 기억하지 못했다.

자기가 쓸모없어지면 버릴 거냐고 묻던 나비 말이 떠올라 견딜 수가 없었다. 날이 어두워질 때까지 동네를 서성이다 나비 친구 대장과 마주쳤다. 대장 눈빛에는 원망이 가득 차 있었다. 대장은 나를 한참 노려보다 갑자기 털을 곤두세우며 캭 소리를 냈다. 나는 뒤로 물러서며 물었다.

"대장아, 너 나비가 어떻게 됐는지 아는 거니? 미안해. 혹시라도 우리 나비 소식 알면 전해 줘. 내가 애타게 찾고 있다고. 제발."

15

은주를 다시 만날 수 없다는 것을 받아들이는 일은 고통스러웠다. 잿빛 고양이가 왜 음식을 거부하고 죽어 갔는지 알 것 같았다.

앞이 안 보이는 것은 받아들이고 말고 할 선택의 여지조차 없는 일이었다. 병원에 있는 동안은 캄캄한 암흑 속에서 움직일 엄두를 내지 못했다. 수의사는 조금씩이라도 움직여 보라며 병원 바닥에 내려놓았지만 나는 번번이 그대로 주저앉았다. 앞뒤도 위아래도 가늠할 수 없는 암흑 속에서 한 발도 뗄 수 없었다. 수의사는 수염과 귀를 써서 움직여 보라고 했지만 거대한 어둠에 던져진 것 같은 두려움이 너무 커 몸의 어떤 부분을 이용해 걸어야 할지 알 수 없었다. 그래도 며칠 지나니 수염으로 가까운 곳에 있는 사물을 감지할 수 있었다. 수의사는 내가 좀 더 자주 움직이도록 코앞에서 향기가 나는 털 뭉치를 흔들어 주고, 코를 간질이기도 했다. 그러나 한번 움직이려면 귀와 코, 수염과 한 걸음 한 걸음 내딛는 발까지 집중을 해야 했다. 동물 병원은 좁은데다 장애물이 너무 많았다. 바람 한 점 없는 실내에서는 냄새의 방향도, 소리의 방향도 제대로 잡아내기가 어려웠다. 그래도 시간이 지나니 밥을 찾아 먹게 되고, 물도 찾아가 마셨다. 수의사가 말했다.

"그래, 크레마, 그렇게 한 가지씩 해 나가는 거야."

병원에 있는 동안 나는 새 이름을 얻었다. 내가 커피색을 닮아 '크레마'란다. 수의사는 쉬는 시간이 되면 커피 기계를 돌렸다. 뭔가를 가는 소리가 나기 시작하면 커피 냄새와 축축한 수증기가 내 코를 간질였다. 나는 수의사가 틈틈이 커피를 마실 때면 그의 무릎을 찾아 올라가 앉았다. 그렇게 수의사 무릎에라도 올라가 있으면 은주에 대한 그리움이 조금은 가셨다.

연우네 집에 가던 날은 눈이 왔다. 나를 데리러 왔던 아저씨 차가 멈추자 마당에 사락사락 눈 내리는 소리가 들렸다. 집에 들어가니 연우라는 아이가 나를 맞이했다.

"진짜 눈이 곰 인형 같다. 낮에도 동공이 저렇게 커져 있다고?"

"응."

연우 목소리도 낯이 익었다. 이제야 제대로 기억이 났다. 일요일이면 가끔 와서 생선구이를 시켜 먹던 아들과 아빠. 밥 먹는 내내 서로 말이 없던 이상한 부자였다.

가방에서 나와 주위를 살폈다. 한 발 한 발 발을 떼며 수염을 움직이고, 귀를 쫑긋거리며 장애물이 어디 있는지 살폈다. 그렇게 방 안을 몇 바퀴 도는데 연우가 말했다.

"왜 저렇게 뺑뺑 돌아?"

"탐색하는 거겠지."

"모리 처음 왔을 때는 완전히 경계하고 겁먹었는데……. 그런데 왜 크레마야? 얘네 집에 갔을 때 나비라고 부르지 않았어?"

"응. 수의사가 그 이름은 그냥 길고양이들 대명사 같다고, 이름을 지어 주자고 해서. 수의사가 좋아하는 커피에서 따온 이름이래."

"크레마. 털 색깔이랑 어울리네. 모리랑 잘 어울리겠다."

집 안 곳곳에서 고양이 냄새가 났지만 모리라는 아이가 어디 있는지 알 수가 없었다. 나보다 먼저 이 영역에서 살아왔으니 분명 먼저 다가와 여기가 자신의 영역이라고 선포를 해야 했다.

"근데 모리 어디 있어?"

"저기, 주방 쌀통 뒤에서 여기 보고 있잖아."

"모리, 와서 인사는 해야지."

아저씨와 연우가 몇 번 채근을 한 뒤에야 누군가 움직이는 소리가 들렸다. 고양이 발자국이라고 하기에는 무겁고 둔탁한 소리가 저벅저벅 다가왔다.

"크레마, 얘는 모리야. 다섯 살 정도 됐어. 너한테 누나겠다."

아저씨 말이 들리고 모리라는 아이가 아주 조심스럽게 내 주위를 맴도는 게 느껴졌다. 나는 모리가 나를 탐색하도록 가만히 있을지, 먼저 다가가 인사를 할지 고민했다. 그런데 모리 심장 뛰는 소리가 언뜻 언뜻 들렸다. 나보다 더 세게 뛰고 있었다. 모리는 자기 영역을 침범한 나를 감시하는 게 아니라 겁을 내고 있었다. 나는 수염을 움직이며 천천히 모리에게 다가갔다. 모리가 캭 하고 경계하는 소리를 내며 앞발을 휘둘렀다. 갑작스러운 공격에 몸을 움츠리자 다시 다가오지는 않았다. 나는 몸을 낮추고 엉덩이를 모리 쪽으로 하고 꼬리를 세웠다. 내가 순순히 냄새 맡기를 허락하자 모리도 더는 경계를 하지 않고 받아들였다. 나는 수염을 아래위로 움직이고 앞발을 올려 아래위로 흔들면서 내 앞에 선 모리의 크기를 가늠해 봤다. 암컷이고, 키가 나보다 훨씬 작은 것 같은데 몸집은 나보다 큰 것 같았다. 모리는 내 주위를 맴돌며 냄새를 맡고 나더니 다시 자기가 있던 자리로 돌아갔다.

나는 모리가 주로 생활하는 거실과 주방, 그리고 아저씨가 혼자 쓰는 방, 화장실, 베란다까지 차근차근 탐험해 갔다. 그러나 연우 방만큼은 섣불리 들어가지 않았다. 모리가 연우 방 쪽으로는 아예 발길을 하지 않아 왠지 나도 조심해야 할 것만 같았다. 베란다에는 나무로 된 캣타워라는 놀이터가 있었지만 모리는 올라가지 않았다. 나는 앞발을 휘둘러 거리를 잰 뒤 캣타워 맨 꼭대기까지 올라가 보았다. 그러나 내려오는 일은 올라가는 일만큼 쉽지 않았다. 앞발을 조심스럽게 휘둘러 보았으나 발판이 잡히지 않았다. 결국 중간에서 곤두박질을 치고 말았다. 우당탕하는 소리에 모리가 달려와 물었다.

"괜찮아?"

"응. 원래 이렇게 여러 번 실수를 해야 해."

캣타워를 몇 번 오르내려 보니 발판과 발판 사이의 거리, 바닥과 중간 발판의 높이가 가늠이 되었다. 나는 캣타워에 올라가 있는 게 좋았다. 아저씨가 하루에 한두 번 창문을 열어 놓으면 밖에서 들어오는 흙냄새를 맡을 수 있었고, 창밖에서 들리는 소리 덕분에 심심하지도 않았다.

앞이 보이지 않아도 내 새 보금자리를 탐험하고 익히는 데 크게 어려운 점은 없었다. 눈과 뺨 입 주위에 난 수염으로 사물을 감지했다. 특히 발 뒤에 난 수염은 장애물의 위치나 높낮이를 판단하는 데 아주 요긴했다. 그러나 보이지 않으니 늘 긴장해 있게 된다. 갑자기 낯선 소리가 예상치 못한 곳에서 들려오거나 크게 들리면 예전보다 더 놀랐다. 연우네 집에 온 뒤로 진공청소기 때문에 가슴이 철렁 내려앉은 게 몇 번인지 모른다.

보름쯤 지나자 집 안 구석구석이 머릿속에 들어왔다. 높은 책상이나 책꽂이, 식탁, 탁자처럼 높낮이가 다른 가구 말고는 앞발을 휘두르지 않아도 부딪히지 않고 다닐 수 있었다. 연우와 아저씨도 은주와 아줌마만큼 바빴다. 서로 마주칠 일이 별로 없었다. 그러나 모리는 하루 종일 내 주위를 맴돌았다. 내가 앞을 보지 못하는 것이 안쓰러워서인지, 그동안 외로웠던 탓인지는 모르지만 모리의 관심이 온통 내게로 쏠려 있는 것 같았다. 모리는 내가 물을 마시려고 일어나면 얼른 물그릇으로 가 기다리고, 밥그릇을 얼른 찾지 못하면 제 발로 쓱 밀어 주기도 했다. 그러다 어느 날 아주 조심스럽게 다가와 뺨을 핥아 주며 말했다.

"우리 친구 하자. 크레마 네가 와서 참 좋아. 그동안 외로웠거든. 우리 집 사람들은 무척 바빠. 아저씨는 작은 포도밭을 해. 아주 작지만 논농사도 짓는대. 또 오후부터 밤늦게까지 학원에서 학생들을 가르쳐. 연우는 하루 종일 학교에 가 있고 집에 오면 방에 틀어박혀 있어. 공부를 하는 거라는데 게임을 할 때도 많아. 나는 늘 혼자였어."

모리는 제 등을 내 등에 대고 누워 있거나 머리를 대고 누워 있는 것을 좋아했다. 그러면서도 늘 내 의견을 물었다.

"이렇게 등을 기대도 괜찮아?"

"네 방석에 같이 누워도 괜찮겠어?"

연우와 아저씨는 식탁에서 아침을 먹을 때를 빼고는 마주하는 법이 별로 없었다. 아저씨는 가끔 밤늦게 올 때 치킨을 사 가지고 와 연우를 거실로 불렀다.

"연우야, 치킨 먹자."

아저씨와 연우는 정말 둘이 마주 앉아 치킨만 먹다 각자 방으로 흩어졌다. 은주와 아줌마는 강냉이나 새우깡을 먹을 때도 그냥 먹지 않고 조곤조곤 이야기를 나누었고, 사소한 일에도 잘 웃었다. 그런데 연우와 아저씨가 나누는 말은 몇 마디가 되지 않을뿐더러 같이 웃는 법도 거의 없었다. 그렇다고 나와 모리가 소리를 내지 않고 서로 감정을 나누고 소통하는 것처럼, 아저씨와 연우도 말없이 서로의 생각이나 감정을 나누는 것도 아니었다.

"모리, 연우는 우리를 싫어해?"

"아니."

"그런데 왜 저렇게 쌀쌀맞아?"

"사정이 있어."

"무슨 사정?"

모리가 한숨을 쉬었다. 그러고는 한참을 망설이다가 또롱이라는 고양이 이야기를 해 주었다.

"그래서 네가 그렇게 우울하고 조심스러웠구나."

"꼭 연우 때문만은 아니야. 또롱이가 죽고 나서 나도 힘들었어. 날마다 생각했어. 이렇게 살아야 할까? 외롭고 재미있는 게 하나도 없는데도 살아야 하나? 나는 사랑했던 가족을 다 잃고 여기로 왔어. 그런데 또롱이마저 떠났지. 솔직히 연우 마음이 이해가 되기도 해. 내가 사랑했던 가족이랑 친구들이 떠나면 그게 모두 내 탓처럼 느껴져. 아니, 누군가를 원망하고 싶어지지. 나를 외롭게 만든 그 누군가를……. 연우한테는 그게 나아. 지난겨울 진국이가 하늘나라로 간 뒤, 복동이도 저렇게 외로워하잖아. 진국이는 자기가 또롱이를 죽였다고 연우가 오해하는 것 때문에 많이 속상해했어. 내가 연우와 이야기를 할 수 있다면 가서 말해 줄 텐데."

"힘들었겠다."

"이젠 괜찮아. 네가 있어서. 그런데 크레마, 너는? 너는 어쩌다 안 보이게 됐어? 얘기해 줄 수 있어?"

나는 모리에게 눈을 잃게 된 이야기를 간단하게 해 주었다. 이야기를 듣고 난 모리는, 조심스럽게 다가오더니 내 뺨을 핥아 주었다.

"많이 속상했겠다. 은주가 많이 그립겠다."

"가끔."

가끔이 아니었다. 은주가 자주 그리웠다. 특히 은주 목소리가 귓가에 쟁쟁했다. 높지도 아주 낮지도 않은, 부드럽게 속삭이듯 말하던 은주 목소리는 내가 가장 좋아하는 소리였다. 은주네 집 창가에서 듣던, 벌판으로 내려앉는 철새들 날갯짓 소리도 그리웠다. 들판에 함박눈이 내려앉던 소리, 산들바람에 찰랑이던 바닷물 소리, 세찬 폭풍우에 방파제를 넘던 힘찬 파도 소리, 안개 속에서 들려오던 도요새 울음소리도 귓가에 아른거렸다. 그러다가도 아저씨와 아줌마가 싸우며 내뱉던 욕설과 비명이 떠오르면 불안해졌다. 그럴 때면 캣타워에 올라가 밖에서 나는 소리에 귀를 기울였다. 낯선 소리로 내 기억 속에 남아 있는 그리움들을 지웠다.

3
마루
이야기

둘이 아닌 여럿은

너무 어렵다.

난 이제 둘이 아니라

여럿이 산다.

1

"미안해. 정말 미안해."

보미 언니가 흐느껴 울었다. 언니를 올려다보는데 어디선가 깍깍깍 하는 소리가 들렸다. 둘러보니 전봇대 위에서 까맣고 커다란 새가 우리를 내려다보고 있었다. 무서워서 보미 언니 발목에 옆구리를 딱 붙였다. 버스 정류장에서부터 한참을 걸어 올라와 멈춘 곳은 산에 빙 둘러싸인 마을 끄트머리였다. 길 양옆으로 집이 있고 그 뒤로는 지붕이 둥근 집들이 산자락을 따라 이어졌다. 집 뒤로는 개울이 있고 그 너머로 또 길이 나 있는 것 같았다.

"그래도 도시보다 여기가 나을 거야. 길고양이들한테는 그래도 깨끗한 물이 있고, 사냥할 것도 많은 시골이 낫대."

그건 길에서 태어나 어려서부터 엄마한테 사냥을 배운 고양이들한테나 해당되는 말이다. 나는 사냥을 배운 적이 없다. 심지어 태어나서 한 번도 바깥에서 살아 본 적이 없다. 엄마는 보미 언니네 보일러실에서 나를 낳았다. 추운 겨울에 제대로 먹지 못한 탓인지 살아서 태어난 아기는 둘뿐이었다.

태어난 지 한 달도 되기 전, 엄마는 나를 두고 어디론가 가 버렸다. 같이 태어난 아이는 곧 하늘나라로 갔다. 나는 보미 언니가 타 주는 분유를 먹으며 자랐다. 여기까지가 보미 언니한테 들은 내 어린 시절 이야기다.

솔직히 난 그때 기억이 잘 나지 않는다. 다만 언니의 털목도리 안에서 언니가 물려 주는 젖병을 빨던 기억은 어렴풋이 난다. 특히 부드러운 털목도리를 발로 꾹꾹 누를 때의 그 촉감이 기분 좋은 기억으로 떠오른다. 보미 언니는 내가 젖을 다 먹고 나서도 허전하면 언니 배 위에 누워 티셔츠 자락을 입에 물고 앞발을 누르며 젖 먹는 시늉을 했다고 말해 주었다. 보미 언니는 그걸 꾹꾹이라고 했다. 나는 보미 언니 보살핌을 받으며 자랐다. 그리고 보미 언니가 하는 말을 배웠다. 밥, 똥, 오줌, 물, 간식, 이리 와, 사랑해…….

나의 엄마, 보미 언니는 늘 돈이 없었다. 내 사료를 사느라 언니가 먹을 반찬을 사지 못한 적도 많았다. 반찬을 살 수 없을 때, 언니는 마가린과 간장을 넣어 밥을 비벼 먹었다. 어느 날은 먼 데 산다는 엄마 전화를 받고 울었다.

"엄마가 아프대. 근데 난 엄마 병원비 드릴 돈이 없어."

보미 언니는 대학교를 6년 동안이나 다녔다. 학비를 벌려면 어쩔 수 없었다고 했다. 그렇게 어렵게 졸업을 했는데 보미 언니는 아직 취직을 못 했다. 의상 디자이너가 꿈인 언니는 스케치북에다만 멋진 옷을 그렸다. 보미 언니는 스케치북에 그린 그 옷들을 한 번도 입어 보지 못했다. 보미 언니는 아르바이트를 두 개나 해야 해서 아침 일찍 나가 밤늦게야 돌아왔다. 그렇게 일을 했는데도 얼마 전부터는 학원도 다니지 못할 만큼 돈에 쪼들렸다.

그러던 어느 날, 언니가 말했다.

"아가야, 더는 이 집에 살 수가 없어. 월세가 많이 밀렸어. 보증금이 월세로 다 까였어. 이제 고시원으로 들어가야 해. 거기에서는 널 키울 수가 없어. 널 데려가 키워 줄 좋은 가족을 찾아 줄게. 사료도 좋은 걸로 먹이고, 네가 좋아하는 참치 통조림도 마음껏 사 줄 수 있는 가족을 찾아 줄게."

보미 언니는 길고양이 사이트에 나를 키워 줄 사람을 찾는다는 글을 올렸다고 했다. 그러나 언니가 집을 비울 날이 다가올 때까지도 나는 입양이 되지 않았다. 보미 언니는 아무리 눈을 크게 뜨고 다녀도 나만큼 예쁜 고양이는 없다고 했다. 하지만 아무도 나를 선택하는 사람이 없었다. 그런데 이사를 하루 앞두고 기적처럼 입양을 하겠다는 사람이 나타났다.

"어머, 냥이가 정말 예뻐요. 제가 삼색이를 정말 키워 보고 싶었거든요."

나를 입양한다는 여자는 보미 언니가 잔뜩 싸 가지고 간 내 장난감, 방석, 스크래쳐 모두 필요 없다고 했다. 여자는 보미 언니와 내게 새 방석과 새 장난감, 새 스크래쳐, 새 밥그릇과 변기를 보여 주었다. 보미 언니가 자신 없는 목소리로 말했다.

"다 좋은 것들이네요. 그렇지만 고양이는 익숙한 냄새가 나는 물건들을 좋아해요."

여자가 눈살을 찌푸리며 말했다.

"그렇다고 그 지저분한 것들을 이 집에 들여놓을 수는 없죠."

그때 알록달록 우스꽝스러운 옷을 입은, 비쩍 마른 개 한 마리가 나타났다.

"이제부터 너랑 함께 살 오빠란다."

그 개를 보는 순간, 그 집 생활이 순탄하지 못하리라는 것을 알았다. 실제로 나는 그 집에서 일주일 동안 베란다에만 갇혀 있다가 나왔다. 나는 우스꽝스러운 옷을 입은 수컷 치와와한테 공격 한 번 해 보지 못했다. 치와와는 내가 그 집에 들어서는 순간부터 토하고, 캑캑거리며 아픈 척을 했기 때문이다. 일주일 만에 나를 데리러 온 보미 언니 눈에 눈물이 그렁그렁했다. 언니가 나를 데리고 간 곳은 언니의 새 보금자리인 고시원이었다.

나는 그 집에, 아니 그 방에, 아니 그 상자에 들어가는 순간 보미 언니와 함께 살 수 없다는 걸 깨달았다. 언니가 누우면 꽉 차는 침대, 그 침대에서 곧장 손을 뻗을 수 있는 책상과 옷걸이가 그 집의 전부였다. 그날 언니는 나를 침대 위에 놓고 자기는 책상 앞에 앉아 밤새 울었다.

그리고 이른 아침, 고시원 사람들이 깨기 전 그 상자에서 나왔다. 버스를 타고 오면서 보미 언니가 말했다.

"대학교 4학년 때 이 마을 버섯 농장으로 아르바이트를 왔었어. 여긴 시냇물이 있고, 먹을 게 많아. 농장에서도 돌아다니는 쥐를 엄청 봤거든."

태어나서 쥐 한 마리 본 적 없는 내게 보미 언니는 자꾸 쥐 이야기를 했다. 보미 언니는 나를 그곳에 두고 함께 걸어왔던 길을 되돌아갔다. 따라가려 하자 언니가 말했다.

"따라오지 마. 딱 거기 서."

나도 직감적으로 알았다. 더는 보미 언니를 따라가면 안 된다는 것을. 나는 보미 언니에게 물었다.

"나를 데리러 다시 올 거야?"

보미 언니는 아무 대답을 하지 않았다. 보미 언니는 내 말을 알아듣지 못하니까. 그래서 대답을 못 한 거라고 생각했다. 길 한가운데서 보미 언니의 뒷모습을 바라보았다. 나는 언니가 나를 잘 키우려고 애썼다는 걸 안다. 나는 보미 언니를 이해해야 한다고 생각했다. 왜냐하면 보미 언니가 그렇게 말했기 때문이다. 그래도 언니가 나를 데리러 올지 모른다는 생각에 길 한가운데서 한참 꼼짝하지 않았다. 그런데 트럭이 다가오더니 빵빵 하고 소리를 냈다. 나는 마지못해 풀숲으로 몸을 숨겼다.

2

오늘따라 가방이 무겁다. 가방에 든 게 많아서가 아니다. 마음이 무거울 뿐이다. 오늘은 엄마 제사가 있는 날이다. 올해부터는 엄마와 외할머니 제사를 한꺼번에 지내야 한다. 작년 봄, 매화 향기가 마당에 가득하던 때 요양원에서 연락을 받았다. 외할머니가 아주 편안하게 돌아가셨다는 소식이었다. 아빠는 외할머니가 꽃피는 봄에 돌아가셔서 다행이라고 했지만 왜 하필 또 봄인지…….

화가 났다. 모든 것이 새로 태어나는 때 나는 사랑하는 사람들을 잃었다. 엄마, 외할머니. 그리고 또롱이까지. 집으로 가는 길가에 조팝꽃이 하얗게 피었다. 나는 꽃이 피는 봄에는 너구리가 겨울잠을 자듯 봄잠을 자다 일어나고 싶다는 생각을 했다.

마당으로 들어서는데 낯선 고양이가 복동이 밥그릇 앞에 있다가 잽싸게 몸을 피했다. 우리 집에서 밥을 주는 길고양이가 아니었다. 삼색이인데 배와 다리의 흰 털이 유난히 눈부셨다. 길에서 사는 애치고는 털이 지나치게 탐스러웠다.

현관문을 열자 전 부치는 냄새가 진동했다. 크레마는 아빠 바로 아래에서 코를 실룩거리고 있었다. 크레마는 기름 냄새를 좋아한다. 아빠는 크레마가 식당에서 살았던 기억 때문인 것 같다고 했다. 그 식당의 주요 메뉴가 생선구이였다.

크레마는 가끔 보이지도 않는 눈으로 바깥을 한없이 바라본다. 가끔은 저 눈 너머 머릿속에는 어떤 기억이 새겨져 있을지 궁금하다. 인형 눈처럼 동공이 열려 있는 크레마 눈에서도 슬픔과 놀람, 기쁨의 감정이 느껴지는 것은 그나마 다행이었다.

크레마가 살았던 식당에서 가끔씩 봤던 누나 눈도 크레마처럼 크고 동그랬다. 그런데 그 큰 눈에는 늘 기쁨보다 슬픔이 많았다. 도대체 무슨 사정이 있기에 그렇게 아끼던 고양이가 다 죽어 가는 걸 버려두고 사라졌는지 알 수가 없다. 크레마는 아직도 가슴 깊숙한 곳에 버림받은 상처를 숨겨 두고 있을 터였다.

"아빠, 뭐 내가 할 거 없어?"

"아, 시금치 좀 다듬어 줄래?"

"응."

내가 시금치를 다듬기 시작하자 크레마는 내 옆으로 와 뱅글뱅글 돌다가 자리를 잡고 내 종아리에 등을 대고 앉았다. 크레마는 앞이 보이지 않으니 어디든 엎드리거나 눕고 싶을 때 몇 번씩 자기가 누울 공간의 크기와 다른 사물과의 거리를 잰다. 크레마는 얼마 전부터 내게 이렇게 등을 대고 앉아 '이제 너를 믿어 볼게.'라고 말해 준다. 크레마가 내 곁에 있으면 멀찍이서 모리가 부러운 듯 바라본다. 모리는 아직도 내 주위를 맴맴 돌 뿐 가까이 다가오지 않는다. 모리가 크레마를 부러워하는 걸 뻔히 알면서도 나는 여전히 모리에게 곁을 주지 않는다. 내가 참으로 못되고 질기다. 아니 그보다는 모리에게 쌀쌀맞고 퉁명스럽게 대한 게 너무 오래돼서, 갑자기 태도를 바꾸는 게 오히려 쑥스럽고 어색한 일이 된 것 같다.

제사상을 차려 놓고 엄마 사진 앞에 절을 하는 일이 이제는 꽤 덤덤
해졌다. 아빠도 이젠 꽤 능숙하게 제사상을 차린다. 아빠와 나는 제사
를 드리고 상 앞에 마주 앉아 늦은 저녁을 먹었다. 이제 제삿날 방에
서 혼자 눈물을 훔치는 일은 없다. 그렇다고 그리운 사람이 그립지 않
을 리는 없다.

아빠가 설거지를 하는 동안 주방과 거실을 대충 치우고 밖으로 나
왔다. 달빛이 환했다. 문득 엄마가 달빛을 좋아했을지 궁금해진다. 도
시에서는 달빛이 얼마나 밝은지, 얼마나 서늘한지 알지 못했다. 아마
엄마는 사는 동안 달 한번 쳐다볼 여유도 없었을 거다.

가끔 엄마에 대한 기억이 흐려지는 걸 느낀다. 그러나 어떤 기억은
오히려 또렷해지기도 한다. 엄마와 마지막으로 함께 먹었던 아침, 엄마
와 단둘이 놀이공원을 갔다 왔던 내 열 번째 생일날, 왠지 모르게 쓸
쓸했던 그날의 기억들이……. 엄마 얼굴은 그때그때 다르다. 어떤 때는
지쳐 있는 얼굴이 기억나고, 어떤 때는 화난 얼굴이 더 또렷해진다. 나
는 환하게 웃는 엄마 얼굴이 보고 싶은데 웃는 얼굴은 잘 떠오르지 않
는다.

마당에 나오니 복동이가 눈송이처럼 쌓인 벚꽃잎 위에 엎드려 먼
산을 바라보고 있다. 지난겨울 갑자기 진국이가 죽은 뒤, 복동이는 계

속 힘이 없다. 그래도 나를 보더니 일어나 꼬리를 흔들었다. 잠시 망설이다 복동이 머리를 쓰다듬어 주었다. 복동이가 나를 쳐다보는 게 느껴졌다. 복동이의 목줄을 풀었다. 복동이는 좋다고 꼬리를 흔들면서도 내 눈치를 본다.

"그냥 풀어 주는 거야. 눈치 보지 마."

복동이가 겅중거리며 앞장서 뛰어간다. 한참을 앞서 뛰어가던 복동이가 다시 되돌아오더니 이제는 나보다 두어 걸음 정도만 앞서 걸으며 수시로 뒤를 돌아보았다.

"복동아, 우리 포도밭 위 물탱크까지 갈까? 거기서 내려다보면 마을이 다 보인다. 논을 벌써 썰고 물도 찰랑찰랑 채워 놨더라. 거기서 보면 논에 잠긴 뒷산이랑 달도 보일 거야."

복동이는 내 말을 알아듣는지 앞장서서 산마루에 있는 포도밭으로 올라갔다. 그런데 물탱크까지 한달음에 올라갔던 복동이가 나를 내려다보며 짖기 시작했다. 허겁지겁 올라가 보니 물탱크 뒤 풀숲에 고양이 한 마리가 덫에 걸려 있었다. 스마트폰 손전등을 비추자 삼색 고양이가 하악질을 하며 불안한 눈을 치떠 나를 올려다보았다. 아까 낮에 우리 집 마당에서 복동이 밥을 훔쳐 먹던 아이 같았다. 덫에 걸린 다리에서는 피가 나고 있었다.

"복동아, 너 여기 지키고 있어. 아빠 데리고 올게."

복동이가 컹컹거리며 대답을 했다.

아빠는 커터기와 쇠로 만든 철망을 들고도 나보다 빠르게 산을 올랐다. 아빠는 시골로 내려온 뒤, 한 달에 두어 번씩 산에 올랐다. 사람들이 설치한 덫이나 뱀 그물을 치우기 위해서였다. 우리 동네 뒷산에는 밀렵꾼도 드나든다. 재작년 가을에는 아빠가 뱀 그물이나 통발을 치우러 산에 다니다가 밀렵꾼들과 멱살잡이를 하기도 했다. 평소에는 아빠의 오지랖이 썩 마음에 들지 않았지만 오늘만큼은 믿음직스러웠다.

3

수의사는 하루에 한 번씩 내 발목에 감긴 붕대를 풀어서 부목을 빼고 상처를 치료한 다음 다시 부목을 대고 붕대로 감기를 반복했다. 그리고 하루 세 번 꼬박꼬박 약을 입에 넣어 주었다. 수의사는 내가 조금만 더 버둥거렸다면 다리를 잘라 내야 했을 거라고 했다.

길에서의 생활이 쉬울 거라 생각하지 않았지만 보미 언니가 사라진 뒤 갑자기 두려움이 현실로 다가왔다. 어디로 가야 안전한지, 먹을 것은 어디서 구해야 하는지 도통 알 수가 없었다. 좁은 시골길로도 계속 차가 다녔고, 여기저기서 개 짖는 소리가 들렸다. 일부러 큰길을 피해 다녔다. 그러는 동안 고양이들을 몇 번이나 마주쳤지만 그들은 나를 경계하거나 위협했다.

날이 어두워진 뒤에는 비닐로 만든 허술한 집으로 들어와 숨었다. 어둠 속에서 낯선 눈빛들이 번쩍였다. 겁이 나서 눈을 감아 버리면 난

생처음 듣는 소리들이 귀를 울렸다. 구구구, 쉬이쉬이, 과아과아, 소쩍
소쩍, 스르륵스르륵, 바스락바스락. 소리의 주인이 적인지 친구인지 알
수가 없으니 밤새 두려움에 떨어야 했다. 긴 밤이 물러나고 동이 트자
사람들이 하나둘 눈에 띄었다. 사람들을 보니 마음이 놓였다.

　나는 산언저리를 따라 죽 늘어선 둥근 지붕 집 사이로 몸을 숨기며
낮을 보냈다. 사냥은 해 본 적이 없으니 처음부터 포기했다. 날이 저물
면 개밥이 있었던 그 집으로 가 다시 배를 채울 생각이었다. 어둠이 내
리고 조심스럽게 둥근 지붕 집을 돌아 나오려던 찰나, 뒷다리에 뭔가
가 걸렸다. 깜짝 놀라 빼려고 하니 발목을 더 조였다. 더 움직였다가는
발목이 끊어져 나갈 것 같았다. 신음을 참아 가며 통증을 견디는데 언
덕 아래에서 커다란 개가 올라왔다. 이렇게 죽는구나 하고 눈을 감아
버렸다.

　수의사가 새살이 돋았다며 기뻐하던 날, 아이와 아저씨가 나를 데
리러 왔다. 나는 다른 고양이들 냄새가 밴 이동 가방에 억지로 떠밀려
들어갔다. 차를 타고 가서 내린 곳은 처음 개밥을 먹었던 그 집이었다.
나를 처음 발견했던 개가 경중경중 뛰며 꼬리를 흔들었다. 나를 보고
그러는 건지, 아이나 아저씨를 보고 그러는 건지 알 수 없었다. 아저씨
는 집으로 들어가 가방을 내려놓고 지퍼를 내렸다. 가방에서 조심스럽
게 나와 주위를 살폈다. 보미 언니와 살던 집은 현관 앞에 앉아 있어도
내 눈에 다 들어왔는데 이 집은 훨씬 컸다. 얼핏 봐도 숨을 데가 많아

보여 안심이 되었다.

"너무 긴장할 것 없어. 여기는 널 위험에 빠뜨릴 것들이 전혀 없거든. 우선 식구들한테 인사를 해야지. 얘는 모리, 그리고 얘는 크레마라고 해. 사이좋게 잘 지내."

아저씨가 말을 하는 동안 모리라는 고양이가 발뒤꿈치를 들고 아주 조심스럽게 한 발 한 발 떼며 내 주위를 맴돌았다. 모리는 이마부터 꼬리까지 고등어 무늬가 있고, 가슴부터 배까지는 하얗다. 짧고 가는 꼬리는 끝이 약간 휘어 있었고, 얼굴은 몸집에 비해 매우 작았다. 동그랗고 초롱초롱한 눈, 세모난 귀, 몽톡한 코, 작은 입까지 암고양이라는 걸 한눈에 알 수 있었다. 그런데 얼마나 살이 쪘는지 걸을 때마다 배가 땅에 닿을 것처럼 아슬아슬했다. 모리는 내가 아저씨 뒤에 숨어 쉭쉭거리며 경계를 하자 더 다가오지는 않았다. 그러고는 멀찍이 떨어진 곳에 앉아서 계속 나를 노려보았다.

크레마는 키가 모리보다 훨씬 컸고, 털색은 모리보다 흐린 줄무늬였다. 그런데 흰 털은 하나도 없이 온몸이 다 같은 색 줄무늬로 덮여 있었다. 크레마는 곁에 다가오지는 않고 멀찍이 떨어져서 귀만 쫑긋거리고 있었다. 그런데 한낮인데도 크레마의 동공이 까맣게 열려 있었다. 신기했다. 게다가 귀는 나를 향해 팔랑거렸지만 시선은 비껴 있었다. 문득 녀석이 앞이 보이지 않을지도 모른다는 생각이 들었다. 크레마에게 한눈파는 사이, 모리가 내 엉덩이 쪽으로 와 코를 실룩였다. 나는 얼른 뒤돌아 녀석에게 앞발을 휘둘렀다. 아저씨가 내 머리를 쓰다듬으며 말했다.

"얘들아, 우린 이제 가족이야. 사이좋게 놀아야지. 새 식구 이름을 지어 주어야 하는데……. 마루 어때? 산마루에서 발견했으니까. 연우야 어때?"

연우는 아저씨 말에 시큰둥하게 대답했다.

"맘대로 해. 쟤네들한테야 이름이 뭐 의미 있어? 우리 편하자고 부르는 거지."

모리와 크레마는 내가 집 안을 살펴보러 다니는 동안 내내 내 뒤를 따라다녔다. 그러면서 틈만 나면 내 엉덩이에 코를 들이대려 했다. 질겁해서 소리치면 모리는 난감한 표정으로 말했다.

"너와 우리가 서로 한 공간에서 지내려면 서로의 냄새를 기억해야 해."

"꺼져! 내 옆으로 가까이 오는 거 싫어."

캭캭 소리를 내면서 털을 곤두세우자 모리는 어이없다는 표정으로 돌아섰다. 그러나 그걸로 끝이 아니었다. 모리는 내가 어디에 있는지, 어디로 가는지를 주목하고 있다가 다가와 악착같이 엉덩이 냄새를 맡으려 했다. 내가 화장실에 들어가면 지키고 앉아 있다 쫓아오고, 내가 앉았던 자리에 가 코를 킁킁거렸다. 크레마도 모리만큼은 아니어도 틈이 나면 내 엉덩이나 뺨에 코를 들이댔다.

"왜 날 괴롭히는데? 그냥 놔둬. 제발."

내 하소연에 모리가 말했다.

"괴롭히는 게 아니야. 우리는 너를 식구로 받아들이려는 거야."

"괜찮아. 굳이 나를 식구로 받아 주지 않아도 상관없어."

"되고 싶지 않다고 해서 식구가 되지 않는 건 아니야. 네가 여기 있는 한 어쩔 수 없이 같이 살아야 하잖아."

"내가 너희 식구가 되는데 냄새가 왜 중요한데?"

"서로를 기억하기 위해서지. 이건 우리 고양이끼리의 인사나 마찬가지잖아."

나는 모리 말이 이해되지 않았다. 도대체 왜 서로의 냄새를 기억해야 하는지, 왜 굳이 인사를 주고받자는 건지 알 수가 없어 짜증스러웠다. 집에 온 지 보름이 다 되도록 모리와 크레마는 끈질기게 나를 쫓아다니며 냄새를 맡으려 하고 내 행동을 감시했다.

"마루, 너는 우리랑 정말 친해지고 싶지 않아?"

크레마가 물었다.

"응."

"진짜지?"

"그렇다고."

나는 대답을 하며 꼬리를 신경질적으로 흔들었다. 크레마가 나를 쏘아보고 있는 모리에게 다가가더니 모리의 뺨을 핥아 주며 말했다.

"모리, 아무래도 쟤는 우리 말을 모르는 것 같아."

크레마가 모리에게 하는 말이 귀에 거슬렸다.

"넌 또 뭐라는 거야?"

"너는 고양이가 대화하는 법을 모르는 것 같다고. 마루, 너 이제까지 고양이들 틈에서 살아 본 적이 없지?"

속으로 뜨끔했다.

"그게 뭐? 그래, 나 사람하고만 살았다. 그래서 뭐 내가 어쨌다고 비웃어?"

내 말에 크레마는 한숨을 쉬며 말했다.

"널 비웃는 게 아니야. 그냥 답답해서 그래. 우리는 여기서 같이 살 수밖에 없는데 이렇게 우리를 거부하면 어떻게 지내려고 그래?"

"신경 쓰지 마. 어차피 너희가 나한테 사료를 주는 것도 아니고, 뒤치다꺼리를 해 주는 것도 아닌데 가족이니 뭐니 하면서 간섭하지 마. 난 관심 없어."

4

마루가 온 지 석 달이 넘었다. 마루는 여전히 모리, 크레마와 친해지지 못하고 겉돈다. 마루는 고양이들끼리 서로 친밀감을 드러내는 그루밍을 허락하지 않을 뿐 아니라 자기 냄새조차 맡지 못하게 했다. 처음에는 까칠한 성격 탓이라고 생각했다. 그런데 자세히 보니 단순히 까다롭고 날카로운 성격 때문이라기보다 자기를 공격할까 봐 지레 겁을 먹는 경우가 더 많았다.

마루는 우연히 모리와 정면으로 마주치면 움찔하며 고개를 돌리거나 꽁무니를 빼고 물러났다. 밥을 먹다가도 모리나 크레마가 자기를 보고 있는 것 같으면 소파 아래 숨거나 냉장고 위로 올라가 버리고, 화장실에 들어갔다가도 모리가 그 앞을 서성이면 볼일을 보지도 못하고 나와 버렸다. 그렇게 모리 눈치를 보면서도 먼저 공격하는 것은 마루였다. 그런데 그 공격이란 것도 비겁하기 짝이 없었다. 모리가 물을 먹느라 경계를 풀고 있을 때 꼬리를 물고 달아난다거나, 스크래쳐에 들어가 세상모르고 잘 때 살금살금 다가가 앞발로 모리의 머리를 치고 달아나는 식이었다.

그렇다고 모리가 마루한테 심하게 텃세를 부리거나 해코지를 하는 것도 아니었다. 한 영역에 암컷 두 마리가 살아서 그런가 싶다가도 마루에게 특별히 공격적이지 않은 모리를 보면 그것도 아닌 것 같았다. 더욱이 마루와 모리는 둘 다 중성화 수술을 한 상태였다. 어쨌든 늘 당하는 모리 입장에서는 그런 마루의 행동이 어이없을 테지만, 모리는 마루가 귀찮게 굴면 매섭게 쏘아보기만 했다. 하긴 마루는 모리가 그렇게 노려보기만 해도 배를 드러내고 누워 버렸다.

마루는 모리와 크레마에게는 그렇게 냉랭하게 굴면서도 아빠와 나한테는 조금씩 마음의 문을 열었다. 한 보름 남짓은 내 책꽂이에 올라가 있다가 볼일 볼 때만 내려오고 사료도 먹는 둥 마는 둥 하더니 점차 눈을 맞추고 와서 뺨을 비비기도 했다. 마루가 너무 의기소침해 있는 것 같아 모리나 크레마 앞에서 마루 편을 들어줬더니 언젠가부터 나랑 아빠가 무조건 자기편을 들어줄 거라고 생각했다.

마루는 우리가 나갔다가 돌아오면 가장 먼저 뛰어와 맞이하면서 뒤따라온 모리와 크레마에게는 쉭쉭거렸다. 그러다 모리가 쏘아보면 또 얼른 아빠 뒤로 숨어서 이르기라도 하듯 야옹거렸다. 크레마가 아빠 무릎에 올라가 있으면 못마땅한 얼굴로 노려보다가 틈을 노려 크레마 꼬리를 물어 버리고, 모리가 내 곁에 있으면 자기도 반대편으로 다가와 누워서는 꼬리를 신경질적으로 흔들었다. 처음에는 그런 모습이 귀여워 받아 주던 아빠가 어느 날 마루가 모리에게 이유 없이 앞발을 휘두르는 걸 보고 따끔하게 꾸짖었다.

"마루, 그러면 안 돼. 왜 이유 없이 친구들한테 심술을 부려."

마루는 금세 시무룩해져서 눈을 되록되록 굴리며 탁자 아래 들어가 나오지 않았다.

마루가 우리한테 집착하는 이유는 꾹꾹이 때문이었다. 마루는 아빠나 내가 소파에 앉아 책을 보거나 텔레비전을 켜면 슬그머니 다가와 애교를 부렸다. 그러다 눈이라도 마주치면 무릎 위로 난딱 올라와서는 허벅지에 철퍼덕 엎드려 티셔츠 끝자락을 물고 앞발을 번갈아 눌렀다. 고양이들이 기분 좋으면 젖먹이 때 시늉을 하는 게 꾹꾹이라고 알고 있었는데 마루는 특별한 때가 아니라 하루 종일 꾹꾹이 생각으로만 가득 차서 기회를 노렸다. 아빠나 내가 바빠 며칠씩 꾹꾹이를 못 하게 하면 집 안을 불안하게 돌아다니며 울었다. 어찌나 열정적으로 꾹꾹이를 하는지 바지가 성한 것이 없을 정도였다.

"아무래도 마루가 젖을 오래 먹지 못한 모양이야."

아빠가 마루 때문에 올이 다 풀린 청바지를 보며 말했다.

"왜?"

"모유 먹지 못한 애들이 손가락을 오래 빨거나 부드러운 천이나 인형 같은 데 집착한다는 말이 있거든. 엄마가 너 낳고 두 달 만에 일을 나가는 바람에 모유를 일찍 끊어서 그런지 너도 손가락을 오래 빨았어. 그러다 언제부턴가 신생아 때부터 속싸개로 쓰던 천을 입에 물고 만지면서 잤잖아."

"그랬어?"

"넌 그거 없으면 불안해서 잠도 못 잤어."

"기억 안 나."

아빠 말에 시큰둥하게 대답하고 말았지만 속으로는 아빠가 내 어릴 적 모습을 기억하고 있다는 게 낯설면서도 반가웠다.

"연우야, 아빠랑 컵라면 먹을래?"

자정이 넘어 퇴근한 아빠가 방문을 열고 물었다.

"컵라면?"

"응. 오늘 학원에서 저녁을 좀 일찍 먹었더니 출출해서……."

"먹지 뭐."

라면이야 없어서 못 먹으니 마다할 이유가 없었다. 우리가 식탁에 앉자 모리와 크레마가 오더니 주방과 거실 문턱에 몸을 반쯤 걸치고 앉았다. 마루는 아빠 발밑에 가 앉았다. 크레마가 오기 전에는 늘 눈치를 보며 내게서 멀리 떨어져 앉던 모리가 크레마를 따라 가까이 와 있을 때가 종종 있었다. 나는 여전히 모리에게 살갑지 못하지만 속으로는 모리의 변화가 반가웠다.

또롱이가 죽은 뒤, 모리는 일주일이 넘도록 온 집 안을 다니며 울었다. 이 방 저 방 다니다 나중에는 책상 앞에 있는 나를 올려다보며 울었다. 내가 대꾸를 해 주지 않으면 발목에 제 뺨을 비비며 골골거렸다. 그럴 때마다 나는 짜증을 내거나 버럭 소리를 질렀다. 그러면 모리는 귀를 접고, 몸을 잔뜩 움츠린 채 방문 뒤로 가 숨었다.

모리는 점점 움직이지 않고 사료에만 집착하기 시작했다. 사료를 씹지 않고 삼켜서 걸핏하면 다 토해 내고 또 밥을 달라고 졸랐다. 모리는 또롱이와 같이 오르내리던 캣타워는 거들떠보지도 않고, 그렇게 좋아하던 도토리 축구도, 공놀이도, 비닐 봉투와 씨름하기도 다 잊었다. 그렇게 1년이 지난 뒤, 모리는 당뇨와 고지혈증 진단을 받았다. 수의사는 모리가 음식에만 집착하는 것이 트라우마 때문일 거라고 했다. 길고양이로 살 때 받았던 상처와 또롱이를 잃으면서 생긴 트라우마가 모리를 우울하게 만드는 것 같다고 했다. 우울증이 더 심해지면 약을 먹어야 한다고 했다. 나는 비싼 특수 사료를 사서 집으로 돌아오는 내내 고양이 주제에 무슨 트라우마냐며 냉갈령을 부렸다. 모리의 슬픔이 내 슬픔만큼 깊을 리가 없다고 생각했다. 그런데 요즘 마루를 보면 내 생각이 비뚤어져 있었다는 생각이 든다.

"뭘 생각을 그렇게 해? 라면 불겠다."

"아, 맞다."

나는 몇 젓가락 먹다 아빠에게 물었다.

"아빠, 있잖아. 혹시 나 어렸을 때 아빠랑 나랑 연 날리러 강가 같은 데 갔었어?"

"어, 그거 너 여섯 살 땐데. 그게 기억나?"

"자세한 건 아니고 아빠랑 강가에서 연을 날리던 장면이 갑자기 떠올라서……. 그게 꿈이었는지 진짜였는지 확인해 보고 싶었어."

"엄마가 연수 가는 바람에 아빠가 학원에 휴가 내고 너랑 며칠 지냈던 적이 있었어."

"휴가를 냈어? 나 때문에?"

"생각해 보면 그때가 좋았지. 엄마랑 너 번갈아 돌보고 재롱 피우는 거 보면서 육아에 대해서도 같이 고민하고. 그러다 너 일곱 살 때부터 입시 전담반을 맡고 나서는 휴일도 없이 일하게 되었지. 그땐 돈을 많이 벌어야겠다고 생각했어. 그래야 좋은 아빠가 될 수 있다고 여겼거든. 그것 때문에 엄마랑 많이 싸웠는데……. 엄마가 떠나고 나서야 알았지. 사랑하는 사람들이 함께 있는 것만큼 소중한 게 없다는 걸. 미래를 위해 미룰 수 있는 게 아니라는 걸 나중에야 알았어."

나는 국물만 남은 컵라면 용기에 젓가락을 넣어 휘휘 저었다. 나는 아빠가 엄마 이야기를 꺼내면 어떻게 해야 할지 모르겠다. 아빠도 내 눈치를 보다가 갑자기 내 손목을 툭툭 치며 말했다.

"연우야, 저기 봐. 저기."

아빠가 턱으로 가리키는 쪽을 보니 거실에 길게 누운 크레마 옆에서 마루가 고개를 갸웃거리고 있었다. 그러다 꼬리를 살짝 물고 크레마 눈치를 보더니, 이번에는 등에다 제 입을 갖다 대고 꾹꾹 눌렀다.

"쟤 뭐하는 거야?"

"그루밍 흉내를 내는 것 같지 않아?"

"마루가 저러는 거 처음 보네. 근데 크레마는 시큰둥한데?"

아니나 다를까 마루는 크레마가 반응이 없자 갑자기 목덜미를 물었다. 다행히 세게 문 것 같지는 않지만 크레마는 기분이 상했는지 모리한테는 한 번도 한 적이 없는 하악질을 마루에게 했다. 마루도 크레마가 쉭쉭거리며 털을 세우자 놀란 모양이었다. 크레마를 노려보다 벌러덩 누워서는 꼬리로 방바닥을 탁탁 치며 혼자 성질을 부렸다. 아빠가 그 모습을 보며 말했다.

"마루가 크레마한테는 가끔 저렇게 관심을 보여."

"저게 관심이야? 귀찮게 구는 거지."

"마루는 자기가 하는 행동이 다른 고양이를 귀찮게 하는 건 아닌지, 기분 나쁘게 하는 건 아닌지 알지 못하는 거 같아. 모리가 크레마한테 하는 걸 보고 따라 하게 된 걸지도 몰라. 그런데 털을 핥아 주는 건 못 하고 저렇게 주둥이로 쿡쿡 찌르니. 자기 딴에는 모리처럼 크레마한테 애정을 표시한 건데 저렇게 반응하면 아마 속으로 '왜 나만 미워해.' 그릴 거야."

"학교에도 그런 애들 꼭 있는데."

"아빠 학원에도 있어."

학교에는 마루 같은 애가 꼭 한두 명씩은 있었다. 친구와 노는 법을 모르는 아이들 말이다. 친구들과 친해지고 싶어 하는 행동이 오히려 친구들을 괴롭히는 행동이 되어 그 아이들은 늘 외톨이로 지냈다. 그 아이들을 떠올리니 방바닥에 혼자 누워 있는 마루가 무척 외롭게 보였다.

"마루는 어미랑 일찍 떨어진 게 분명해. 모리나 크레마한테 그루밍을 안 하는 건 어미한테 배우지 못해서 그런 거 같거든."

"자기 털은 고를 줄 알잖아."

"고양이가 털을 고르는 건 본능이라잖아. 오래전 야생에서 살면서 사냥을 할 때마다 자기 몸에 밴 냄새를 없애기 위한 거였대. 그러니까 혼자 제 털을 고르는 건 본능적으로 남아 있겠지."

"그러면 그루밍은?"

"서로 털을 골라 주는 건 사회적 행동이잖아. 서로 주고받는 건 배워야 하지 않을까?"

"그럴 수도 있겠다. 요즘 나는 마루를 보면 '쟤는 왜 저런 행동을 하게 됐을까?' 하는 생각을 자주 해. 모리가 당뇨병에 걸렸을 때 수의사가 했던 말도 생각나고. 난 솔직히 고양이가 우울증이니, 트라우마니 하는 거 받아들이기 싫었어. 그런데 마루 보면서 나도 마루랑 비슷했을지도 모른다는 생각이 들어."

"네가?"

"응, 5학년 때 생각하면."

"그때 생각나?"

"그럼, 얼마나 됐다고 그게 생각 안 나."

"미안하다."

나는 아빠 말에 뭐라고 대답해야 할지 몰라 헛기침만 몇 번 했다.

5

아저씨가 점심을 먹고 나간 뒤, 모리와 크레마는 소파에서, 나는 냉장고 위에서 잠을 자고 있을 때였다. 갑자기 베란다 쪽에서 뭔가가 날아들었다. 작은 새였다. 어쩌다 집 안으로 들어왔는지 모르지만, 얼떨결에 사방이 막힌 곳으로 들어온 작은 새는 불안한 듯 거실과 주방을 오가며 날개를 퍼덕였다. 이 벽 저 벽에 부딪혀 밑으로 곤두박질을 치다 다시 솟구쳐 오르기를 되풀이하던 작은 새는 겨우 싱크대 찬장 위에 앉아 숨을 고르고는, 거실 책꽂이로 날아갔다.

"삐삐삐삐."

새가 공포에 휩싸여 울어 댔다.

"곤줄박이다."

크레마가 자다 깨서는 새 울음소리를 듣고 소리쳤다. 모리는 새를 올려다보며 턱을 가늘게 떨었다. 그러고는 새가 움직이는 대로 이리저리 뛰어다녔다. 모리는 뱃살을 출렁거리며 허둥지둥 돌아다니고 있었지만, 울음소리와 날갯짓 소리만으로 곤줄박이라는 걸 알아챈 크레마는 거실 한가운데 허리를 꼿꼿이 세우고 앉아 귀를 팔랑거리며 조용히 숨죽이고 있었다.

곤줄박이는 책꽂이나 전등갓 사이를 날아다니며 불안하게 울다 천장을 들이받고 밑으로 곤두박질쳤다. 그러나 용케도 모리가 덮치기 전에 다시 날개를 파닥여 위로 올라갔다. 나는 곤줄박이를 한참 지켜보다 살금살금 냉장고 아래로 내려갔다. 한 번도 사냥을 해 본 적은 없지만 적어도 모리보다는 나을 것 같았다. 그러나 아무리 실내라 해도 새를 잡는 일은 쉽지 않았다. 나도 모리처럼 헛발질을 하다 고꾸라지고 말았다. 그때 곤줄박이가 날아서 텔레비전 위에 앉았다. 나도 모르게 소리쳤다.

"모리, 텔레비전 위야."

모리가 엉덩이를 실룩거리더니 순식간에 텔레비전을 향해 솟구쳐 올랐다. 그러나 그 큰 몸집의 모리가 덮친 것은 곤줄박이가 아니라 텔레비전이었다. 커다란 텔레비전이 벽 쪽으로 쓰러지고, 양옆에 있던 스피커도 옆으로 쓰러졌다. 모리는 제풀에 놀라 털이 다 곤두섰다.

곤줄박이도 놀랐는지 방문 위로 올라가 앉아 숨을 할딱였다. 곤줄박이의 둥근 가슴이 벌렁거렸다. 곤줄박이는 그 작은 머리를 불안하게 움직이며 두리번거리다가 다시 베란다를 향해 날기 시작했다. 그러나 베란다 창에 또다시 부딪히고 말았다. 곤줄박이는 그대로 곤두박질치는가 싶더니 날개를 퍼덕여 거실 쪽으로 돌아 나왔다. 바로 그 순간, 크레마가 허공으로 뛰어올라 순식간에 곤줄박이를 낚아챘다. 크레마에게 잡힌 곤줄박이는 한두 번 날개를 파닥이며 비명을 지르다가 금세 축 늘어졌다.

"멋지다, 진짜 멋지다. 크레마."

나도 모르게 감탄사가 튀어나왔다. 그러나 크레마는 담담한 표정이었다. 모리는 얼른 다가가 크레마 목덜미를 핥았다. 나는 크레마가 새를 어떻게 할까 궁금했다. 그런데 하필 그때 아저씨 트럭 소리가 들렸다. 크레마가 귀를 쫑긋거리며 모리에게 물었다.

"모리, 아직 아저씨 올 때가 안 된 거 아냐?"

"아참, 오늘 연우 시험이라고 했어."

크레마 표정에 아쉬움이 가득했다. 현관문을 연 연우가 소리쳤다.

"아빠, 얘네 또 새 잡았나 봐."

아저씨가 연우를 따라 들어오더니 거실 바닥을 내려다보고 한숨을 쉬었다. 아저씨는 거실 한가운데 쓰러져 있는 곤줄박이를 손에 올려놓았다.

"죽은 건지 죽은 척하는 건지."

"아빠, 화단에 내려놔 봐. 그때도 화단에 내려놓으니까 얼른 도망쳤잖아."

아저씨는 곤줄박이를 두 손으로 감싸 안고 밖으로 나갔다. 연우는 진공청소기로 거실과 주방 바닥에 떨어진 깃털을 빨아들였다. 나는 청소기를 피해 캣타워로 올라간 크레마를 올려다보았다. 캣타워 맨 꼭대기에 긴 꼬리를 늘어뜨린 채 유유히 털을 고르는 크레마 모습이 멋졌다. 나 같으면 애써 사냥한 사냥감을 빼앗겨 속상할 것 같은데 크레마는 별 상관이 없어 보였다.

"크레마, 이리 와. 사냥감 뺏겨서 속상하지? 내가 간식 쏜다."

연우 말에 크레마가 캣타워에서 내려왔다. 크레마는 간식이라는 말에도 뛰는 법이 없다. 길고 매끄러운 다리와 둥글고 가지런한 발로 우아하게 한 발 한 발 내디디며 천천히 걸었다. 그 모습에 내 가슴이 두근두근했다.

아저씨와 연우가 깊이 잠든 새벽, 거실 바닥으로 캣타워에 앉아 있는 크레마 그림자가 비쳤다. 나는 살금살금 다가가 크레마를 올려다보았다. 보이지도 않는 눈으로 무엇을 그렇게 유심히 보고 있는지 궁금했다. 어느새 기척을 느꼈는지 크레마가 뒤를 돌아보며 물었다.

"마루니?"

"응. 어떻게 난 줄 알았어?"

"모리라면 나를 불렀겠지. 왜? 나한테 할 말 있어?"

"아니, 그냥."

크레마가 캣타워에서 내려와 내 옆에 앉으며 물었다.

"마루, 너 요즘 왜 나 졸졸 따라다녀?"

"귀찮아?"

"가끔은."

"근데 넌 보이지도 않으면서 왜 그렇게 오랫동안 창밖을 바라보고 있어?"

"보는 게 아니라 듣는 거야."

"무슨 소리를 들어?"

"그냥 다. 복동이가 몸이 안 좋은지 숨소리가 거칠어. 그래서 요즘은 더 자주 바깥 소리에 귀를 기울이고 있어. 나뭇잎이 바람에 서로 부딪치는 소리도 들리고, 돌 틈 사이를 기어가는 뱀 소리도 들리지. 귀를 기울이고 있으면 모든 소리가 내 귀에 들어와. 눈이 안 보이니까 이렇게 들으면서 보이지 않는 것들을 그려 보는 거야."

"난 네가 안 보인다는 게 도무지 믿어지지가 않아. 나 같으면 꼼짝도 못 했을 거야. 그런데 어쩌면 그렇게 사냥도 잘하고……. 넌 정말 대단해."

"대단하긴 뭐가 대단해. 눈이 안 보여도 우리한테는 귀와 수염이 있잖아. 오히려 눈이 보일 때보다 소리가 더 잘 들리고 집중력도 높아진 거 같아."

"넌 뭐든지 좋은 쪽으로 생각하는구나?"

"좋은 쪽으로 생각하는 게 아니라 그냥 현실을 있는 그대로 받아들이는 거야. 누구를 원망해 봤자 소용없고, 눈이 안 보인다고 화내고 있어 봤자 달라지는 게 없으니까."

"크레마, 나는 너랑 친해지고 싶어. 네가 나를 좋아해 주면 좋겠어."

나도 모르게 불쑥 튀어나온 말에 크레마뿐 아니라 나도 놀랐다. 크레마는 그 커다랗고 까만 눈동자로 나를 바라보았다. 아무것도 보이지 않을 텐데 크레마는 나를 한참 응시했다.

"무슨 뜻이야?"

"네가 좋다고. 그러니까 네가 모리를 좋아하는 것처럼 나도 그렇게 좋아해 줘."

"내가 모리를 어떻게 좋아하는데?"

'어떻게'라는 말에 말문이 막혔다. 나는 곰곰이 생각하다 말했다.

"잘해 주잖아. 너희 둘은 진짜 다정해 보여."

"내가 모리한테 특별히 잘해 주는 게 있어? 우리는 그냥 같은 공간에서 같이 지내는 거야. 서로에게 관심을 갖고 털을 핥아 주면서 이야기를 나눠. 그게 다정해 보였나? 넌 털을 핥아 주고 골라 주는 거 싫어하잖아."

"털을 골라 주지 않으면 친해질 수 없다는 거야?"

"마루, 우리는 서로 털을 골라 주면서 아픈 데는 없는지, 기분은 어떤지 살피는 거야. 그러니까 사람들이 쓰는 말로 하자면, 고양이들이 서로 털을 골라 주는 건 대화야. 네가 그루밍을 거부할 때마다 대화를 하고 싶어 하지 않는 것처럼 느껴져."

크레마 말에 나는 좀 짜증이 났다.

"나는 너랑 그루밍을 하지 않아도 너를 좋아해. 우리가 서로 똑같은 방식으로 말을 해야 하는 건 아니잖아?"

크레마가 내 쪽으로 고개를 돌리고 다시 뭔가를 골똘히 생각했다. 크레마의 까만 눈동자가 나를 보는 건지 크레마 자신을 보는 건지 알 수 없었다.

"마루야, 나는 보이지 않아. 너나 모리처럼 처음 만난 고양이나 사람들과 눈인사를 나눌 수가 없어. 눈이 보이지 않는 나는 내 앞에 있는 고양이가 암컷인지 수컷인지, 성격이 급한지, 느긋한지, 나한테 적대적인지 우호적인지를 금방 알아챌 수는 없어. 그래서 나한테는 가까이 다가와 냄새를 주고받고, 그루밍을 하는 게 특히 중요해."

크레마 말에 할 말을 잃었다. 내가 이해받지 못하는 것 같아 답답했던 마음이 미안한 마음으로 바뀌었다. 무슨 말을 해야 할지 몰라 우물쭈물하는데 크레마가 다시 말했다.

"마루, 너한테도 무슨 사정이 있겠지. 넌 왜 그루밍을 싫어하는 거야? 그 이유를 말하면 우리도 이해할 텐데."

다시 가슴이 답답해지고 짜증이 났다.

"나도 내가 왜 그루밍을 못 하는지, 왜 하기 싫은지 몰라. 나도 모른다고."

"노력은 해 봤어?"

"노력? 해 봤지. 네 털을 핥아 보려고 해 봤고, 네가 나한테 다가올 때 안 피하려고 애를 써 봤어."

크레마가 심각한 얼굴로 말했다.

"그러면 마루, 그루밍을 하는 대신 나랑 모리를 관찰해 봐."

"그건 왜?"

"우리를 지켜보면 우리 마음을 읽을 수 있지 않을까? 나도 그렇게 모리 마음을 읽거든. 보이진 않아도 모리가 앉아 있는 자세, 모리의 숨소리를 느끼며 모리 마음을 알아내. 그루밍이 어려우면 모리랑 나를 잘 관찰해 봐."

"내가 왜 너희 마음을 읽어야 해?"

"내가 좋다며? 친해지고 싶다며? 그러면 내가 좋아하는 건 뭔지 네가 생각해 봐야지. 음, 그러니까 예를 들면, 내가 혼자 있을 때, 너는 갑자기 와서 허벅지를 물거나 꼬리를 물고 달아나지? 넌 나랑 놀고 싶어서라고 하지만 나는 몸이 아플 때도 있고, 혼자 생각을 할 때도 있고, 자고 싶을 때도 있단 말이야. 그런데 너는 내가 놀고 싶은지 어떤지 물어보지도 않고 장난을 걸잖아. 그러면 나는 놀라고 당황스러워. 너랑 놀고 싶은 마음이 싹 달아나 버린다고."

"넌 내가 장난칠 때마다 엄청 싫어하잖아. 모리가 다가가면 한 번도 안 그러면서."

"그렇지 않아. 모리는 절대 먼저 와서 갑자기 장난치지 않아. 모리는 내가 심심한지, 아니면 뭔가에 집중해 있는지를 살피고 나한테 물어봐 주거든. '나랑 같이 놀래? 심심해?' 이렇게. 그리고 내가 눈이 보이지 않는다는 걸 알기 때문에 자기가 다가오고 있다는 걸 먼저 소리로 알려 주지."

  기분이 언짢았지만 미처 몰랐던 걸 알게 되었다. 보미 언니와 살 때는 굳이 언니 기분이 어떤지 묻지 않았다. 보미 언니는 내가 원하면 언제나 다 받아 줬다. 자다가도, 책을 읽다가도, 밥을 먹다가도 내가 다가가 놀아 달라고 하면 언제나 다 들어주었다.

  보미 언니에게는 오로지 나뿐이었고, 내게도 오로지 보미 언니뿐이었다. 그때가 그립다. 둘이 아닌 여럿은 너무 어렵다. 난 이제 둘이 아니라 여럿이 산다. 크레마 말대로 나는 다른 고양이 마음을 읽는 법을 배워야 한다.

4
연우
이야기

나는 엄마의 죽음을,

엄마의 부재를

해결할 방도가

없었다.

1

"연우야, 복동이가 얼마 남지 않은 거 같아."

토요일이라 정오가 다 될 때까지 늦잠을 자고 일어나 주방으로 갔더니 아빠가 침울한 얼굴로 말했다.

"얼마 남지 않다니? 무슨 말이야?"

"지난주에 복동이가 밥도 안 먹고, 자꾸 몸을 떨어서 병원에 두 번이나 다녀왔거든. 감기라고 하는데 거기서 준 주사와 약이 하나도 효과가 없어. 아무래도 인천에 우리 단골 병원으로 가 봐야 할 것 같아. 오후에 같이 갈래?"

"나 도서관 가야 하는데? 왔다 갔다 두 시간이 넘잖아. 나도 이제 고등학생이야."

"알아, 그래서 부탁하는 거야. 인천까지 혼자 다녀오긴 그래서. 혹시라도 가는 동안 복동이 상태가 나빠질까 봐. 복동이는 진국이처럼 보내고 싶지 않아. 최선을 다해 봐야지."

진국이라는 말이 걸려 할 수 없이 고개를 끄덕이고 말았다. 진국이는 올해 첫날 하늘나라로 떠났다. 사실 진국이가 숨을 거둔 게 지난해 마지막 날인지 새해 첫날인지는 정확하지 않다. 아빠와 단둘이 송년회랍시고 케이크를 먹고 영화를 한 편 본 뒤 자고 일어났더니 진국이가 제 집에서 자는 듯이 죽어 있었다.

복동이는 진국이가 죽고 나서 우리를 등지고 앉아 산만 바라보았다. 밥은 물론이고 물도 먹지 않았다. 복동이는 아빠가 며칠 동안 달래고 나서야 겨우 물을 마셨다. 아빠는 복동이한테 계속 사과를 했다고 했다. 진국이를 혼자 죽게 놔둬서 미안하고, 진국이가 어디 아픈지 더 찬찬히 살피지 않아 미안하다고 말이다. 복동이 너는 그렇게 내버려 두지 않을 거라고, 용서해 달라고.

나는 아빠한테 차라리 소설을 쓰라고 쏘아붙이고 말았지만 마음 한 구석이 무거웠다. 다행히 봄이 되자 복동이는 먹는 게 나아지고 살도 좀 붙었다. 그러더니 얼마 전부터 다시 털이 부스스하고 윤기가 없어지더니 시름시름 앓았다.

복동이는 우리가 이리로 이사 오기 전부터 마을을 떠돌던 개였다. 이장 아저씨 말로는 어느 날 차 한 대가 와서 농협 창고 앞에다 복동이를 내려놓고 가 버렸다고 했다. 그 뒤 복동이는 마을 사람들이 텃밭에 뿌려 둔 음식물 찌꺼기를 먹거나 마을 어귀에 있는 초등학교에서 밥을 얻어먹었다고 했다. 복동이는 자기가 버려진 농협 창고 근처에서 멀리 가는 법이 없었다.

나는 전학을 오던 날부터 복동이를 만났다. 복동이는 학교 식당 뒷문에 앉아서 우리가 먹다 남긴 튀김이나 생선 토막을 던져 주길 기다렸다. 어른들도 복동이에게 남은 반찬을 던져 주는 걸 눈감아 주었다. 나는 비쩍 마른 복동이가 불쌍해 반찬으로 나온 닭튀김이나 생선튀김을 일부러 남겼다 주었다. 그렇게 며칠이 지나자 복동이는 길가에서 봐도 꼬리를 치며 아는 척을 했다. 복동이 이야기를 들은 아빠는 농협 창고 근처에다 사료 그릇을 놓아 주었다.

복동이가 우리를 따라 집으로 온 것은 그로부터 한 달쯤 지나서였다. 예방접종을 하기 위해 갔던 읍내 동물 병원 수의사 말로는 복동이가 한 서너 살쯤 된 것 같다고 했다. 털이나 몸짓으로 보면 진돗개와 골든리트리버의 믹스견이라며 머리가 좋다고 했다. 수의사 말대로 복동이는 사람 말을 잘 알아들었고 순했다. 또롱이가 살아 있을 때 복동이는 또롱이를 자기 새끼 돌보듯 했었다.

복동이는 아픈 몸으로도 여전히 순했다. 아빠가 트럭에 타라고 하자 한 번에 올라탔다. 복동이는 내가 같이 올라타자 웃는 얼굴로 꼬리를 흔들었다.

"연우야, 봐라. 네가 같이 간다니까 복동이가 좋아하는 거."

나는 복동이를 보며 말했다.

"넌 밸도 없냐? 나한테 그렇게 당해 놓고도 꼬리를 흔들게?"

단골 병원까지 한 시간 남짓 차를 타고 가는 동안 복동이는 내 무릎에 턱을 괴고 눈을 끔뻑거렸다. 그러다 앞발 한쪽을 내 무릎에 올리고 내 손등을 핥기도 했다. 나는 말없이 복동이 머리를 계속 쓰다듬었다.

자꾸만 코끝이 매워지는 것을 이를 악물며 참았다.

"진료대 위에 올려 주시겠어요?"

복동이를 안아 진료대 위에 눕혔다. 수의사는 복동이의 아랫도리를 살피고 나서 심각하게 말했다.

"자궁축농증입니다. 계속 분비물이 나오는 거 모르셨어요?"

아빠 얼굴이 굳어졌다. 수의사가 아빠와 복동이를 번갈아 보며 말을 이었다.

"자궁축농증이 이미 진행이 많이 된 것 같아요. 이 정도면 보름 넘게 고통스러웠을 텐데……."

"그럼 어떻게 해야 되죠?"

"일단 엑스레이를 찍어 보고 수술이 가능할지 판단하죠."

수의사는 잠시 뒤, 엑스레이 사진을 보여 주며 말했다.

"온몸에 화농이 번졌어요. 이제까지 견딘 것도 놀라워요. 수술은 불가능해요. 애를 위해서는 안락사를 시키는 게 나을 거 같아요. 지금도 통증이 이만저만이 아닐 텐데……."

아빠는 안락사밖에 방법이 없다는 말에 눈물을 흘렸다.

"꼭 그래야 하나요?"

"자연사할 때까지 기다린다면 어쩔 수 없지만 고통이 아주 심할 거예요. 지금까지도 많이 참았을 거예요."

아빠가 눈물을 훔치며 물었다.

"안락사 꼭 여기서 시켜야 합니까?"

"아니요. 예방접종은 직접 하기도 하셨죠? 괜찮으면 직접 하셔도 돼요."

"집에서 보내고 싶어서요."

수의사가 고개를 끄덕였다.

"그게 좋긴 한데, 괜찮으시겠어요?"

"그래야 복동이도 편히 갈 수 있을 것 같아요."

"그럼 그렇게 하세요. 주사기 두 개 드릴게요. 이건 마취 약이에요. 꼭 이거부터 놓으셔야 해요. 그리고 이게 안락사 약입니다. 헷갈리면 안 돼요."

아빠는 돌아오는 길 내내 눈물을 훔쳐 내느라 몇 번이나 차를 갓길에 세웠다. 복동이는 아빠가 우는 걸 아는지 아빠 쪽으로는 아예 눈길조차 주지 않고 창밖만 내다보았다. 마치 창밖으로 지나는 풍경들을 놓치지 않고 눈에 담고 싶다는 듯이. 그러다 힘이 들면 내 무릎에 턱을 괴고 잠시 눈을 감았다. 죄책감이 가슴을 짓눌렀다.

집에 도착해 마당에 내리자 복동이는 불안한 눈빛으로 자꾸만 목줄을 잡아당기며 나가려고 했다. 아빠가 복동이에게 말했다.

"복동아, 왜? 산책이 하고 싶어?"

복동이가 아빠 말에 대답을 하듯 꼬리를 흔들며 짖었다.

"몸도 아픈데. 괜찮겠어?"

이번에도 복동이가 곧장 꼬리를 흔들며 짖었다. 아빠 눈에 또다시 눈물이 맺혔다. 나는 복동이 목줄을 잡았다.

"그래, 복동아, 나랑 가자. 나랑 산책 가."

복동이 얼굴이 다시 밝아졌다. 복동이는 꼬리가 떨어져라 흔들며 내게 계속 웃어 주었다. 오랜만에 복동이가 입꼬리를 올리고 웃는 모습을 본다. 웃어 주는 것만으로는 아쉬운지 복동이는 오랜만에 허리를 세우더니 앞발로 나를 안았다. 그러고는 내 목덜미와 뺨을 핥았다.

"자, 가자. 천천히 네가 가고 싶은 데로 가."

복동이는 목줄이 너무 팽팽해지지 않을 만큼 힘을 조절하며 앞서 나갔다. 복동이는 마을 길을 따라 천천히 걸었다. 그러다 자기보다 작은 개가 있던 배밭을 기웃거리고, 가끔씩 우리 마당까지 찾아오던 진 돗개가 있는 이장님 댁 마당도 한 바퀴 돌았다. 복동이는 또롱이가 죽기 전 우리 가족이 다 같이 주말마다 산책을 나오던 마을 어귀 느티나무까지 갔다. 복동이는 그 느티나무 아래에서 한참을 앉아 주위를 둘러보았다.

복동이의 갈색 눈동자에 담긴 슬픔, 아쉬움, 그리움의 감정이 내게도 그대로 전해졌다. 복동이는 멀리 보이는 바다와 섬을 보다가, 논 너머 산언저리를 바라보다가, 개울을 내려다보다가 고개를 돌려 나를 한 번씩 쳐다보았다. 그때마다 나는 가만히 복동이 머리를 쓰다듬었다.

복동이는 집으로 돌아오는 길을 마을 길이 아닌 산길을 골랐다. 복동이는 산언저리 복숭아밭, 배밭, 목장, 양계장, 그리고 우리 포도밭을 돌아 집으로 왔다. 오르막길을 오를 때는 숨이 차는지 한참을 멈춰 서서 숨을 고르고, 내리막길에서는 달려 보기도 했지만 이내 지쳤다. 집에 돌아오자마자 물 한 그릇을 다 마신 복동이는 만족한 표정으로 나를 올려다보았다.

밤이 되자 아빠는 거실 한쪽에 담요를 깔고 복동이를 데리고 들어왔다. 복동이를 보자마자 모리는 털을 곤두세우고 긴장하다가 천천히 다가와 복동이 주위를 맴돌며 냄새를 맡았다. 복동이는 모리를 보며 꼬리만 살살 흔들었다. 그러자 모리가 다가가 뺨을 비볐다. 크레마와 마루는 하악질을 하다가 캣타워로 올라갔다. 아빠가 복동이를 담요에 눕히고 옆에 누웠다. 나는 소파에 누웠다. 복동이는 자신에게 죽음이 다가왔다는 것을 아는 것 같았다. 눈을 감고 가만히 있다가 이따금 눈을 떠서 우리를 바라보았다. 아빠는 그때마다 복동이 목덜미를 쓰다듬었다.

"괜찮아. 겁내지 마."

그러면 복동이가 아빠 손을 핥았다. 깜박 잠이 들었다 깨어 보니 모리가 복동이 곁에 앉아 복동이 코를 핥아 주고 있었다. 복동이와 모리는 마치 이야기를 나누는 것처럼 서로 눈을 보다가 서로의 뺨을 핥기도 했다. 나는 모리와 복동이를 방해하지 않기 위해 조용히 다시 눈을 감았다. 아침에 일어나 보니 모리와 복동이는 서로 등을 대고 누워 있었다. 아빠가 복동이에게 말했다.

"복동아, 이제 나가자."

모리가 다가와 복동이 발등을 핥았다. 복동이도 모리 머리를 핥아 주었다. 가슴이 뻐근해지며 아파 왔다. 복동이는 순순히 아빠를 따라 나왔다. 복동이는 마당을 한 바퀴 돌고 나서 제 집 앞에 앉았다. 복동이 눈에 눈물이 차올랐다. 복동이 앞에서 울지 않겠다던 아빠가 어린 아이처럼 엉엉 울며 주사기를 꺼냈다. 복동이가 다가가 아빠 뺨을 핥았다. 나는 용기를 내어 말했다.

"미안해, 복동아. 미안해. 잘 가."

복동이가 내 손을 핥아 주었다. 아빠가 복동이에게 마지막 인사를 했다.

"복동아, 이제 헤어질 시간이야. 그동안 고맙고 미안했어. 잘 가. 우리 언젠가 꼭 다시 만나자."

아빠가 마취 주사를 놓았다. 금세 복동이 몸이 축 늘어졌다. 아빠가 두 번째 주사를 놓자, 마취 상태에서도 복동이 몸에 경련이 일었다. 수의사가 반드시 마취 주사를 먼저 놓으라고 한 까닭을 알 것 같았다. 아빠는 한참 동안 복동이 몸에 손을 대고 눈을 감고 있었다.

아빠는 또롱이와 진국이가 묻힌 뒷산 때죽나무 아래에다 복동이를 묻었다. 나뭇가지에 주렁주렁 매달린 때죽나무 하얀 꽃은 땅을 향해 고개를 숙인 채 은은한 향기를 뿜어내고 있었다.

2

연우가 자면서 끙끙거렸다. 몸을 뒤척이는 모습도 평소와 달랐다. 나는 책상 위에서 내려와 연우 뺨에 혀를 살짝 대 보았다. 엄청 뜨거웠다. 보미 언니도 가끔 이렇게 한밤중에 혼자 끙끙 앓았다. 아픈 보미 언니를 위해 아무것도 할 수 없었던 나는 밤새 언니 뺨을 핥아 주며 지켰다. 그런데 연우는 내가 뺨을 핥자 잠결에도 나를 밀쳐 냈다. 섭섭했지만 할 수 없이 거실에서 자고 있던 모리와 크레마를 불렀다.

"연우가 아픈 거 같아."

크레마가 침대 위로 올라왔다. 크레마는 제 코끝을 연우 코밑에 대더니 말했다.

"열이 많이 나."

"꿈을 꾸는 걸까? 아까는 막 흐느껴 울었어."

"그러게……."

"아저씨는 어디 간 거야? 아들이 이렇게 아픈데."

짜증스러운 내 물음에 모리가 한숨을 쉬며 대답했다.

"아저씨는 이제부터 기말고사 때까지 한 달 동안 늦게 끝난댔어. 일단 깨워야 해. 연우가 깨서 아프면 자기가 약 먹을 거야. 연우는 언제나 그래. 아저씨가 늘 바쁘니까 혼자 약 먹고 혼자 앓아."

모리가 연우 손가락을 살짝 물었다. 연우가 미간을 찌푸리더니 다시 잠이 들었다. 이번에는 크레마가 연우 뺨을 핥았다. 모리가 걱정스럽게 말했다.

"연우가 복동이 죽고 마음이 많이 아팠나 봐."

크레마가 계속 연우 뺨을 핥자 드디어 연우가 눈을 떴다. 그러고는 침대에서 일어나 앉아 주위를 두리번거렸다.

"아, 추워."

연우는 제 이마에 손을 얹어 보더니 말없이 주방으로 갔다. 우리는 연우를 따라갔다. 연우는 약상자에서 약을 꺼내 먹고는 우리를 내려 다보다 피식 하고 웃었다.

"너희 뭐야? 왜 안 자고 쫓아다녀?"

모리가 말했다.

"네가 걱정돼서."

연우에게는 그저 야옹거리는 소리로 들리겠지만 모리 목소리가 하도 애절해서 내 가슴이 뭉클해졌다. 연우도 모리 눈빛에 담긴 걱정이 읽혔는지 허리를 숙여 머리를 쓰다듬으며 말했다.

"모리야, 내가 걱정돼? 괜찮아."

모리는 연우가 침대로 돌아가 눕자 조심스럽게 연우를 따라 침대 위로 올라갔다. 나는 책상 위로 올라가 연우를 내려다보았다. 연우는 몇 번 뒤척거리다가 다시 잠이 들었다. 연우는 잠이 든 뒤에도 계속 끙끙 거리며 앓는 소리를 냈다. 모리는 머리맡에 앉아 계속 연우를 핥아 주었다. 그런 모리를 지켜보던 크레마가 물었다.

"모리, 너는 연우가 밉지 않아?"

"왜 미워?"

"그동안 널 힘들게 했잖아."

모리가 연우를 조용히 보며 말했다.

"맞아. 미울 때도 있었지. 그렇지만 가여워. 연우도 오해한 거니까. 그러니까 오해를 풀어야지. 꼭 그래야만 해. 복동이와 약속했어. 내가 오해를 풀어 주겠다고."

모리가 크레마를 바라보았다.

"크레마, 도와줘. 연우랑 이야기를 해야겠어. 넌 은주랑 이야기를 해 봤잖아."

크레마가 난처해하며 대답했다.

"내가 도와줄 수 있는 게 없어. 모리, 네가 해야 해. 네가 연우 마음을 열어야 해. 너만 열어서도 안 되고, 연우가 너한테 마음을 열어 줘야 해. 그래야 서로의 마음이 보이고, 서로의 말이 들릴 거야."

"알아. 그래서 부탁하는 거야. 내가 보기에는 연우 마음이 열리고 있는 것 같아. 아까도 주방에서 내 머리를 쓰다듬어 줬잖아. 연우는 내가 자기를 걱정하는 걸 알고 있었어."

크레마가 모리 뺨을 핥으며 말했다.

"나도 느꼈어. 그러니까 네가 해야 해. 모리, 넌 분명히 할 수 있어."

처음에는 모리와 크레마가 무슨 말을 하는지 알지 못했다. 그런데 가만히 들어 보니 모리가 연우와 말을 하겠다고 하고 있었다.

"그게 가능해? 사람이 우리 말을 알아듣는다고?"

내가 의심하며 묻자 크레마가 정색을 하고 말했다.

"우리도 사람 말을 이해하잖아."

"이해하는 거랑 서로 이야기를 주고받는 건 다르잖아."

"맞아. 그러려면 서로 노력이 필요하지. 그렇지만 나는 은주랑 말을 했는걸. 마루, 너도 지켜봐. 연우와 모리가 대화를 하게 될지, 실패할지."

모리는 아저씨가 집에 들어올 때까지 연우 곁에서 내려오지 않았다. 나는 모리와 연우가 진짜로 마음을 열고 대화를 할 수 있을지 궁금해졌다. 만약 내가 보미 언니와 말을 주고받을 수 있었다면 보미 언니와 나는 헤어지지 않고 같이 살 수 있었을까? 그럴 수는 없었을 거다. 나는 가난한 보미 언니를 위해 할 수 있는 게 아무것도 없었으니까. 그러나 보미 언니와 헤어질 때, 그동안 고마웠다고 말할 수는 있었을 거 같다.

3

현관문을 열고 아파트 안으로 들어간다. 집에는 아무도 없다. 냉장고 문을 연다. 먹을 게 하나도 없다. 아빠에게 전화를 걸려고 한다. 그런데 스마트폰이 눌러지지 않는다. 숫자는 보이는데 이상하게 아무리 눌러도 눌러지는 느낌이 들지 않는다. 전화 걸기를 포기한다. 외할머니한테 가야겠다고 생각하고 엘리베이터를 탔는데 이번엔 엘리베이터 버튼이 눌러지지 않는다. 할 수 없이 비상구로 내려간다. 그런데 계단이 중간에서 통째로 사라진다. 바닥 없이 철골만 남아 밑이 훤히 보인다. 비상구를 열고 건물 반대편으로 간다. 거기에도 계단이 있기는 한데 한 층을 내려가자마자 끊긴다. 다시 돌아가 엘리베이터를 탄다. 그런데 엘리베이터가 아무 데서도 서지 않고 지하 10층까지 내려간다. 이 아파트에 지하 10층이 있었는지 미처 몰랐다고 생각한다.

엘리베이터에서 내리니 미로처럼 좁은 길이 이어지고 점점 어두워진다. 무서워서 되돌아갈까 망설이는데 멀리서 빛이 보인다. 그 빛을 따라가 보니 찜질방이다.

찜질방은 꽤 낯이 익다. 찜질방 안에 있는 아치형 문을 차례로 연다. 얼음방, 장작사우나방, 보석방, 소금방……. 황토방으로 들어간다. 입구가 좁고 길게 이어져 한참을 기어서 들어간다. 문득 엄마랑 자주 오던 찜질방이라는 게 생각난다. 그 방 한가운데 엄마가 앉아 있다가 나를 보고 환하게 웃는다. 땀이 나서 그런지 엄마 얼굴이 번들번들하게 느껴지고, 빛이 나는 것처럼도 보인다. 엄마에게 묻는다.

"외할머니는?"

"저기 계시잖아."

엄마가 가리키는 쪽을 보니 외할머니가 옆으로 누워 노래를 흥얼거리고 있다. 무슨 노래인지는 모르겠다. 다시 묻는다.

"아빠는?"

"식혜 사러 갔어."

문득 또롱이가 안 보인다는 생각이 든다. 갑자기 불안해진다.

"또롱이는 어디 갔지?"

엄마는 그걸 왜 모르냐는 표정으로 말한다.

"먼저 집에 갔어."

"그 개구쟁이 그러다 길이라도 잃으면 어떡하지?"

"걱정 마. 진국이랑 복동이가 있잖아."

그 말에 이상하게 마음이 놓인다. 엄마가 나를 갓난아기 안듯 안아 준다. 방금 전까지 나는 엄마만큼 컸는데 엄마 품에 안기고 나니 작은 아기가 되었다. 엄마는 나를 안았다가 내려놓으며 말한다.

"참, 연우야, 엄마가 가스에다 밥솥을 올려놓고 그냥 왔어. 엄마 먼저 밥하러 가야겠다."

엄마가 먼저 간다는데 아무렇지도 않다. 오히려 엄마에게 웃으며 손을 흔들어 준다. 엄마가 밖으로 나가는 걸 보는데 그 문은 내가 들어온 문이 아니다. 이상하다고 생각하지만 금세 잊는다. 찜질방 안에 나만 남았다. 외할머니도 언제 나갔는지 없다. 나 혼자 남았는데도 무섭거나 외롭지 않다. 황토색 벽돌과 노리끼리한 불빛이 퍽 아늑하다고 느껴진다. 가마니를 깔아 놓은 바닥에 슬며시 눕는다. 훈훈한 온기가 느껴지고 부드러운 빛이 나를 감싸는 느낌이 든다.

그런데 그때 문득 식혜를 사러 간 아빠가 나를 찾지 못할 거라는 생각이 든다. 찜질방을 되돌아 나온다. 지하까지 내려왔던 엘리베이터는 없고 그 대신 계단이 있다. 계단을 한참 올라간다. 멀리서 아빠가 보인다. 아빠가 나를 발견하고 부른다.

"연우야, 괜찮아?"

눈을 떠 보니 아빠가 나를 깨우고 있었다.

"식혜 사 왔어?"

아빠가 깜짝 놀라며 묻는다.

"식혜 먹고 싶어? 아빠한테 식혜 사 오라고 했었어?"

그제야 주위를 둘러보았다. 모리가 책상 위에서 자고 있고, 마루와 크레마는 침대에서 멀찌감치 떨어져서 곯아떨어져 있다.

"아, 아니야. 꿈꿨나 봐."

"그래? 조금 전에는 웃기도 하던데. 뭔가 기분 좋은 꿈인가 봐."

"엄마가 나왔어."

"엄마가?"

"응, 진짜 엄마가. 가끔 엄마 꿈을 꾼 적이 있었는데 그때 엄마는 진짜 엄만지 아닌지 잘 기억이 안 났거든. 아니, 엄마이긴 한데 표정이 없어서……. 그런데 이번엔 진짜 엄마였어."

"기분이 어땠어?"

"나쁘지 않았어."

"어디서 봤어?"

"찜질방."

"찜질방?"

"응. 엄마랑 자주 가던 찜질방. 엄마가 피곤하다고 할 때마다 둘이 가서 찜질하고 라면이랑 삶은 달걀 먹고, 슬러시랑 식혜도 먹었어. 아빠도 몇 번 갔었잖아. 근데 엄마가 좋아하던 황토방은 모양이 달랐어. 좀 더 좁고 지붕이 둥글고, 어둡지만 환하고, 더운 게 아니라 따뜻하고. 그냥 아주 기분이 좋은 곳이었어."

"그랬어?"

"응, 아빠. 근데 이 꿈, 좋은 꿈인 것 같아."

"왜?"

"어젯밤에 꿈을 굉장히 여러 개 꿨거든. 근데 다 기억이 잘 안 나는데 이건 마지막에 꿔서 그런지 선명하게 기억나. 원래 꿈꾸면 맨날 누구한테 쫓기고, 건물에 갇히거든. 누구한테 꼭 가야 하는데 갈 수 없는 꿈. 어떤 땐 건물에서 나오고 싶은데 계단이 없어지고, 엘리베이터가 멈추고 그런단 말이야. 그런데 이번엔 엘리베이터가 움직이고 엄마를 만났어. 그리고 지하에서 올라와 아빠를 만난 거야."

"되게 재미있는 꿈이네."

"그치? 근데 그냥 재미있는 꿈이 아니라, 뭔가 있는 것 같아. 왜냐면 몸이 가벼워진 것 같거든."

정말 몸이 가벼워진 느낌이다. 오랜만에 느껴 보는 상쾌한 기분이다. 아빠가 수건으로 내 이마를 닦아 주며 말했다.

"꿈에서 진짜 찜질하면서 땀 냈나 보다. 열도 내렸어. 밥 먹을래?"

"응."

아빠가 서둘러 준비한 아침밥은 누룽지였다.

"너 아픈 줄 알았으면 아빠가 죽이라도 사 왔을 텐데."

"아니야, 나 누룽지 좋아하잖아. 참, 아빠. 새벽에 내가 잠결에 눈을 떴더니 모리가 날 핥아 주고 있었던 거 같아. 이것도 꿈인가?"

"아니, 맞을 거야. 내가 집에 2시쯤 도착해서 보니까 모리, 크레마, 마루까지 다 네 침대에 올라가 있더라고. 처음 보는 모습이라 의아했지."

"꿈이 아니었구나."

"기분이 어땠어?"

"나쁘진 않았어. 좀 감동이기도 했고. 미안한 마음도 들고."

아빠가 나를 바라보았다.

"연우야."

"응?"

"너 복동이 가고 마음이 많이 안 좋았지?"

"그런가?"

"복동이 간 뒤부터 너 계속 몸이 안 좋았잖아. 두 주 내내 체하고, 설사하고, 먹은 거 다 토하고. 이번 주에는 감기까지 걸리고."

갑자기 코가 맹맹해졌다.

"맞아, 복동이 죽고 나서 좀 힘들었어. 또롱이 죽었을 때는 그냥 화가 나고, 누군가한테 또롱이가 죽은 탓을 하고 싶었거든. 근데 복동이 죽고 나니까 너무 미안해서, 죄책감이 들어서 힘들었어."

내 말에 고개를 끄덕이던 아빠가 말했다.

"네가 죄책감 가질 일은 아니지. 또롱이 죽게 한 거나, 진국이랑 복동이 그렇게 보낸 거나. 사실은 아빠가 게으르고 무지한 탓이야."

"또 그 소리."

"너도 그렇게 생각하잖아."

아니라는 말을 할 수 없었다. 오랫동안 그렇게 생각해 온 게 사실이었다. 아빠는 누룽지를 먹던 숟가락을 내려놓고 나를 지그시 바라보았다.

"왜 그렇게 봐?"

아빠 눈시울이 붉어지는 것 같았는데 아빠는 얼른 눈을 비비며 헛기침을 했다.

"연우야, 아빠도 복동이 떠나고 여러 가지 생각을 했어. 연우야, 내가 사랑받아 본 적이 없어서 제대로 사랑하는 법을 몰라. 엄마도 이런 나 때문에 많이 힘들어했어. 엄마가 힘들어서 이야기 좀 하자고 하면 그냥 일이나 관두고 집에서 쉬라고 짜증 내고. 엄마 이야기를 천천히 들어 주고, 공감하는 걸 아예 안 했어. 엄마가 죽고 나서는 제정신이 아니었어. 다 내 탓 같아서. 엄마는 절대 내 곁을 먼저 떠나지 않을 거라 믿었거든.

우리 어머니는 내가 초등학교에 입학하기도 전에 집을 나갔어. 아버지도 그 뒤로 술만 드시다가 집을 나가 소식이 끊겼지. 누나랑 나만 덜렁 남은 걸 그래도 큰아버지가 거둬 주셨지. 큰아버지 댁에서 눈칫밥 먹은 지 5년 만에 누나랑 독립했는데, 누나는 혼자 나를 돌보는 게 힘들었는지 내가 고등학교에 입학하자 도망치듯 시집을 가 버렸어. 모두 다 날 떠났을 때 너희 엄마가 내 앞에 나타났지. 그리고 늘 날 지켜 줬어. 지금은 나한테 네가 전부지만 그때까지는 너희 엄마가 더 소중했어. 내 삶의 전부였지. 그런데 그런 사람을 지키지 못했어. 난 진짜로 상상도 못 했어. 엄마를 그렇게 잃을 줄은……. 알았다면 그렇게 살지 않았겠지. 왜 죽었는지 밝혀내고 싶었어. 엄마가 워낙 성실한 사람이긴 했지만 혼자 감당하기에는 일이 너무 많았어. 위에서는 어떻게든 부당 수급자를 걸러 내라고 하고, 가난한 사람들은 복잡하고 까다로운 법망에 걸려 필요한 도움을 제대로 못 받았지. 그 사이에서 스트레스를 많이 받았던 거 같아. 내가 할 일은 과로사 판정이라도 받아서 더는 그런 일이 없게 하는 거라고 생각했어. 넌 외할머니가 돌봐 줄 거라고 믿었지. 그래서 1년 반 넘게 오로지 거기에만 매달렸어. 담임선생님한테 네가 이상하다는 말을 전해 듣기 전까지 정신을 못 차렸던 거 같아."

"아빠, 그때 엄마 과로사 판정받는 거 포기한 거 후회 안 해? 나 때문이잖아."

"포기한 건 아니었지. 항소를 안 한 것뿐이지. 그래도 최선을 다했고 덕분에 엄마 뒤로 있었던 과로사랑 자살 사건은 업무 스트레스와 과로를 인정받았거든. 아빠는 그걸로도 할 일을 했다고 생각했어."

나도 아빠와 다르지 않았다. 엄마가 왜 죽었는지를 알아야 엄마 없이 살아가는 법을 찾을 수 있을 것 같았다. 아빠가 엄마를 죽인 국가를 상대로 소송을 하겠다고 했을 때, 아직 어렸던 나는 국가가 도대체 누구를 말하는지 몰라 답답했다. 아빠가 힘들어하는 걸 보면서 상대가 아주 힘이 센 존재라고만 막연하게 느꼈다. 나는 보이지 않는 그 거대한 존재를 향해 화내고, 원망하고, 책임을 물을 수는 없었다. 나는 엄마의 죽음을, 엄마의 부재를 해결할 방도가 없었다. 아빠가 엄마의 죽음에 책임을 묻겠다고 한다니 아빠를 믿어야만 했다. 아빠가 곁에 없는 것을 기꺼이 감수해야만 했다. 아빠는 외할머니가 나를 돌봐 줄 거라 믿었다지만, 그때 외할머니는 나를 돌볼 여력이 없었다. 오히려 내가 외할머니 보호자가 되어야 했다. 외할머니가 아프면 나도 아팠다. 그래야 학교에 가지 않을 수 있었다. 어느 날 담임선생님이 외할머니네로 찾아왔다. 선생님이 말했다.

"연우야, 너 힘들고 슬픈 거 알아. 그런데 네가 이렇게 힘들어하고 학교생활도 포기하고 그러면 아픈 외할머니도 힘들고, 일 때문에 바쁜 아빠도 힘드셔. 네가 씩씩하게 예전의 너로 돌아와야 하늘나라에 가신 엄마도 기뻐하실 거야."

그때 나는 예전의 내가 어땠는지 기억조차 나지 않았다. 나는 선생님이 나보다 외할머니와 아빠를 먼저 걱정하는 게 서운했다. 내가 얼마나 아픈지, 얼마나 슬픈지, 얼마나 외로운지를 물어봐 주길 바랐지만 선생님은 묻지 않았다. 하긴 누구도 묻지 않았다. 그래서 입을 다물었고, 웃지도 울지도 않았다. 그때 내가 버틴 이유는 자꾸만 엄마를 따라 하늘나라로 가야겠다는 외할머니를 막기 위해서였다. 선생님이 집에 다녀간 뒤 나는 결석을 하지 않고 학교를 잘, 아주 잘 다녔다. 외할머니가 다시 한 번 결석하면 그냥 죽어 버릴 거라고 했기 때문이었다. 외할머니마저 없으면 나를 지켜 줄 사람이 아무도 없을 거라 생각했다.

엄마 1주기 추도식 때였다. 그때 엄마 대학 동창 몇이 왔었다. 엄마가 있는 평화원에서 간단한 제사를 지내고 점심을 먹으러 갔다. 식당에서 갈비탕을 먹는데 칸막이 너머에서 내 이름과 엄마 이름이 번갈아 들렸다.

"근데, 연우 아빠 소송은 어떻게 돼 간대? 잘 되고 있나? 혼자서 쉽지 않을 텐데."

"그러게. 그게 만만하겠어? 재작년에도 사회복지 공무원이 심장마비로 죽었잖아. 그때도 과로사 판정받겠다고 했었는데 잘 안 됐대."

"나는 복지관 일만 힘든 줄 알았는데 공무원도 만만치 않나 봐?"

"복불복이야. 특히 서민 밀집 지역은 일이 너무 많아서 담당이 둘 있어도 커버가 안 돼. 더욱이 은진이네는 사회복지 담당이 하나였잖아. 나도 저번 근무지에서는 사회복지 공무원 시험 본 거 후회했었어. 어려워서 찾아온 사람들은 수급자 신청에서 탈락하면 우리한테 뭐라고하고. 위에서는 가난한 사람들 사정 따위는 아랑곳하지 않고 무조건 실적만 따지지. 스트레스도 엄청 났거든. 은진이 생각하면 과로사 판정 꼭 받으면 좋겠어."

"근데 난 연우 아빠가 저렇게 뛰어다니는 거 좀 그렇더라. 솔직히 과로사 판정받는다고 뭐 명예가 회복이 돼? 사실 다 돈 때문 아니야?"

"그게 나쁘다고는 생각 안 해. 연우 아빠 입장에서는 과로사 판정을 받는 게 좋지. 솔직히 연금도 달라지고 보험금도 달라지지 않나?"

"너희는 왜 그렇게 삐딱하게 봐? 남의 일이라고 그러는 거 아니다. 내가 겪어 본 일이라 연우 아빠 심정 이해해."

"은진이는 사회복지사란 직업 되게 좋아했잖아. 은진이라면 소송하고 이러는 거 싫어할 것 같은데? 아까 들었는데 연우는 거의 외할머니가 돌보는 것 같더라고. 나 같으면 재판 때문에 그렇게 다니느니 연우 챙기겠다."

그때부터였던 것 같다. 배에 가스가 차듯 온몸에 가스가 찬 것처럼 더부룩하고 답답하고 밥도 먹기 싫어졌던 게. 엄마와 이별도 아직 제대로 못 했는데, 아빠마저 돈 때문에 나를 내팽개치고 돌아다니는 사람이 된 게 억울했다. 적어도 나는 아빠가 돈 때문에 그렇게 다니는 게 아니라는 것 정도는 알고 있었다. 억울했다. 아무도 우리 마음을 모르는 것 같아서 화가 났다.

아빠가 학교에 온 것은 그로부터 1년이 더 지난 초여름이었다. 나는 그때까지도 내 상태가 심각한지를 몰랐다. 그래서 학교에서 아빠를 보았을 때 깜짝 놀랐다. 선생님과 면담을 하고 나온 아빠는 복도에서 나를 보자마자 눈시울이 붉어졌다.

"연우야, 지금이 어느 땐데 패딩을 입고 있어. 덥지도 않아?"

그제야 내가 입은 옷이 계절과 맞지 않다는 걸 알았다. 그제야 학교 담장에 핀 붉은 덩굴장미가 보이고, 반팔 차림 친구들이 보였다. 화장실에 가 내 모습을 보는데 너무 낯설었다. 아빠는 집에 돌아와 내 옷장을 뒤졌다. 그러고는 한 번도 입지 않은 새 옷을 꺼내며 눈물을 쏟았다.

"이렇게 새 옷이 많은데. 도대체 왜!"

담임선생님이 상담 선생님을 소개해 주었다. 상담을 받으면서 그동안 내가 아이들한테 따돌림을 받고 있었다는 걸 깨달았다. 점심시간에 내 주위에 아이들이 오려 하지 않던 이유가, 내가 지나가면 숙덕거리던 이유가 내가 씻지 않고, 옷을 갈아입지 않은 탓이라는 걸 알았다. 앞이 잘 안 보이는 외할머니는 세탁기에 내 옷이 있으면 빨고, 없으면 그만이었다.

계절만 못 느끼는 게 아니었다. 아무리 먹어도 배가 부르지 않았고, 때로는 아무것도 먹지 않아도 배가 고프지 않았다. 집에서는 외할머니가 차려 놓은 밥을 억지로라도 삼켰지만, 학교에서는 급식을 거의 먹지 않았다. 상담 선생님은 내가 마음이 많이 아픈 거라고 했다. 그렇지만 그건 감기 같은 거라 곧 나을 거라고 했다. 선생님은 스케치북에다 내 마음을 그려 보라고 했다. 나는 금방 터질 것처럼 빵빵하게 부풀어 오른 풍선을 그렸다.

"연우야, 이 그림을 보니까 어때?"

"금방 터질 것 같아서 무서워요. 풍선은 터지면 다 찢어져서 조각조각 나잖아요."

"그러면 어떻게 하고 싶어?"

나는 그림을 한참 들여다보다 말했다.

"풍선이 터지지 않게 천천히 바람을 빼 주고 싶어요."

선생님은 내가 그린 풍선에다 스카치테이프를 붙이고 바늘을 한 개 꽂아 주었다.

"자, 이 스카치테이프가 나야. 그리고 내가 여기다 바늘을 하나 꽂았어. 이제 풍선은 한꺼번에 터지지 않고 천천히 바람이 빠질 거야."

선생님은 내가 여러 가지 감정을 밀폐 용기에 꼭꼭 넣어서 머릿속에 차곡차곡 쌓아 놓고 있다고 했다. 그런데 그 밀폐 용기에 담긴 감정들이 썩어 가며 가스를 가슴으로 보내고 있는 거라고. 나쁜 가스들이 빠져나가지 못하고 터질 것처럼 부풀어 오른 풍선이 내 마음이었다는 걸 깨닫는 순간 겁이 났다. 선생님은 밀폐 용기 속 감정들을 하나씩 꺼내도록 도와줄 거라고 했다. 그러면 가슴에 찬 나쁜 가스들도 천천히 빠져나갈 거라고 했다.

상담 선생님을 만나면서 머릿속에 차곡차곡 쌓아 두었던 감정들을 꺼냈다. 외로움, 슬픔, 두려움, 그리움, 원망, 분노……. 그러자 진짜로 내 가슴에, 아니 풍선에 꽂아 둔 바늘 사이로 바람이 천천히 빠지기 시작했다. 숨 쉬기 편해졌다. 다시 배가 고파지고, 덥고 추운 것도 느끼게 됐다. 그런데 가슴을 꽉 채웠던 바람이 반쯤 빠졌을 무렵, 아빠는 이사를 간다고 했다. 바람을 더 빼야 하는데, 아직 내 머릿속에는 열지 못한 밀폐 용기들이 남아 있는데 아빠는 그걸 몰랐다.

아빠는 나를 위해, 내게 힘들고 아픈 기억만 준 동네를 떠나기로 했다고 말했다. 나를 위한 선택이라고 하면서 아빠는 내 의사 따위는 묻지 않았다. 아빠가 미웠다. 만약 이사 오자마자 또롱이를 만나지 않았더라면, 죽은 어미 곁에서 울고 있던 또롱이를 내가 직접 보지 않았더라면, 나는 마음의 문을 다시 닫아걸었을지 모른다. 나는 엄마의 빈자리에 또롱이를 들였다. 나보다 여리고 약한 또롱이를 지키기 위해 하루하루를 버텼다. 내게는 또롱이가 전부였고, 또롱이에게는 내가 전부였다. 그런 또롱이가 떠나자 나는 다시 숨 쉬기가 어려워졌다.

"아빠, 나는 또롱이가 죽은 게 너무 힘들었어. 엄마가 떠났을 때보다 더. 또롱이가 죽은 게 진국이랑 복동이, 모리 탓이라고 생각하면서 버텼어. 엄마 때는 나한테 엄마를 빼앗아 간 게 누군지 보이지가 않아서, 누굴 미워하고 원망해야 할지 몰라서 힘들었어. 그렇지만 또롱이는 진국이랑 복동이 때문이라고, 모리 때문이라고 말하고 미워할 수 있었어. 아빠는 아빠를 원망하고 미워하라고 했지? 아빠가 미웠어. 원망스럽고. 그런데 아빠는 아빠잖아. 나한테 가족은 이제 아빠밖에 없는데, 내가 아빠한테 막 화내고 원망하면 날 떠날 것 같았어. 근데 모리랑 복동이랑 진국이는 내가 못되게 굴어도 못 떠날 걸 아니까. 아니어도 아니라고 말도 못 하고, 변명도 못 할 애들이니까. 그래서 그럴 수 있었던 거 같아. 내가 정말 나쁜 애였지. 나는 걔네들이 아무리 슬퍼도 나만큼 슬플 수는 없다고 생각했어. 그런데 복동이가 죽기 전날 같이 산책하는데 내 마음을 다 알고 있는 게 느껴졌어. 그걸 다 알면서 얼마나 힘들고 슬펐을까? 어떻게 견뎠을까? 그런 생각이 들어서 복동이한테 너무 미안한 거야. 진국이한테도, 모리한테도."

내 말을 잠자코 듣고 있던 아빠가 내 손을 잡았다.

"연우야, 아니야. 네 탓 아니야. 아빠가 널 힘들게 했어. 6학년 때 그렇게 서둘러 이사 오는 게 아니었어. 네 환경을 바꿔 주고 싶다고 말했지만 사실은 내가 거기서 도망치고 싶었던 거야. 그 동네를 벗어나야 살 것 같았어. 곳곳에 다 너희 엄마와의 추억이 얽혀 있었거든. 미안해, 아빠가 아빠 생각만 했어."

처음이었다. 아빠의 고백이 진심으로 다가온 것이. 아빠는 언제나 '연우 널 위해서'라는 말을 입에 달고 살았지만 내게는 그 말이 진심으로 다가오지 않았다. 나는 아빠에게 솔직하게 고백해 줘서 고맙다고 말하는 대신 되물었다.

"아빠, 나도 모리한테 미안하다고 말하려고. 내가 사과하면 모리가 알아들을까? 모리가 내 사과를 받아 줄까?"

"그럼, 아주 기뻐할 거야."

복동이를 보내고 나서야, 나는 엄마와 제대로 이별을 하지 못했다는 걸 알았다. 나는 엄마가 갑자기 세상을 떠난 걸 인정하는 게 힘들었다. 간다는 말도 안 하고 간 엄마가 원망스러웠다. 엄마를 그렇게 갑자기 데려간 하늘도, 엄마를 그렇게 죽게 한 사람들과 세상도 원망스러웠다. 엄마는 나랑 약속했던 것을 하나도 지키지 않았다. 내가 엄마한테 바란 것은 큰 게 아니었다.

가장 큰 소원은 세 식구가 같이 저녁을 먹고 소파에 나란히 앉아 텔레비전을 보는 것이었다. 엄마가 나를 위해 간식을 만들어 주고 내 눈을 보며 오래 이야기를 들어 주고, 내가 잠들 때까지 엄마 아빠가 깨어 있는 것도 간절한 바람 중에 하나였다. 더 욕심을 내 봤자 아주 가끔, 그러니까 1년에 한두 번쯤 엄마 아빠와 함께 놀이공원에 가는 정도였다. 그러나 엄마는 나와 셀 수 없이 여러 번 새끼손가락을 걸고 약속을 해 놓고도 그 약속을 지키시 못한 채 떠났다. 엄마는 내가 얼마나 슬픈지, 얼마나 외로운지, 얼마나 억울한지 알 수 없을 테니 오롯이 나 혼자 그 힘든 시간을 견디고 있다고 느꼈다. 그래서 늘 화가 나 있었고 억울했다.

그런데 복동이가 떠나는 걸 지켜보면서 생각했다. 엄마는 우리 곁을 떠나는 게 얼마나 싫었을까? 나랑 한 약속을 지키지 못하고 떠나면서 얼마나 속상했을까? 나한테, 아빠한테 하고 싶었던 말을 하나도 하지 못하고 가면서 얼마나 가슴이 아팠을까?

5
다시
시작하는
이야기

그들의 이야기를

알고 나서야

모리, 크레마, 마루가

나와 같은 크기의

존재감으로 다가왔다.

1

어둠이 내리자 연우는 거실에 전등을 켜고 컵라면을 꺼내 먹었다. 아저씨가 보면 분명 잔소리를 할 텐데 참 꿋꿋하다. 연우가 컵라면 먹는 것을 식탁 맞은편 김치냉장고 위에서 바라보다 눈이 딱 마주쳤다. 연우 눈썹이 살짝 올라갔다.

"왜, 내가 불쌍해 보여?"

나는 얼른 눈을 피했다.

"모리야, 네 눈빛이 '저 오빠 왜 또 컵라면이야?' 하는 것 같은데."

연우 기분이 나쁘지 않은 것 같다. 요즘은 연우가 나를 대하는 태도가 예전과 다르다. 소파에서 자다 누군가의 손길이 느껴져 눈을 뜨면 연우가 나를 내려다보며 코끝을 만져 주고 있다. 기분이 좋으면서도 조금은 긴장된다. 요즘 나는 연우에게 말을 걸어 볼 기회를 엿보고 있다. 크레마 말대로 연우의 심장이 말랑말랑해지고 있는 요즘이 가장 적당한 때인 것은 맞는데 아직 겁이 난다.

방에 들어가니 연우가 책상 앞에 앉아 있다. 나는 침대에 올라가 연우를 살피다 조심스럽게 책상 위로 건너뛰었다.

"아, 깜짝이야. 모리, 기척 좀 하고 다녀."

연우가 진짜 놀란 듯 가슴을 쓸어내렸다. 그러고는 이내 빙긋이 웃으며 말했다.

"너는 이 책상에 많이 올라오지 못했지? 늘 또롱이가 차지하고 있었으니까. 또롱이가 떠나고 나서는 내가 못 올라오게 하고. 너한테 참 못되게 굴었다. 그치?"

"응, 그때는 그랬지."

연우가 고개를 갸우뚱하더니 말했다.

"네가 야옹거리는 게 꼭 그렇다는 소리로 들려."

가슴이 두근거렸다. 어쩌면 연우와 대화를 하게 될지도 모른다는 생각에 가슴이 부풀어 올랐다. 연우가 나를 바라보며 말했다.

"모리, 너도 또롱이 보고 싶지? 또롱이는 널 엄청 좋아했어. 또롱이가 아기 때부터 좋아하던 오뎅 장난감을 너한테 딱 양보하는 거 보고 알아봤지. 내가 얼마나 샘이 났는지 몰라. 난 또롱이밖에 모르는데……. 또롱이는 네가 오니까 나한테는 관심도 보이지 않더라. 그땐 진짜로 나 섭섭했어. 넌 그게 무슨 뜻인지 잘 모르겠지만……. 그때 난 그랬어."

연우 말에 가슴을 옥죄던 끈이 확 끊어져 나간 느낌이 들었다. 연우가 나한테 자기 마음을 이야기하고 있었다. 눈물이 핑 돌았다. 나와 눈이 마주치자 연우가 깜짝 놀랐다.

"모리야, 울어? 왜 울어?"

연우 눈을 바라보았다. 그러고는 천천히 깜박였다. 연우가 당황해하며 물었다.

"왜 그렇게 쳐다봐? 그렇게 똑바로 쳐다보면 어떻게 해야 할지 모르겠어. 뭔가 할 말이 있는 것 같은데 알아들을 수가 없으니까."

나는 연우 눈을 피하지 않고 말했다.

"연우야. 너랑 할 말이 많아."

그러나 내 말을 알아듣지 못한 연우는 딴소리를 했다.

"왜? 배고파? 화장실 모래 갈아 줘?"

나는 다시 연우 눈을 바라보며 말했다.

"아니, 난 너랑 대화를 하고 싶어."

"그거 아니라고?"

연우가 갑자기 머리에 양손을 올리더니 머리카락을 헝클며 말했다.

"아, 뭐야. 분명 뭐라고 하는 거 같은데……. 모리야, 그렇게 고개를 갸웃거리면서 내 눈을 쳐다보면 어떡하라구. 도대체 왜 그래?"

"연우야, 내 눈을 보면서 마음을 열어 봐. 그럼 들릴 거야."

나는 다시 숨을 고르고 천천히 연우 눈을 들여다보았다. 그러고는 또박또박 말을 했다.

"연우야, 나는 너랑 얘기가 하고 싶어. 너한테, 해 줄 말이 많아."

갑자기 연우 얼굴이 하얗게 질렸다.

"어, 뭔가가 들려. 이상해. 내가 요즘 너무 예민해진 건가?"

크레마가 뒤에서 들뜬 목소리로 말했다.

"모리, 연우가 뭔가 들리나 봐. 이때야. 눈을 똑바로 보면서 네 마음을 담아. 그리고 하고 싶은 말을 똑바로 한 자, 한 자 다시 말해 봐."

다시 한 번 마음을 가다듬었다. 그리고 연우의 초롱초롱한 눈을 들여다보며 말했다.

"연우야, 다시 들어 봐. 너한테, 해 줄 말이 있어."

연우가 이맛살을 찌푸리며 눈을 깜박이다가 양쪽 검지로 귀를 파며 말했다.

"아, 뭐지? 내 이름을 부르는 것 같아. 나한테 해 줄 말이 있다는 헛소리가 들린다."

심장이 빠르게 뛰기 시작했다. 마루도 눈빛을 반짝이며 창틀 위로 올라가 연우와 나를 내려다보았다. 연우가 마루와 크레마를 둘러보더니 목소리를 떨며 말했다.

"뭐야? 너희? 왜 다 나를 봐?"

나는 다시 연우에게 말을 걸었다.

"연우야, 나는 너한테 또롱이에 대해 말하고 싶어."

연우 눈이 커지는가 싶더니 의자에서 벌떡 일어났다. 두 손을 자기 가슴에 대고 좁은 방을 서성거렸다.

"말도 안 돼. 아, 심장 떨려. 또롱이라니. 아니 고양이가 하는 말이 들리다니. 미친 거 아냐? 꿈인가?"

연우는 제 뺨을 꼬집었다가, 주방으로 가서 물을 마시더니 화장실로 들어가 세수를 하고 나왔다. 그러고는 다시 내 앞으로 왔다.

"모리야, 다시 말해 봐. 뭐든."

나는 이번에도 연우 눈을 바라보며 또박또박 말했다.

"나는 너하고 할 얘기가 있어. 이건 꿈 아니야."

연우가 소리를 질렀다.

"꿈이 아니라고?"

"응."

"오! 진짜로 들려. 들린다고. 모리야, 이게 가능한 일이야? 내가 어떻게 고양이 말을 알아들어? 아니 어떻게 고양이가 사람 말을 해?"

나는 다시 차분하게 말했다.

"사람하고 같이 살아가야 하는 고양이나 개는 사람 말을 대충 알아들어. 길에서 사는 고양이도 마찬가지야. 사람 말을 알아듣고 이해하면 할수록 사는 게 편하거든."

연우가 나를 빤히 보다가 고개를 돌려 크레마와 마루를 번갈아 보았다.

"그럼 크레마도, 마루도 사람 말을 한다고?"

"크레마는 여기 오기 전에 함께 살던 은주랑 대화를 했었대. 마루도 네 말을 알아듣기는 하지."

"세상에, 믿을 수가 없어. 어떻게 이런 일이 가능해? 도무지 믿어지지가 않아. 내가 미친 것 같아."

"이해해. 처음에는 그럴 거야."

"그런데 나한테 무슨 말을 하고 싶었던 거야?"

"또롱이 얘기. 너도 듣고 싶지?"

연우 눈에 눈물이 글썽였다. 연우는 내 말을 듣기 위해 온몸의 기운을 모아 집중했다. 때로는 울고, 때로는 고개를 끄덕이고, 때로는 고개를 들지 못했다.

2

모리 말이 들리기 시작했다. 또롱이가 죽던 날 이야기를 모리가 해 주는데 몇 번이나 내 귀를 의심했는지 모른다. 모리는 그날 있었던 일을 아주 꼼꼼하게 차근차근 설명해 주었다. 또롱이가 죽은 뒤, 외롭고 침울했던 그 시간들에 대해서도 말해 주었다.

모리 이야기에 귀를 기울이고 내 말을 모리에게 전하는 것은 사람과 대화하는 것보다 더 많은 에너지와 집중력이 필요했다. 모리와 이야기를 하고 나서는 온몸에 기운이 다 빠져나갔다. 그래서 나는 그대로 잠이 들어 버렸다.

고양이 말을 알아듣게 되자, 아니 고양이들이 사람 말을 알아듣는다는 것을 알고 나자 세상이 달라 보였다. 우리 가족만이 아니라 학교를 오가는 길에 보는 까치와 까마귀, 꿩, 마을에 사는 개들, 길고양이들이 내는 소리 하나하나에 귀를 기울이게 되었다. 그렇다고 그들의 말을 알아들을 수 있는 것은 아니지만 무심코 지나쳤을지 모르는 그들의 슬픔, 고통이 자꾸 그려졌다.

평소 길을 걸을 때나 학교 복도를 오갈 때 내 시선은 언제나 땅을 향했고, 귀에는 늘 이어폰이 꽂혀 있었다. 나는 주변 사람들에 별 관심을 두고 싶지 않았고, 누군가와 눈이 마주쳐 억지로 인사를 해야 하는 일도 피하고 싶었다. 그런데 모리와 이야기를 나눈 그 다음 날부터 이어폰을 빼고 고개를 들고 주위를 둘러보며 천천히 걸었다. 그러자 터미널 버스 정류장부터 학교까지 가는 길에 있는 상점과 가로수가 보이고, 버스에서 내려 학교까지 같이 걷는 친구들이 보였다. 이어폰을 끼지 않으니 그들이 나누는 대화에 귀가 열렸다.

나는 그동안 얼마나 많은 소리와 말과 시선들을 그냥 흘려버리며 살았을까? 내가 무심코 흘려버린 타인의 울음소리나 신음 소리는 없었을까? 나도 함께 나누면 좋았을 작은 기쁨과 즐거움의 환호와 웃음도 그렇게 흘려버린 것은 아닐까? 이런 생각으로 머릿살이 어지러웠다. 크레마는 이런 말을 하기도 했다.

"사람들끼리도 말이 통하고 서로에 대해 깊이 알수록 친해지잖아. 우리도 마찬가지야. 서로를 이해하려면 알아야 하고, 알려면 서로 말을 해야 해. 서로의 말을 알아듣고 이해하게 되면 그만큼 책임감이 커지고, 조심하게 돼. 말은 잘못하면 서로에게 상처를 주기도 하니까."

크레마 말이 맞았다. 모리를 향한 마음을 닫고부터 나는 모리의 슬픔, 아픔에 둔해졌다. 처음엔 일부러 모리를 외면했지만 습관이 되니 편해졌다. 그러나 복동이가 죽고 난 뒤 모리가 신경이 쓰이기 시작하자 마음이 더 불편해지고 무거웠다. 그리고 죄책감이 생겼다. 그런데 그 죄책감이 모리에게 진심으로 사과를 할 수 있는 용기를 갖게 했다. 크레마는 내게 은주 누나 이야기를 해 주었고, 마루는 보미 언니 이야기를 해 주었다. 모리가 내 발목에 부딪히기까지 길에서 살았던 이야기도 들었다. 모리, 크레마, 마루 모두 슬프고 아픈 이야기들을 가슴에 품고 있었다. 그들의 이야기를 알고 나서야 모리, 크레마, 마루가 나와 같은 크기의 존재감으로 다가왔다.

나는 며칠을 망설이다가 수업이 일찍 끝난 금요일 오후 자전거를 타고 크레마가 살았던 포구 마을로 갔다. 아빠와 가끔 생선구이를 먹었던 식당은 여전히 닫혀 있었다. 크레마가 은주 누나와 함께 살았던 작은 식당의 지붕은 한쪽이 무너져 내렸고, 창문은 깨져 있었다. 집을 둘러보는데 식당 뒷문 유리창 너머로 검은 고양이가 튀어나왔다. 황금색 홍채가 신비스러운 검은 고양이는 경계하는 눈빛으로 나를 살피더니 뒷산 쪽으로 멀어졌다. 어쩌면 그 고양이가 크레마의 친구였던 대장일지도 몰랐다. 서둘러 쫓아갔지만 금세 흔적도 없이 사라졌다.

식당은 오랫동안 사람이 드나든 흔적이 없었다. 나는 아빠가 크레마를 받았던 편의점 앞을 서성이다 문을 열었다. 식당에서 밥을 먹고 나서 아빠와 늘 아이스크림을 사 먹었던 편의점이었다. 다행히 2년 전에도 있었던 그 형이 있었다.

"저, 뭐 좀 물어봐도 돼요? 저기 저 식당 하던 아줌마랑 딸 혹시 본 적 있으세요?"

편의점 형이 나를 아래위로 훑어보았다.

"왜?"

"예전에 저기서 가끔 밥을 먹었거든요. 궁금해서요."

"저 집은 아예 서울로 이사 갔다고 들었어."

"저기 살던 누나도요? 고등학생이었는데. 이사 간 다음에 한 번도 안 왔어요?"

편의점 형은 고개를 갸웃거리며 의심에 찬 눈빛을 보냈다. 그러더니 불쑥 물었다.

"야, 혹시 너희 아빠 학원 선생님 아냐?"

"네, 맞아요."

"얼굴이 많이 닮았네. 너도 그 고양이 때문이야? 나비?"

"네. 어떻게 아세요?"

"아, 너희 아빠가 작년에 여러 번 왔다 갔거든. 너처럼 은주라는 애 찾아서. 작년 여름에 너희 아빠가 와서 혹시라도 은주가 오면 나비 잘 지낸다고, 눈이 안 보이게 됐지만 아주 잘 산다고 전해 달라고 그러셨어. 그러면서 이 명함 맡겼어."

편의점 형은 계산대 뒤에 집게로 집어 놓은 명함을 가리켰다.

"그런데 아직 안 왔어요? 은주 누나?"

"아니, 작년 12월에 왔었어."

"작년 12월이요?"

"응. 대학 합격하고 왔다고 했어. 내가 나비 얘기랑 너희 아빠 얘기 해 주니까 한참 울더라. 그러면서 자기는 지방에 있는 대학 기숙사로 가게 됐다고."

"그러고요? 다른 말은 없었어요?"

"그냥 울기만 하던데?"

"저 형, 혹시라도 그 누나가 다시 오면요, 나비가 정말 아주 잘 지낸다고 전해 주세요. 나비가 많이 보고 싶어 한다고요. 이게 제 전화번호거든요. 연락 달라고 해 주세요. 꼭이요."

"알았다. 전해 줄게."

나는 편의점을 나와 식당으로 다시 갔다. 식당 앞에는 빛바랜 나무 의자가 그대로 있었다. 하도 낡아 앉아 볼 엄두는 나지 않았다. 나는 벽에 기대어 오래전 크레마처럼 지는 해를 바라보았다. 해가 바다 너머로 넘어가고 붉은 노을빛이 사그라지면서 바다가 보랏빛으로 물들며 반짝였다. 그때 집 뒤에서 부스럭거리는 소리가 들렸다. 조심스럽게 집 뒤로 돌아갔더니 조금 전 그 검은 고양이가 나를 바라보고 있었다. 가까이 가면 또 달아날 것 같아서 거리를 유지하며 말했다.

"혹시 네가 대장이니? 너 이 집에 살았던 나비라는 고양이 기억해?"

검은 고양이의 황금빛 홍채가 빛났다. 그리고 아주 짧게 눈을 한 번

깜박였다.

"나는 지금 나비랑 같이 살아. 나비는 아주 건강해. 나비한테 네 얘기 들었어. 너도 건강해 보인다. 앞으로도 건강하게 사고 없이 잘 살아야 해. 내가 나비한테 네 소식 전해 줄게."

검은 고양이는 내 말을 알아듣는 게 분명했다. 도망가지 않고 나를 바라보며 이야기를 듣고 눈을 전전히 깜박여 주었다.

비가 한차례 오더니 노란색 은행잎을 마지막까지 부여잡고 있던 나무마저 잎을 놓았다. 찬란했던 은빛을 잃은 억새밭과 텅 빈 들판을 지나 버스가 마을에 다다를 때까지 창밖에서 눈을 떼지 않았다. 나는 마음을 산란하게 하고 끝없이 우울하게 하는 봄보다 가을이 좋다. 또 울긋불긋 단풍이 지고 황금빛 들판이 일렁이는 화려한 가을보다 겨울을 코앞에 둔 무채색의 빈 들판이 좋다. 마음이 훨씬 차분해지고 가벼워지는 느낌이 들기 때문이다. 버스에서 내리자 찬 공기가 저절로 옷깃을 여미게 했다. 집에 와 현관문을 열자 마루가 달려 나왔다. 모리는 어디서 잠을 자다 깼는지 눈을 끔벅거리며 오다가 거실 한가운데 툭 쓰러진다. 크레마는 캣타워에 누워 해바라기를 하고 있다가 내려와 내 옆으로 자리를 옮겼다.

나는 가방을 탁자 위에 내려놓고 소파에 앉았다. 습관처럼 스마트폰을 켜고 메시지를 확인한다. 여전히 낯선 곳에서 온 연락은 없다. 잠시 눈을 감았는데 누군가 무릎 위로 올라온다. 물론 마루일 것이다. 나는 나지막하게 말했다.

"마루, 이건 교복이야. 내려가."

그러나 마루가 쉽게 포기할 리가 없다. 할 수 없이 마루를 밀치고 일어섰다. 바닥에 떨어진 마루는 무안한 듯 귀를 뒤로 젖히고 눈을 이리저리 굴리고 있다. 그 모습에 마음이 약해져서 옷을 갈아입고 나왔다. 잠깐만 무릎을 내주기로 했지만 막상 꾹꾹이를 하던 마루가 곯아떨어지자 내려놓을 수가 없었다. 할 수 없이 리모컨을 들고 텔레비전을 켰다. 그런데 곤히 잠들었던 마루가 갑자기 온몸을 부르르 떨더니 잠꼬대를 했다. 무서운 꿈을 꾸는지 신음 소리를 내다가 벌떡 일어나 눈을 껌벅였다.

"마루야, 꿈꿨어? 무슨 꿈을 그렇게 요란하게 꿔."

마루는 표정 없는 얼굴로 나를 올려다보고는 소파 아래로 내려가 주방 맨 구석에 쪼그리고 앉아 다시 눈을 감았다. 잠을 자다 꿈을 꾸는 건 또롱이나 모리도 마찬가지였다. 그런데 마루는 잠꼬대가 특히 심하다. 어떨 때는 누군가에게 공격을 당하는 듯 자지러지는 비명을 지르며 잠에서 깬다. 그러고 나면 안아 주고 쓰다듬어 주는 것도 거부한 채 구석으로 간다.

엄마가 죽고 난 뒤 외할머니는 내가 몽유병 환자 같다고 걱정을 했다. 자다가 벌떡 일어나 냉장고 문을 열고 들여다본다거나, 걸레를 들고 청소를 하고, 텔레비전이나 라디오를 켜기도 한다고 했다. 몽유병 증세는 얼마 가지 않았지만 악몽에 시달려 소리를 지르고 깨는 일은 그 뒤로도 종종 이어졌다. 초등학교 때 상담 선생님은 내가 몽유병 환자처럼 돌아다녔다는 이야기를 듣고 그건 큰 병이 아니라, 내 마음이 외롭다고, 허전하다고 누군가에게 도움을 청했던 거라고 했다. 그러나 정작 나는 꿈에서 왜 울었는지, 왜 소리를 질렀는지 기억하지 못하는 날이 더 많았다. 어쩌면 마루가 그루밍을 거부하는 것과 저 꿈이 연관되어 있을지 모른다. 마루를 볼 때마다 쓰다듬고 사랑한다 말하는 것밖에는 해 줄 수 있는 게 없어서 안타깝다.

3

"얘들아, 새 식구야."

아저씨가 저녁에 상자 하나를 들고 집으로 들어왔다. 상자 안에서 갓난 고양이 울음소리가 들렸다.

연우가 정색을 하며 물었다.

"뭐야? 얜 또?"

"며칠 전 보니까 우리 창고에 빈 쌀 포대 모아 둔 데다 고양이가 새끼를 낳았더라고. 내가 겨울 동안 창고 앞에 사료를 뒀거든. 그때 와서 먹던 길고양이 중에 하나인 것 같아."

"다른 새끼들은 어디 가고?"

"며칠 전만 해도 새끼가 여섯 마리나 됐거든. 그런데 어제 보니까 고양이가 한 마리도 없었어. 어미가 나한테 들키고 나서 어디다 숨겼나 보다 했지. 근데 오늘 창고 뒤 땔감 쌓아 둔 데서 새끼들을 다시 발견한 거야. 어미가 놀랄까 봐 내가 잽싸게 피했거든. 저녁때 가 보니까 또 새끼들을 옮겼더라고. 아주 조심성이 많은 어미인가 봐. 그런데 어쩌다 얘는 떨어뜨렸는지, 글쎄 땔감 더미 사이에서 울고 있더라고. 내가 얘를 땔감 위에 놓고 거의 두 시간 넘게 지켜봤는데 어미가 데리러 오지 않았어."

"다친 데는?"

"없어. 태어난 지 한 삼 주 넘었대. 일단 살려야 하니까 분유랑 젖병 사 왔어."

연우는 아저씨를 한심하다는 듯이 쳐다보았다.

"진짜 못 말려."

"그럼 어쩌니? 아기를 이대로 두면 죽을 텐데."

아기 고양이가 입을 벌리며 야옹거렸다. 아저씨가 물을 데운다고 주방으로 간 사이, 나는 상자에 앞발을 살그머니 집어넣고 아기 고양이 귀를 만져 보았다. 아기 고양이가 한쪽 눈을 찡긋거리며 나를 올려다보았다. 나는 부드럽게 아기에게 말했다.

"조금만 기다려. 아저씨가 분유 타다 줄 거야."

아기 고양이는 크레마와 같은 줄무늬였다. 옆에서 코를 실룩대며 귀를 쫑긋거리는 크레마에게 말해 주었다.

"너랑 닮은 줄무늬야. 가슴에 흰털이 많지만. 눈이 동그랗고 반짝거려. 너도 한번 만져 봐."

크레마가 조심스럽게 앞발을 내밀어 아기 머리를 톡톡 건드려 보았다.

"정말 작다."

"그치? 진짜 작아. 내 아기들은 저만큼도 크지 못하고 죽었는데……."

크레마가 말없이 내 뺨을 핥아 주었다. 아저씨가 분유를 타 왔다. 아저씨는 한 손으로 아기 고양이를 감싸고, 다른 한 손으로는 젖병을 들고 분유를 먹였다. 아기가 그 작은 입을 벌리고 젖꼭지를 빨았다. 아저씨는 아기 고양이를 내려다보고 있는 연우에게 말했다.

"연우야, 너도 아빠가 이렇게 안고 분유 먹였어. 학원 강의가 주로 오후에 있으니까 오전에는 내가 널 돌봤거든. 이렇게 젖병을 들고 있으니 새삼스럽네. 이 연분홍 입술이랑 발바닥 좀 봐라. 에고, 이 작은 발에도 발톱이 있다고 잔뜩 내밀고. 이거 봐라, 젖병 잡겠다고 세상에, 이렇게 어린 고양이는 또 첨이다."

아저씨는 아기 고양이가 분유 먹는 것을 보고 들뜬 목소리로 이야기를 계속했다. 연우는 처음에는 못마땅한 얼굴이었으나 점점 얼굴이 부드러워졌다.

"예쁘긴 엄청 예쁘네. 근데 이렇게 어릴 때 어미랑 떨어져도 괜찮나?"

연우 말에 마루가 말했다.

"살아, 나도 살았잖아."

마루는 아기 고양이를 부드러운 눈으로 내려다보며 말했다. 마루 눈빛이 그렇게 순한 건 처음 봤다.

"아빠, 얘 이름은 내가 지을게. 레오. 아기 사자 같잖아. 색깔이."

연우 말에 아저씨가 반가워하며 말했다.

"우리 연우가 먼저 이름을 지어 주고. 많이 변했는데?"

연우가 어깨를 으쓱하며 대답했다.

"응. 오랜만에 아기 고양이 보니까 또롱이 생각도 나고. 마루도 좋아하는 거 같아서. 아빠, 아기 고양이 잘 데려온 거 같아."

연우 말에 마루가 기분이 좋은지 가늘게 골골거렸다.

4

레오가 온 지 일주일 뒤 은주 누나에게 연락이 왔다. 버스 터미널 빵집에서 누나를 만났다. 은주 누나는 나를 보자 눈물을 글썽였다. 어색한 분위기를 바꾸려고 나는 그동안의 일을 두서없이 쏟아 냈다.

"수의사 선생님이 그러더라고요. 크레마가 난놈이래요. 뇌 수술을 잘 견뎌 냈다고요. 크레마는 의사 표현이 정확해요. 뭐가 좋은지 싫은지 금세 표현해요."

"어렸을 때부터 그랬어요. 그래도 눈이 안 보이면 불편할 텐데."

"평소에는 불편해하는 것 같지 않아요. 눈이 안 보여서 그런지 같이 사는 고양이들하고 싸우는 법이 없어요. 다른 고양이가 심한 장난을 걸거나 괴롭혀도 그냥 자기가 먼저 피해요. 그런 걸 보면 속상하기도 하지만 크레마 성격이 원래 순하고 느긋한 것 같아요."

은주 누나가 눈물을 훔치며 고개를 끄덕였다. 그러고는 조심스럽게 물었다.

"나비가 왜 다쳤는지는 모르죠?"

나는 잠시 망설이다 대답했다.

"모르죠. 알고 싶지도 않아요. 이미 벌어진 일이고 지금 어떻게 지내는지가 더 중요하니까요."

내가 크레마의 말을 알아듣는다는 것은 숨기기로 했다. 왠지 그래야 할 것 같았다. 은주 누나는 자기가 얼마나 크레마를 찾아 헤맸는지를 울먹이며 말해 주었다. 나는 은주 누나에게 넌지시 물었다.

"저, 누나. 크레마 데려가고 싶어요? 크레마와 정이 들었지만 누나가 데려가고 싶다면 보낼 수 있어요."

은주 누나가 고개를 저었다.

"아니, 형편이 안 돼요. 지금 데려가도 같이 있을 수가 없어요. 나비는 연우랑 있는 게 행복하고 안전할 거 같아요."

은주 누나는 탁자 위로 상자 하나를 올렸다.

"이게 뭐예요?"

은주 누나가 상자를 열었다.

"이건 나비가 가장 잘 먹던 캔인데 참치랑 닭고기가 섞여 있는 거고. 이건 고양이 치석 제거에 좋은 간식이라고 해서……, 고양이가 네 마리나 되는 줄 알았으면 많이 사 왔을 텐데……"

그리고 상자 구석에서 헝겊으로 만든 인형 하나를 꺼냈다.

"이거, 내가 나비한테 만들어 준 인형인데……. 곰인지, 쥐인지 정체가 불분명하긴 하지만 나비가 좋아했어요. 나비가 기억할지 모르겠지만……"

"저, 저희 집에 가서 얼굴 보고 가면 안 돼요? 크레마가 엄청 좋아할 텐데."

"아니, 내가 나비를 보고 나면 힘들 거 같아요. 나비도 날 보면 더 힘들지 몰라요. 인사만 전해 줘요. 건강하게 오래오래 살라고. 나비는 연우가 그렇게 말해 주면 알아들을지도 몰라요."

집에 들어가 탁자 위에 상자를 놓자, 거실에 누워 있던 크레마가 벌떡 일어났다. 그러고는 수염을 아래위로 흔들더니 코를 실룩거리며 탁자로 다가가 큰 소리로 은주를 부르기 시작했다.

"은주야, 은주. 은주 냄새야!"

주방에 있던 아빠가 크레마 소리에 깜짝 놀랐다.

"연우야, 얘가 갑자기 왜 이래? 크레마가 이렇게 크게 우는 건 처음 본다."

"이 상자 때문에 그래."

"상자가 왜? 생선이라도 들어 있어?"

"아니."

나는 조심스럽게 상자를 열었다. 상자라면 사족을 못 쓰는 마루와 모리까지 가까이 왔다. 크레마는 골골 소리를 내며 주위를 두리번거렸다. 나는 크레마를 쓰다듬으며 말했다.

"크레마, 은주 누나 냄새가 나?"

"응, 어떻게 된 거야? 은주를 만난 거야?"

크레마가 물었다.

"응."

"어떻게?"

"연락이 됐어."

아빠가 고개를 갸웃거렸다.

"연우야, 너 마치 크레마랑 대화하는 거 같다."

나는 우리가 서로 대화하는 걸 아직은 아빠한테 드러내고 싶지 않아 얼른 말을 돌렸다.

"아빠, 나 크레마가 같이 살았던 은주 누나 만났어. 이 상자 그 누나가 준 거야. 여기 은주 누나가 만들어 준 인형이 있거든. 크레마가 그 냄새를 맡은 거 같아."

"은주? 크레마 주인?"

"응."

"어떻게 만났어?"

"아빠가 편의점에다 명함 맡겼다며?"

"응."

"나도 얼마 전에 수업 일찍 끝난 날, 심심해서 그냥 자전거 타고 그동네 갔었거든. 거기 편의점 형한테 내 전화번호를 주고 왔지. 혹시 몰라서. 어른보다는 내가 편할 수 있으니까. 그랬더니 전화가 왔어. 방학이라 알바하느라 서울 올라와 있는데 쉬는 날 한번 오겠다고."

"그래? 크레마 얘기, 해 줬어?"

"응."

"어떻게 된 거래? 그날 일에 대해 얘기 들었어?"

크레마 귀가 쫑긋 섰다. 나는 아빠와 크레마, 둘 다 들을 수 있게 이야기를 했다.

"아니, 자세히는 아니고 대충. 그날 은주 누나는 학교에 갔다 와서 크레마가 없어진 걸 알았대. 그날 이후로 아버지는 정신병원에 입원하고, 어머니는 집을 내놓고 서울에 있는 식당에서 먹고 자면서 일하셨대. 누나가 읍에 있는 동물 병원을 다 뒤지고 다녔대. 그 동네도 몇 번이나 가 보고. 지금 누나는 기숙사에 있고 부모님은 작은 분식집을 하는데 집이 따로 없어서 분식집에다 간이침대를 놓고 잔대. 요즘은 방학이라 누나는 선배네 자취방에 얹혀살면서 알바하고 있대. 크레마를 찾고 싶어도 형편이 안 됐대. 지금도 마찬가지고. 크레마가 많이 보고 싶은데 보면 오히려 마음이 약해질 것 같다고. 그래서 내가 크레마랑 잘 살고 있을 테니 언제든 놀러 오라고 했어."

아빠가 고개를 끄덕였다.

"그런 사정이 있었구나."

크레마는 내 말을 잠자코 듣고만 있었다. 그러다 상자 안으로 앞발과 고개를 들이밀고 코를 실룩거리더니 은주 누나가 준 인형을 찾아냈다. 크레마는 인형을 방바닥에 꺼내 놓고 뺨과 콧등을 한참 비벼 댔다. 마루가 가까이 다가가 말했다.

"크레마, 그래도 은주는 널 잊지 않았잖아. 너무 속상해하지 마."

크레마가 인형을 품에 안은 채 말했다.

"알아, 나 괜찮아. 네 말대로 날 기억하고 있다니 그걸로 됐어. 마루, 아마 보미 언니도 널 기억하고 그리워할 거야."

"알아, 당연히 그렇겠지."

5

우당탕탕, 다다다다.

연우와 아저씨가 나간 뒤, 크레마와 레오의 술래잡기가 시작됐다. 요즘 크레마는 한창 뛰어놀아야 하는 레오를 상대해 주느라 힘들다. 거실과 베란다에 크레마와 레오 털이 풀풀 날아다닌다. 마루는 그런 크레마와 레오를 부러운 눈으로 바라본다.

"마루, 너도 레오랑 같이 놀아."

"놀고 싶지 않아."

마루는 등을 돌려 누워 버린다. 그러나 레오는 마루가 혼자 있게 내

버려 두지 않는다.

"마루, 마루. 나 봤어? 내가 크레마보다 더 높이 점프했어."

"봤어. 레오 대단한데?"

마루는 여전히 자기 마음을 드러내는 데 서툴고, 자주 혼자 있으려고 하지만 레오한테만큼은 언제나 다정하다. 레오는 마루가 혼자 있는 꼴을 못 본다. 마루가 혼자 우두커니 창밖을 바라보고 있으면 가까이 다가가서 목덜미를 물거나 꼬리를 건들며 장난을 건다. 아무 때나 마루에게 다가가 아양을 떨고 그루밍을 한다. 그러면 마루는 어색한 표정을 감추며 제 몸을 레오에게 맡긴다. 때로는 레오 털을 골라 주는 시늉을 하기도 한다. 그러나 우리 걱정대로 마루의 노력은 오래가지 못한다. 그때마다 레오는 서운한 표정을 감추지 못하고 나나 크레마에게로 온다. 마루도 그게 께름칙했는지 어느 날 내게 물었다.

"모리, 레오는 내가 이상하다고 생각하겠지?"

"왜?"

"내가 그루밍을 싫어한다는 걸 레오도 조금씩 느끼는 것 같아."

"그래서 걱정돼?"

마루가 시무룩해졌다.

"응."

"레오도 네가 다르다는 걸 알고 인정하게 되겠지. 우리처럼."

"그럼 나는 또 늘 혼자겠네."

"그게 네가 원하는 거 아니야?"

"꼭 그런 것만은 아니야. 나도 레오가 내 품에 들어오는 게 좋아. 레오를 안아 주면 마치 내가 엄마가 된 기분이 들어. 그렇지만 그루밍을 주고받는 건 힘들어. 노력하고 있는데……. 레오가 나를 점점 멀리할까 두려워."

나는 마루에게 다가갔다. 크레마를 위로해 줄 때처럼 뺨을 핥아 주며 위로해 주고 싶었다. 그러나 마루에게는 그럴 수가 없다. 나는 마루를 바라보며 천천히 눈을 깜박여 주었다.

"마루, 너무 애쓰지 마. 나도 네가 노력하는 거 알아. 크레마랑 얘기한 적이 있어. 그걸로 충분하다고. 레오도 지금 그대로 널 좋아하는걸. 지금처럼 품에 안아 주고, 등을 맞대 주고, 눈인사를 해 주면 돼. 레오도 우리처럼 너와 같이 지내는 법을 배우게 될 거야."

마루가 수줍어하며 대답했다.

"고마워."

연우와 아저씨가 거실과 주방에 불을 끄고 온 집 안이 조용해지면 레오가 내 품을 찾아 파고든다. 이상하게 장난은 크레마나 마루랑 치면서 잘 때가 되면 꼭 나를 찾는다.

레오는 여간 개구쟁이가 아니다. 한창 숨바꼭질이나 술래잡기 놀이를 좋아할 때이긴 하지만 가끔 위험한 장난을 칠 때면 가슴이 철렁한다. 며칠 전에는 연우 책상 뒤 컴퓨터 본체 뒤에 끼어 버둥대다가 전깃줄에 엉켜 나오지 못했다. 밭에 나갔다 온 아저씨가 레오를 꺼내 주고 나서 호되게 혼을 냈다. 그러고는 레오가 책상 뒤로 들어가지 못하게 판자로 다 막아 버렸다. 또 며칠 전에는 연우 서랍에 들어갔다가 갇혔다. 연우가 학교 간 뒤 레오가 안 보여 이 방 저 방 찾아다니며 부르는데 연우 방에서 다 기어 들어가는 목소리로 레오가 대답했다. 크레마와 마루까지 힘을 합해 서랍을 열어 보려 애썼지만 서랍에 발톱 자국만 내고 끝내 열지 못했다. 결국 날이 어두워져 연우가 집에 돌아와서야 레오를 구했다.

레오는 가르쳐 주지 않은 행동을 알아서 하기도 했다. 크레마가 눈이 안 보인다는 걸 알고 나서는 크레마가 다른 냄새나 바람 때문에 제 밥그릇을 얼른 찾지 못할 때면 잽싸게 가서 밥그릇을 밀어 주고, 크레마가 도토리나 공기알을 가지고 놀다 잃어버리면 자기가 찾아 준다. 성질 급한 마루가 사료를 제대로 씹지 않고 먹다 사레 걸려 캑캑거리면 가장 먼저 뛰어가 살핀다. 아침에 연우 방과 안방 앞에서 연우와 아저씨를 불러 깨우는 것도 레오다. 아저씨는 그런 레오를 아주 대견해한다.

"우리 레오 덕분에 알람이 필요 없다."

레오를 보면 또롱이가 떠오른다. 생김새도 성격도 또롱이를 참 많이 닮았다. 또롱이는 지금처럼 식구가 많아 북적거리는 집을 좋아했을 거다. 지금 이 자리에 또롱이가 없는 게 아쉬울 때가 있다. 가끔 텅 빈 마당을 보면 복동이와 진국이가 그립다. 또롱이, 진국이, 복동이가 우리 곁을 떠난 지가 꽤 되었지만 어떨 때는 아직도 함께 살고 있는 것처럼 느껴진다. 연우가 말해 주었다. 사람들은 그걸 기억, 혹은 추억이라고 한다고 말이다. 나는 그 기억들 때문에 슬프고 외로울 때가 있지만 그 기억 덕분에 외롭고 힘든 시간을 견뎌 내기도 했다. 나는 지금 이 순간에 함께 있는 크레마, 마루, 레오, 연우, 아저씨만큼 내 기억 속에 있는 가족과 친구들 역시 소중한 존재라는 걸 느낀다. 내 품에 코를 박고 잠들었던 레오가 몸을 떤다. 꿈을 꾸는 모양이다. 레오를 앞발로 당겨 꼭 안아 주었다.

6

마당을 두르고 있는 담장에 덩굴장미가 한창이다. 목에 플라스틱 보호대를 한 레오를 안고 마당으로 나와 장미 향기를 맡게 했다. 레오는 코를 실룩거리고 수염을 아래위로 흔들며 좋아한다.

며칠 전, 수행평가 준비를 하느라 정신이 없는데 모리가 나를 불렀다.

"연우, 레오가 이상해."

"어떻게 이상해?"

"화장실에 가도 똥을 누지 못해."

"언제부터?"

"어제부터."

모리 말에 레오를 지켜보았다. 화장실에 들어가 앉았다가 그대로 나오기를 되풀이했다. 사료도 먹지 않고, 물도 몇 모금 마시다 말았다. 그러더니 한밤중부터 토하기 시작했다. 고통스럽게 토하는데 나오는 것은 거품 섞인 맑은 물뿐이었다. 마루도 걱정이 되는지 레오 주변을 맴맴 돌며 안절부절못했다. 아빠와 나는 동이 틀 때까지 기다렸다가 레오를 데리고 동물 병원으로 갔다. 수의사가 내미는 레오의 장 엑스레이 사진에는 1센티미터쯤 되는 가는 줄이 장을 막고 있었다. 그 줄 사이에는 털 뭉치랑 정체 모를 작은 조각이 붙어 있었다. 수의사가 웃으며 말했다.

"레오, 도대체 뭘 이렇게 많이 먹은 거니?"

아빠가 무안해하며 머리를 긁적였다.

"얘가 그동안 스마트폰 충전기 줄을 네 개나 끊어 먹긴 했지만 삼킨 줄은 몰랐어요. 저 털 뭉치 같은 거나 조각들은 뭔지 봐도 잘 모르겠네요."

"고양이들은 혀에 돌기가 있어서 의지와 상관없이 이런 줄이나 비닐 같은 걸 가지고 놀다가 목구멍으로 넘기는 경우가 많아요. 그래서 주의하셔야 해요."

"아직 어린데 수술이 가능할까요?"

"오히려 어려서 회복이 더 빠를 거예요."

레오를 입원시키고 와서 두 시간 뒤, 수의사가 전화를 했다. 수술은 잘 끝났고 레오가 잘 견뎌 냈다는 소식이었다. 이틀 뒤, 레오를 데리러 갔을 때 수의사가 고개를 내저었다.

"수의사 생활 20년에 마취가 풀리자마자 링거 줄 끊고, 케이지 안에서 문 열라고 소리를 질러 대는 고양이는 처음이에요. 애가 아주 보통이 아니에요."

수술을 하고 와서도 레오의 호기심과 참견은 여전했다. 레오는 자기가 우리 집 우두머리라고 생각하는 것 같다. 우리 집에 들어오는 모든 물건, 택배 상자, 우편물, 심지어는 아빠가 수확한 농산물까지도 레오의 검열을 거쳐야만 들어올 수 있다. 아빠나 나도 밖에서 돌아오면 레오의 검열을 꼼꼼히 받고 나서 거실로 들어가야 한다. 그뿐 아니다. 아직도 똥을 누고 모래 덮는 걸 잘 못하는 모리와 마루가 볼일을 보고 나오면 자기가 달려가 뒤처리를 하며 구시렁거린다. 그런 레오 앞에 우리 식구들은 모두 무방비 상태가 된다.

레오는 아직 사람 말을 잘 모른다. 그저 '간식, 밥, 물, 하지 마, 안 돼' 정도의 말만 이해한다. 나는 레오가 말을 배워 떠들게 될 날이 다가오는 게 끔찍하다. 얼마나 잔소리를 하고, 얼마나 많은 질문들을 쏟아 낼지 겁이 난다. 아빠는 레오를 볼 때마다 감탄한다.

"연우야, 레오 걸음걸이 봐라. 저 바짝 치켜 올라온 꼬리하며 늘씬하고 유연한 등뼈, 당당하지? 덩치는 크레마보다 작을 것 같지만 몸매는 훨씬 좋아. 저 녀석은 자기가 사랑받는다는 확신에 차 있어. 눈빛에도, 하다못해 바짝 서 있는 귀와 수염에도 다 힘이 들어가 있어."

매사에 당당하고 자유로운 레오를 보면 한 존재를 아무 조건 없이 있는 그대로 사랑하고 존중한다는 게 얼마나 중요한지 알게 된다. 모리도 그걸 느끼고 있다.

"연우, 레오 참 멋있지?"

"네 눈에도 그래 보여?"

"응. 레오가 처음 왔을 때는 어릴 때 엄마랑 떨어져서 괜찮을까 걱정됐거든. 엄마의 빈자리를 우리가 채워 줄 수 있을지도 모르겠고. 나처럼 자신 없고 겁 많은 고양이가 되지는 않을지, 마루처럼 상처가 많아 모난 성격이 되지는 않을지 진짜로 걱정했어."

"나도 마찬가지야. 아빠나 나를 봐도 엄마의 빈자리가 아주 크다는 걸 느끼거든. 그런데 너희가 정말 레오를 잘 돌봤잖아. 레오 덕분에 알게 됐어. 엄마 자리를 꼭 엄마가 채워 줘야 하는 건 아니라는 걸. 엄마보다 몇 배 더 노력이 필요하긴 하지만."

"맞아. 나도 그렇게 느꼈어."

"모리, 난 너한테 배우는 게 많아."

모리가 쑥스러운 듯 머리를 내 다리에 비볐다. 나는 모리의 목덜미를 쓰다듬으며 말했다.

"고마워. 내가 못되게 구는데도 옆에서 나 기다려 줘서. 그리고 이렇게 말을 걸어 줘서."

모리가 내 무릎으로 올라오더니 손등을 핥아 주었다. 나도 모리의 뺨과 귓등을 만져 주었다. 또롱이는 내가 안아 주는 걸 좋아했지만 모리는 아직도 내가 먼저 안아 주는 것을 싫어한다. 그래서 나는 모리가 먼저 내 무릎으로 올라와 앉을 때를 빼고는 먼저 가서 모리를 안아 올리지 않는다. 모리가 내 방식을 이해하고 기다렸듯이, 나는 모리가 원하는 방식으로 모리에게 마음을 전한다. 그래서 또롱이를 생각하면 미안한 마음이 든다. 나의 서툰 사랑이 또롱이를 힘들게 했을지 모른다는 생각이 들기 때문이다.

그때 나는 또롱이를 아주 많이 사랑했지만 또롱이를 통해 엄마 빈자리를 채우고 싶은 마음이 더 컸다. 그래서 또롱이에게 집착하고, 모리한테는 자리를 내주지 않았다. 다시 그 자리가 빈자리가 되었을 때 나는 견딜 수 없는 슬픔과 분노에 휩싸였다. 나는 모리가 또롱이 자리를 차지하지 못하게 마음을 닫았고, 진국이와 복동이에게 분노를 퍼부었다.

이제 나는 누군가의 빈자리를 다른 존재로 메울 수 없다는 걸 안다. 엄마가 있던 자리, 또롱이가 있던 자리, 외할머니가 있던 자리, 진국이와 복동이가 있던 자리는 다른 무엇으로 메워지지 않는다. 그들이 남긴 빈자리 때문에 나는 아직도 허전함을 느낀다. 그렇지만 그 자리에는 그들이 내게 남겨 주고 간 추억이 있다. 그 추억이 그리움과 외로움을 견디게 한다.

나는 여러 번의 이별을 통해 내 안에 있는 슬픔과 그리움, 외로움이 내가 가진 또 다른 힘이라는 것을 알게 되었다. 그리고 모리, 크레마, 마루, 레오를 차례차례 만나면서 그들은 나를 떠난 누군가의 자리를 대신하는 존재가 아니라 내가 다시 사랑할 새로운 존재, 다시 맺어야 할 새로운 관계라는 것을 알게 되었다. 나는 이제 또다시 이별할까 봐

미리 마음을 닫고 외면하는 어리석은 일을 되풀이하지 않을 수 있을 것 같다.

요즘은 악몽을 잘 꾸지 않는다. 작년에 찜질방에서 엄마를 만난 꿈을 꾼 뒤, 늘 피곤에 지쳐 꾸벅꾸벅 졸던 엄마가 아니라 나와 함께 이야기를 나누고, 밥을 먹던 엄마가 기억난다. 오랫동안 기억나지 않았던 엄마의 웃는 모습도 떠오른다.

얼마 전 모리에게 물었다.

"모리야, 넌 언제 가장 행복해?"

모리가 조금도 망설이지 않고 대답했다.

"너랑 아저씨가 거실에서 텔레비전 볼 때. 간식 먹으며 이야기 나눌 때도 좋아. 그러면 불안하던 마음이 느긋해지고 행복해져. 내가 가장 불행했던 때는 또롱이 죽고, 너와 아저씨가 각자 방에 들어가 문을 닫고 있던 때였어."

이제 나는 식구가 다 함께 있을 때면 내 방문을 닫지 않는다. 그리고 일주일에 한두 번은 아빠와 아무것도 하지 않고 거실에 앉아 이야기를 나누거나 텔레비전을 본다. 아빠와 내가 텔레비전에 집중하는 동안 모리는 텔레비전 아래에 길게 누워 우리를 바라보며 깜박깜박 존다. 그러다가도 눈을 떠서 느긋한 눈길로 아빠와 나를 바라본다. 크레마는 소파에 길게 누워 텔레비전 소리에 귀를 쫑긋거리며 골골 소리를 내고, 마루는 늘 아빠 무릎에서 꾹꾹이를 하거나 만세 자세로 누워 잠이 든다. 레오는 그 순간에도 모리 옆으로 가 장난을 걸고, 마루 꼬리를 건드려 잠을 깨우고, 크레마 귀를 깨물어 깨운다. 그 순간이 얼마나 평화로운지 새삼스럽다. 엄마가 살아 있을 때 내가 가장 행복했던 시간도 엄마 아빠와 거실에서 텔레비전을 보거나 이야기를 나눌 때였다. 안타깝게도 그런 날은 열 손가락에도 다 들지 않지만……

엄마가 떠나고 난 뒤 우리는 각자 방에서 나오지 않았다. 슬픔을 한 아름씩 끌어안은 채 각자가 견뎠다. 그 시간들은 숨이 막히도록 답답했고 무거웠다. 아빠와 외할머니가 그렇게 견디고 있으니 나도 그래야 한다고 생각했다. 슬픔도 고통도 함께 나누면 덜어진다는 것을 몰랐다.

모리에게 가장 미안한 일은 또롱이 죽음을 오해한 것이 아니라, 모리에게도 고통스러웠을 그 시간을 모리 혼자 감당하게 했다는 거였다. 나 혼자 힘들다고 생각했던 그 시간을 모리도 홀로 견뎌 내고 있었다. 크레마와 마루를 만나기 전, 나는 모든 고통의 몫은 오로지 사람의 것이라고 생각했다. 그 좁은 시야에서 벗어나게 해 준 것은 우리 식구들이다.

끊임없이 내 마음에 문을 두드려 말을 걸어 준 모리가 아니었으면 나는 여전히 내 안에서 나올 수 없었을 거다. 이별의 슬픔과 장애를 묵묵히 받아들이며 우리에게 지혜를 나눠 준 크레마가 아니었으면 나는 열여덟이 된 지금까지 철부지로 남았을 거다. 상처투성이 마루가 아니었다면 나는 나와 닮은 상처를 가진 이들을 이해하지 못하는 차갑고 냉정한 사람으로 남았을 거다. 레오가 아니었다면 마루는 상처를 극복하고 싶은 의지를 가질 수 없었을 거다.

해가 길어지고 물기를 먹은 공기가 후텁지근하게 느껴지는 저녁, 열린 베란다 창으로 향긋한 칡꽃 향기가 들어왔다. 무릎에 올라와 있는 마루를 쓰다듬고 있는데 밭에 나갔던 아빠의 트럭 소리가 났다. 반가운 마음에 마당을 내다보았다. 그런데 아빠가 트럭에서 내리더니 뒷문을 열고 백구 한 마리를 마당으로 끌어 내렸다. 다리에는 깁스를 한 데다 어찌나 말랐는지 머리밖에 보이지 않았다.

"쟨 또 누구냐?"

나도 모르게 벌떡 일어서 베란다로 다가갔다. 순식간에 무릎 밑으로 떨어진 마루도 어리둥절한 얼굴로 따라왔다. 나보다 먼저 베란다 방충망 앞에 와 있던 모리가 말했다.

"마당에 새 식구가 왔네."

나와 눈이 마주친 아빠는 해맑은 얼굴로 말했다.

"연우야, 나와서 인사해. 새 식구다."

그 순간 백구가 내 쪽으로 고개를 돌렸다. 앙상한 얼굴에 까만 눈만 도드라져 보였다. 그런데 그 아이와 눈이 마주치는 순간 흠칫 놀랐다. 5년 전, 초등학교 화장실 거울로 보던 내 모습, 초여름인데도 패딩 점퍼 지퍼를 목 바로 밑까지 올린 비쩍 마른 아이의 퀭한 눈, 빛을 잃은 공허한 눈, 그 눈이 떠올랐기 때문이다. 나도 모르게 목구멍이 뜨거워졌다. 어느새 와 있었는지 크레마가 내 다리를 주둥이로 쿡쿡 찔렀다.

"연우, 나가 봐. 쟤는 어떤 이야기를 가졌는지 궁금하지 않아?"

레오도 내 다리에 뺨을 비비며 나가자고 졸랐다.

"레오, 너도 궁금해?"

레오가 나를 올려다보며 눈을 깜박였다. 호기심으로 가득 찬 레오의 연녹색 홍채가 내 마음을 움직였다.

"그래, 레오. 같이 나가 보자."

내 말이 끝나기도 전에 레오가 자기를 안으라고 허리를 세우고 앞발을 길게 위로 뻗었다. 레오를 안아 어깨에 올렸다. 모리와 마루 눈도 반짝였다. 모리를 보며 말했다.

"모리야, 마음에 방 하나를 더 들여야겠다."

나는 어렸을 때부터 동물을 좋아했다. 오죽하면 네 살 때 감행한 첫 가출 장소가 주인집에서 기르던 셰퍼드 집이었을까? 동물과 함께 자라는 동안 가장 힘들었던 것은 피할 수 없는 이별이었다. 셋집에 살던 초등학교 시절, 내게 허락된 유일한 반려동물이었던 금붕어가 죽었다. 그때는 그 슬픔을 감당할 수 없어 몸이 아팠다.

학교 앞에서 10원에 사 와 오래 키운 닭이 할머니 손에 백숙이 된 뒤로는 아예 닭을 먹을 수 없는 사람이 되었다. 집에서 기르던 고양이, 개들과 이별하는 일은 아무리 겪어도 무뎌지지 않았고, 슬픔이 옅어지지 않았다.

강화로 귀농을 하고 마당 있는 집이 생긴 뒤, 도시 사람들에게 버림받은 개들을 한 마리, 두 마리 받아들이게 되었다. 마음에 상처가 있는 개들과 살면서 어릴 때와는 다른 시선으로 그들을 바라보게 되었다. 피할 수 없는 이별의 슬픔은 어렸을 때보다 더 깊고 아팠다.

또롱이를 만난 건 2011년 여름이었다. 공부방에서 밥을 주던 길고양이가 새끼를 낳았는데, 새끼 고양이들 중 한 마리만 겨우 살아남아 발견되었다. 그 새끼 고양이를 어렵게 구조해 강화 집으로 데려왔다. 그때 강화 공부방에는 부모와 떨어져 사는 청소년들이 여럿 있었다. 사람에 대한 믿음을 잃은 아이들이 길고양이를 돌보는 우리에게서 믿음의 싹을 키우길 바랐다. 다행히 호기심 많은 장난꾸러기 또롱이도 공부방 아이들을 잘 따랐다. 또롱이를 처음 만났을 때 중학교 1학년이던 아이가 1년이 지나자 또롱이를 보며 말했다.

"이모, 또롱이는요 마음씨가 넓어요. 우리를 다 감싸 주고 위로해 줘요."

또롱이와 살며 안락사 위기에 처한 모리를 입양할 용기를 냈다. 또 딸이 다니던 고등학교 길목에 날마다 4시 20분에 나타나 먹이를 달라고 울던 새끼 고양이 봄이도 입양했다. 강화 공부방 아이들에게 고양이들이 친구가 되었다.

그러던 어느 날, 우리가 잠깐 시장에 간 사이에 진돗개 바람이가 두

고양이를 공격했다. 문단속을 제대로 하지 않은 우리 탓이었다. 아무리 자책을 해도 시간을 되돌릴 수는 없었다. 집 안 곳곳에 또롱이와 봄이의 흔적이 남아 있었다. 어디다 눈을 두어야 할지 몰랐다. 일주일이 지나고, 한 달이 지나도 그 빈자리는 채워지지 않았다.

혼자 살아남은 모리는 마음의 병을 얻었다. 모리에게 친구가 필요했다. 그래서 사람들의 학대로 시력을 잃은 크레마를 입양했다. 그 뒤, 마리와 레오까지 한 식구가 되었다. 그래서 지금 우리 집에는 고양이 네 마리와 개 일곱 마리가 함께 산다. 밥을 챙겨 주고, 똥오줌을 치우고, 건강과 마음을 살피는 일까지 챙겨 줘야 할 게 많다.

두 딸을 낳고서 아이는 엄마와 독립된 온전한 한 존재, 한 우주라는 것을 깨달았듯이, 그들과 살면서 작은 새끼 고양이 한 마리도 내 소유가 될 수는 없는 온전한 한 존재임을 깨닫는다. 그래서 그들 앞에 더 겸손해지고 책임감을 느낀다.

어느 날 문득 고양이 이야기를 써야겠다고 생각했다. 내가 고양이로

부터 배우고 받은 것을 나누고 싶어졌다. 그러나 생각보다 쉽지 않았다. 목숨이 하찮아진 세상에서, 어느 누구도 그 목숨에 대한 책임을 지지 않는 세상에서 고양이 이야기라니, 회의가 들었다.

그러다 2016년 1월 3일, 동화 『내 동생 아영이』의 모델이었던 어부 형석이가 바다에서 목숨을 잃었다. 봄이 되도록 슬픔에서 벗어날 수 없었다. 그리고 어느새 세월호 참사 2주기가 다가오고 있었다.

매화와 벚꽃이 한창인 마당을 멍하니 바라보는데, 막내 고양이 레오가 다가왔다. 레오는 고개를 갸웃거리더니 나를 올려다보며 야옹거리기 시작했다. 처음에는 밥을 달라는 줄 알았다. 그런데 물을 달라는 것도, 화장실 모래를 치워 달라는 것도 아니었다. 문득 레오가 내게 위로를 건네고 있다는 걸 깨달았다.

나는 다시 고양이 이야기를 쓰기 시작했다. 아니, 고양이 이야기가 아니라 슬픔과 아픔을 나누는 법을, 기억하는 법을 잊은 사람들의 이야기를 시작했다. 이 작품을 쓰기 전과 쓴 뒤의 나는 또 다른 사람이 되었다. 귀가 더 열리고, 마음이 더 열렸다. 그것은 순전히 말의 힘, 소통의 힘이다. 나는 그 힘으로 다시 살아갈 용기를 얻었다. 이 책을 읽는 독자들에게도 그 힘이 전해지면 좋겠다.

2016년 11월

김중미

낮은산 14
키큰나무

그날, 고양이가 내게로 왔다

2016년 11월 25일 처음 찍음 | 2023년 5월 25일 열네 번 찍음

지은이 김중미 | 펴낸곳 도서출판 낮은산 | 펴낸이 정광호 | 편집 조진령 | 디자인 스튜디오, 헤이 덕 | 제작 정호영
출판 등록 2000년 7월 19일 제10-2015호 | 주소 04048 서울시 마포구 어울마당로5길 16 반석빌딩 3층
전화 02-335-7365(편집), 02-335-7362(영업) | 팩스 02-335-7380
홈페이지 www.littlemt.com | 이메일 littlemt2001ch@gmail.com | 트위터 @littlemt2001hr
제판,인쇄,제본 상지사P&B

ISBN 979-11-5525-071-6 43810

이 도서의 국립중앙도서관 출판예정도서목록(CIP)은 서지정보유통지원시스템 홈페이지(http://seoji.nl.go.kr)와
국가자료공동목록시스템(http://www.nl.go.kr/kolisnet)에서 이용하실 수 있습니다.(CIP제어번호:2016027676)